L'HALLALI

Du même auteur

Série Capitaine Mehrlicht

L'Heure des fous, Marabout, 2013 ; Le Livre de Poche, 2019. (Prix Plaidoirie pour un Polar 2015 et Prix des lecteurs polar du Livre de Poche 2019.)

Le Jour des morts, Marabout, 2014.

Sans pitié ni remords, Marabout, 2015 ; Le Livre de Poche, 2017. (Prix Anguille-sous-Roche 2016.)

De cauchemar et de feu, Marabout, 2017 ; Le Livre de Poche, 2018. (Prix du Festival Sans Nom 2017.)

Dans la brume écarlate, Marabout, 2019. (Prix Coquelicot Noir du Salon du Livre de Nemours 2020.)

Série L'Embaumeur

La Piste aux étoiles, Livre de Poche, (à paraître).

Série Les Furies

Le Gibier, Le Masque, 2021 ; Le Livre de Poche, 2022. (Prix Griffe Noire du meilleur roman policier 2021.)

La Capture, Le Masque, 2022 ; Le Livre de Poche, 2023. (Prix Escargot Noir, 2022.)

lemasque.com

Nicolas Lebel

L'HALLALI

ÉDITIONS DU MASQUE
17, rue Jacob, 75006 Paris

Né à Paris, voyageur insatiable, **Nicolas Lebel** a publié neuf romans dont cinq dans la série du capitaine Mehrlicht, pour laquelle il a reçu de nombreux prix, dont le Prix des lecteurs du Livre de Poche en 2019. En 2021, il fait une entrée très remarquée au catalogue du Masque avec *Le Gibier*, suivi de *La Capture*, paru en 2022. *L'Hallali* est son nouvel opus.

Maquette de couverture : Louise Cand

Photo de couverture : © NL Inc.

ISBN : 978-2-7024-5122-9

À mon frère Tof

I

LE SANG DES GLACES

1

H – 18:00

Phase 1 – Le ban : l'événement à venir est rendu public.

D'un mouvement ample, mais rapide, le type ouvrit son imperméable noir et arracha un pistolet-mitrailleur de sa ceinture. La scène parut se figer. Dans un ralenti tragique et une pétarade sourde, il arrosa la salle du restaurant d'une giclée de plomb, sa bouche tordue en un rictus mauvais, distribuant la mort à la cantonade comme qui rigole, et le téléphone d'Yvonne Chen sonna. Assise en tailleur sur son canapé, elle jura, posa son mojito sur la table basse près du bol de M&M's, mit le film en pause et jeta un œil agacé à son portable : un numéro privé. Il y a des gens qui ont ce talent de toujours mal tomber, de vous emmerder à toute heure du jour et de la nuit… Chen trouva là une bonne définition de l'humanité : des gens qui vous emmerdent à toute heure du jour et de la nuit. Interrompu dans son massacre, le type à l'écran la fixait du regard, semblant l'interroger sur la suite des événements. Tuera ? Tuera pas ? Ça a son importance, mine de rien, en fonction du côté de l'arme où on se tient.

Agacée, Chen goba un M&M's, un rouge, et se pencha pour prendre l'appel. Elle enraya soudain son geste, la main suspendue en l'air comme le type du film avec son Uzi, parce qu'on était le 5 janvier, le 5 du mois, et que tout pouvait se jouer.

— Merde.

Il était 11 heures pile. Elle inspira et décrocha.

— Bonjour, Yvonne. Est-ce que je vous dérange ?

Elle recracha son bonbon sur le tapis en reconnaissant la voix joviale et chaude d'Alecto. En un éclair s'imposèrent dans son esprit la face rougeaude du vieux bonhomme rondouillard, ses cheveux blancs plaqués sur son crâne rose, son costume gris clair et sa cravate rouge entortillée. La balafre purpurine qui rayait son visage de haut en bas. Son œil blanc crevé.

Une tête de cauchemar.

Freddy Krueger en costard.

— Non. Je... Non, pas du tout, bafouilla-t-elle.

— Tous mes vœux pour cette nouvelle année ! Comment allez-vous ?

Chen en resta bouche bée.

— Comment je vais... Il y a dix mois, commença-t-elle, j'ai perdu mon coéquipier, pour tout dire la seule personne qui avait un intérêt à mes yeux. Par votre faute. Il y a huit mois, j'ai été placardisée puis écartée de la brigade criminelle de Paris. Par votre faute. Il y a trois semaines, j'ai été définitivement radiée de la police. Par votre faute. Alors, vos inquiétudes concernant ma santé ou mon état d'esprit du moment, tout comme vos vœux, comment vous dire... Je m'en tape carrément !

Alecto émit un rire bref.

— Toujours aussi pugnace ! Jamais battue ! C'est une réelle qualité, vous savez ? Il me semblait pourtant que, lors de notre dernière entrevue, nous avions levé quelques... obstacles dans notre relation. Avez-vous pu réfléchir à ma proposition ?

— Votre offre d'emploi, vous voulez dire ?

— Acceptons ce terme pour l'instant... J'ai cru comprendre qu'après votre abandon de poste et les rapports accablants de votre hiérarchie – ce commissaire Laipsker ne vous aime pas ! –, vous avez été expédiée vers la sortie et Pôle emploi. Vers l'oubli, en somme. Une enquêtrice de votre trempe... Quel gâchis !

Entre les lignes, Alecto lui annonçait avoir eu accès à un dossier professionnel présumé confidentiel, parce qu'il était Alecto et n'avait rien perdu de ses années passées dans le Renseignement français.

Il poursuivit :

— Alors, oui, je pense que votre CV et votre personnalité font de vous une candidate idéale pour rejoindre ma modeste entreprise… D'autant que vous n'avez plus de contact avec votre famille, que vous êtes célibataire, sans enfant, sans attaches et, à ce qu'il semble, sans amis. Vos récréations du mardi et du jeudi soirs ne vous servent manifestement pas à trouver l'âme sœur !

Elle l'entendit sourire. Deux fois par semaine, Yvonne Chen se rendait dans l'un des bars à cocktails de son quartier, entre Anvers et Barbès, y commandait un mojito et dégotait un coup d'un soir, couillu jetable nécessaire à son hygiène, qu'elle abandonnait au terme de sa prestation, sans un mot et sans un regret, pour rentrer chez elle regarder Netflix ou dormir comme un bébé.

— Vous m'avez suivie !

— Yvonne, croyez-vous que je vous proposerais de travailler avec moi sans me renseigner *a minima* sur votre quotidien, vos habitudes ? Soyons sérieux ! Mais vous avez passé les premiers tests haut la main. Est-ce que nous pourrions nous voir aujourd'hui ?

— Alecto, vous tuez des gens. C'est ça, votre entreprise. Comment pouvez-vous imaginer que…

— Pardonnez-moi de vous interrompre mais stoppons là cette fantaisie morbide, ce temps est révolu. Je n'accepte plus ce genre de contrats. Voilà précisément pourquoi j'ai besoin de vous. Comme je vous l'ai expliqué, les morts font trop de bruit et nuisent à mon image. L'image des Furies. Avec vous à nos côtés, nous pourrons changer la ligne d'action de ma modeste société et nous agrandir. Vous serez la garante de l'ordre, le cadre de la loi. Sans vous, combien d'innocents encore perdront la vie ?

— Du chantage, ça manquait, tiens…

— C'est la triste vérité, Yvonne. Mes partenaires aiment résoudre les problèmes de façon définitive. Il faut que cela cesse. Mais j'ai un bien meilleur argument pour vous convaincre de nous rejoindre : au sein des Furies, vous pourrez rendre justice, la vraie, celle qui châtie les méchants et qui gagne à la fin, quand celle des États a échoué, et renoncé à poursuivre des criminels réfugiés hors des juridictions, hors de portée ou protégés par les plus hautes instances, confortablement installés dans leur immunité, dans leur impunité. En intégrant les Furies, vous ferez triompher le bien et la loi, Yvonne. Quand vous êtes entrée dans la police, c'était bien là votre souhait, non ? Une fois dehors, je sais que cette aspiration reste intacte. La police et les magistrats laissent passer certaines canailles entre les mailles du filet par manque de moyens ou de temps, par incompétence parfois, par volonté politique aussi… Quand *nous* nous en chargeons, ni les distances ni les puissances ne peuvent les sauver. Nul n'est intouchable, parce que personne n'échappe aux Furies.

— La justice divine, rien que ça…

— Une allégorie, bien sûr… Mais ne me dites pas que l'arrestation de Petrovácz[1] ne vous a pas fait plaisir !

Il marqua une pause pour ménager son effet.

— Je vous propose de participer à la prochaine danse des Furies, Yvonne, de contrer un authentique criminel pour l'empêcher de nuire. Préférez-vous vraiment rester devant votre télé ?

Chen se pétrifia, puis d'un bond s'arracha de son canapé et courut à la fenêtre. Sans un mot, son smartphone à l'oreille, elle inspecta du regard les appartements de l'immeuble d'en face, les toits alentour, le trottoir en contrebas, mais ne vit personne. Par réflexe, elle tira les rideaux.

— Évidemment non, se répondit Alecto. Pour conclure, j'ajouterai que cette première danse, votre période d'essai, sera

1. Voir *La Capture*.

rémunérée un million d'euros, net d'impôts, bien sûr. Qu'en dites-vous ?

— Mon premier salaire de Furies ! railla Chen.

— Non, Yvonne. Vous n'êtes pas une employée. En prenant part à la prochaine danse, vous deviendrez une partenaire à part entière. Lorsque j'accepte un contrat, les bénéfices sont divisés en trois parts, une par Furie. Cette fois, ils seront partagés en quatre, de façon équitable. Parce que Megara et Tisiphone ont envie de travailler avec vous autant que moi, ils en acceptent aussi le coût financier. Vous êtes très attendue, ne vous faites pas désirer.

— Je dois réfléchir.

— Bien sûr !

— Vous me laissez combien de temps pour me décider ?

— Il est 11 h 16. Je vous donne rendez-vous à 13 heures à L'Orangerie, un des restaurants du George-V. C'est à deux pas de l'Arc de triomphe. De chez vous, c'est l'affaire d'une demi-heure. J'ai lu récemment que le chef propose un époustouflant turbot aux littorines, mais figurez-vous que je n'ai pas la moindre idée de ce qu'est une littorine ! Ce sera l'occasion de le découvrir ensemble. À 13 heures.

— J'ai une heure et demie pour décider ou non de travailler pour vous ? Vous êtes sérieux ?

— Je suis sûr que votre décision est déjà prise, Yvonne. Je modulerais simplement en précisant qu'il s'agit de travailler *avec* moi. Avec nous, même. Quoi qu'il en soit, si vous ne venez pas, je comprendrai que vous n'êtes pas intéressée. Alors, je déjeunerai seul. Au revoir, Yvonne.

Il raccrocha.

Debout devant la fenêtre de son petit salon, Chen regardait l'écran noir du téléphone, se repassant la conversation, plutôt le monologue d'Alecto, le Menteur comme on l'appelait au temps où il était agent de la DGSE. Il était la tête pensante des Furies, un groupe d'assassins qui réglaient les problèmes, tous les problèmes, pour peu qu'on y mît le prix. Ils étaient trois, Alecto l'Implacable, Megara la Haine, et Tisiphone la Vengeance, les trois divinités vengeresses de la mythologie romaine. Et à ce qu'il semblait, ils seraient bientôt quatre si Chen se présentait dans une heure trente au rendez-vous qu'Alecto venait de lui fixer.

2

Trente minutes plus tard, elle avait filé sous la douche et enfilé un de ses tailleurs noirs dont elle possédait cinq exemplaires, une paire de Converse noires, son perfecto, et se mirait dans la glace de l'entrée. Son carré corbeau encadrait un regard froid et ses épaisses lunettes à monture noire lui donnaient un air de secrétaire de combat. Pourtant, Yvonne ne voyait pas cela. Loin, très loin dans ses pensées, elle se reposait les mêmes questions : est-ce que tu es sûre ? Est-ce que tu es prête ? Aller à ce rendez-vous était sans doute le meilleur moyen de prendre une balle dans la tête et de finir dans une bâche, un mètre sous l'humus d'une forêt profonde… Ou peut-être pas.

Tout dépendait en fait de celui ou celle qu'elle trouverait sur place. Des trois Furies, Tisiphone semblait le plus apprécier les armes à feu. Il leur avait tiré dessus à plusieurs reprises pendant l'enquête sur Chloé de Talense[1]. Et c'était certainement ce cow-boy, Yoni Attia, ancien assassin du Mossad, qui avait descendu son collègue Paul Starski… « avec un *i* », comme le stipulait désormais son épitaphe au cimetière du Montparnasse. Si elle devait être abattue, Chen devinait que ce serait par lui.

Alecto avait les flingues en horreur et leur préférait le garrot métallique, qu'il refermait sur le cou de ses victimes parfois jusqu'à l'égorgement. Un manuel, en quelque sorte, un artisan de la mort…

---

1. Voir *Le Gibier*.

À la connaissance de Chen, Megara était plus polyvalente. Elle avait empoisonné, abattu, noyé des cibles sans un battement de cils. Canadienne de naissance, comédienne professionnelle à Londres et croqueuse de diamants, Kim Stuart avait épousé des hommes richissimes qui, entre ses bras, n'avaient pas fait long feu, de crise cardiaque en asphyxie, de malaise en chute mortelle, ce qui avait fini par attirer l'attention de Scotland Yard. Alecto l'avait sauvée de la prison en la recrutant, et l'avait fait disparaître. Comme Yoni Attia, Kim Stuart était officiellement décédée, et les danses des Furies, leurs opérations de coercition, d'extorsion, de chantage, de sabotage et autres assassinats avaient pu commencer. Sans compter leurs victimes collatérales renversées, défenestrées, suicidées ou simplement supprimées par accident… Décidément, la balle dans la tête serait une issue des plus douces. Mais pouvait-on vraiment s'en réjouir ?

Sans répondre, Chen gagna la salle de bains, attrapa un panier à linge et le remplit de vêtements. Puis elle saisit son trousseau de clés, se retrouva sur le palier et passa à l'étage supérieur où elle frappa à une porte. Un aboiement tonitruant alerta aussitôt l'arrondissement et peut-être le monde. Une femme aux cheveux blancs et aux soixante-dix printemps déjà lointains lui ouvrit sans tarder et se réjouit de sa visite en invitant d'un coup de charentaise Diana, son bichon démoniaque, à la fermer.

— Madame Vannier, bonjour. Ma machine fait encore des siennes…

— Aucun problème. C'est un plaisir de vous voir, Yvonne. Entrez ! Un instant, je vais enfermer Diana sur le balcon. Vous savez comment elle est… Mais ne m'attendez pas, allez-y, vous connaissez le chemin. Pendant que vous lancez votre lessive, je nous fais un petit café ?

— Volontiers ! conclut Chen en remontant un couloir au parquet sombre et grinçant.

Parvenue dans l'étroite buanderie, elle déposa son panier, verrouilla la porte et glissa la main sous un placard pour en sortir un téléphone à carte prépayée sur lequel elle composa l'unique numéro enregistré. À l'autre bout de la ligne, quelqu'un décrocha à la deuxième sonnerie, mais resta silencieux.

— Alecto vient de m'appeler comme prévu, et de me filer un rencard. Aujourd'hui à 13 heures.

Le commissaire Bougerol soupira.

— Pas trop tôt ! J'ai cru qu'il allait nous faire poireauter encore cinq ou six semaines… Super nouvelle, Yvonne. Ça veut dire qu'il a gobé ta légende d'ex-flic à la dérive… Bonne année, au fait ! Comment tu te sens ?

Chen sourit malgré elle… Tous ces hommes qui s'inquiétaient pour elle… Elle se demanda si Arnaud Bougerol était aussi paternaliste avec tous les agents placés sous son commandement. De la DGSI, le Renseignement intérieur, elle n'avait rencontré que lui, ce petit quinquagénaire sec à la mèche grise et folle. Elle en était même venue à se demander si d'autres flics étaient au courant de son infiltration au sein des Furies. Bougerol l'avait contactée après qu'elle avait tenté en vain, contre vents et marées, de persuader sa hiérarchie à la brigade criminelle de l'existence des Furies, alors qu'il courait lui-même après ces tueurs depuis près de six ans. L'obstination de la lieutenante du 36 pour retrouver les assassins de son collègue avait convaincu le commissaire de la recruter à la DGSI. Il avait donc contribué à torpiller sa carrière à la Crim, et même accéléré sa chute pour construire sa couverture, sa légende de flic instable, amoureuse de son supérieur défunt avec qui elle couchait en secret, en burn-out complet et nourrissant des théories complotistes qui impliquaient des assassins machiavéliques qu'elle appelait les Furies… Une tarée.

Officiellement débarquée de la police, en déshonneur, abandonnée de tous mais déterminée à retrouver ces tueurs, Chen était devenue une candidate rêvée pour Alecto, Bougerol l'avait constaté. Ce que Chen avait d'abord pris pour une tendresse patriarcale écœurante de la part de son nouveau chef s'était révélée être une réelle sollicitude. Elle ne connaissait rien au renseignement ni au travail sous couverture, et il l'envoyait dans un nid de frelons.

— Comment je me sens ? Je me sens mal. Mais bien décidée à lui faire mordre la poussière.

— C'est ce que je voulais entendre. Où a lieu ce rendez-vous ?

— Au George-V, à L'Orangerie. On doit déjeuner...

Elle perçut le grattement d'un stylo tandis qu'il prenait des notes.

— Bon... À partir de maintenant, silence radio. On ne pourra pas se reparler avant la fin de l'opération, tu le sais...

— Je sais.

— Alors, tu vas sur place et tu te laisses porter. Et si ça tourne au vinaigre, tu dégages, Yvonne. OK ?

— Vous avez trouvé la lessive ? s'enquit Mme Vannier à travers la porte.

Chen couvrit le combiné de la main.

— Oui, madame Vannier.

— On est bien d'accord, Yvonne ? Tu as fait un super boulot, tu les as accrochés, c'est génial ! Mais ils vont te tester, évidemment. Et tu n'as aucune formation, aucun entraînement pour repérer ces techniques de manipulation. Alors, sois vigilante. Ils vont te tendre des pièges pour s'assurer de ta loyauté. N'oublie jamais que si Alecto donne l'impression de t'avoir à la bonne, ce n'est qu'une façade. C'est un tueur de métier qui n'hésitera pas. Quant aux deux autres, ils ne doivent pas tellement apprécier de te voir débarquer. Ne leur fais pas confiance, pas un seul instant !

— Oui, papa.

Il se tut un moment avant d'émettre un petit rire.

— Bon... Tu n'en feras qu'à ta tête, de toute façon. Mais au moindre problème, au moindre doute, si tu sens que ça part en sucette, tu lâches tout, OK ? Je préfère passer six ans de plus à courir derrière les Furies que de marcher dix minutes derrière ton corbillard, OK ?

— Parce que je me suis rappelé que je l'avais changée de place ! reprit Mme Vannier.

— J'ai bien compris, Bougerol. Je sais ce que je risque. Mais je sais aussi pourquoi je le fais. Évidemment, tu ne m'en diras pas plus sur ce qui m'attend, j'imagine ? Ton… opération Apollon !

— D'expérience, je peux te garantir que moins tu en sauras, plus tu seras crédible dans ton rôle de Furie stagiaire. Encore une fois, laisse-toi porter. Laisse-toi surprendre. Mais au moindre danger…

— Je dois y aller, j'ai des jambes à briser.

— À cause de l'humidité !

— Fais attention à toi, Yvonne.

Chen raccrocha, éteignit l'appareil et le replaça sous le meuble, bien au fond. Puis elle enfourna son linge dans la machine et la lança avant de rouvrir la porte. Mme Vannier se tenait là, interdite, et inspecta l'intérieur de la buanderie, se demandant ce que marmonnait sa jeune voisine asiatique, seule dans une pièce fermée.

— Désolée, expliqua Chen. Un coup de fil pour un nouveau travail. Je dois me sauver. Je repasse tout à l'heure récupérer tout ça.

— Ou je vous le descendrai si vous n'avez pas le temps… Tout va au sèche-linge ?

— Oui. C'est gentil ! Mais ce ne sera pas la peine… Je dois y aller. Le travail…

En moins de temps qu'il n'en faut pour mentir, Chen était de retour dans son appartement. Elle saisit son grand sac à main noir, y enfonça son portable et s'apprêtait à partir quand elle vit sur l'écran de la télé le type en imperméable pétrifié dans son rictus cynique, suspendu dans sa rafale de balles à travers la salle du restaurant, trucidant les clients figés dans leur grimace ultime, leur hémoglobine étalée en gerbes contre les murs. Souvent on reconnaît les signes trop tard. Les astres, les esprits, les anciens, les dieux, quel que soit leur nom, tentent de nous mettre en garde, mais nous restons sourds et aveugles à leurs avertissements jusqu'à l'instant où surgit la tragédie. Cette fois, Chen, qui crut identifier un signe, espéra simplement que cette image glacée n'en soit pas un. Que pouvait-elle y faire, de toute manière ?

D'un clic sur la télécommande, l'homme disparut. Alors, elle jeta un dernier coup d'œil au miroir de l'entrée. Elle rajusta sa frange en entendant la question que lui renvoya son reflet. Elle hocha la tête.

— Bien sûr. Je suis sûre et je suis prête.

Puis elle quitta son appartement. La foulée franche, elle remonta la rue Viollet-le-Duc, plus déterminée que jamais ; le chef des Furies l'attendait.

3

— Flèche à Arc. Corbeau vient de s'envoler du nid et se dirige vers le boulevard Rochechouart. Il est 12 h 21. Je prends la filoche. Parlez.

— Reçu, Flèche. Gardez vos distances. Parlez.

— Reçu, Arc. Corbeau prend la direction de la station Pigalle. Deux cars de touristes en stationnement. Trafic dense. La filoche est difficile. Je me rapproche. Parlez.

— Négatif, Flèche. Gardez vos distances. Vous ne devez pas vous faire repérer. Parlez.

— Reçu, Arc. Il y a beaucoup de monde… Attendez.

… Corbeau en approche du carrefour des Martyrs…

…

— Arc à Flèche, parlez.

— Flèche à Arc, il y a eu une détonation… Je…

— Arc à Flèche, parlez.

…

— Arc à Flèche, parlez !

— Flèche à Arc, il y a une… Il y a de la fumée rose sur le carrefour. Je ne vois plus Corbeau. Je répète : je ne vois…

— ARC À FLÈCHE, C'EST UNE DIVERSION. RECOLLEZ AVEC CORBEAU. Parlez.

…

— ARC À FLÈCHE, PARLEZ, PUTAIN !

— Flèche à Arc… Corbeau est introuvable. J'ai fait le tour de la place. Elle a dû entrer dans un immeuble ou… Je ne sais pas où elle est. Je ne comprends pas, elle était là. Je refais le tour et…

— Jean-Marc, regarde les bagnoles, les fourgons ! Elle a dû monter dans un véhicule, ouvre tes mirettes, putain !

…

— Flèche… Flèche à Arc, Corbeau est introuvable. Je répète : Corbeau est introuvable… Je l'ai perdue. Parlez.

…

— Flèche à Arc, parlez.

— Arc à Flèche, attendez…

…

— Arc à Flèche, Apollon est prévenu. Fin du dispositif. On remballe. Terminé. FAIT CHIER, MER…

4

H – 16:39

Phase 2 – L'invitation : certains participants sont personnellement conviés à l'événement.

Le temps était doux pour la saison, selon la formule consacrée. En ce mois de janvier, on aurait pu s'attendre à une certaine froidure à Paris, un petit zéro bien senti, voire moins. On avait déjà eu des –10 °C, des –15 °C, à ce qu'il se disait à la boulangerie ou à la télé. Pourtant, on se contentait d'annoncer que ces agréables 12 °C étaient supérieurs aux normales saisonnières, ce qui agaçait un peu Chen pour qui ces températures « agréables » signaient l'imminence de la fin du monde. Mais qui s'en souciait, puisqu'il était trop tard désormais ? Une autre bonne raison de reprendre un mojito, en somme.

Un mojito avant la fin du monde.

Elle quitta la rue Viollet-le-Duc et emprunta le boulevard Rochechouart en direction de la station Pigalle. Les trottoirs grouillaient de gens en toute saison. Entre Anvers et Pigalle, les touristes qui montaient pieusement au Sacré-Cœur croisaient ceux qui convergeaient vers l'ancien quartier rouge, le Pigalle des années 1970 et 1980, sulfureux et sombre, aujourd'hui assagi, mais dont la réputation infernale était intacte. Les vendeurs à la sauvette proposaient eaux et sodas, les barons de bonneteau plumaient les nigauds, les marchands de marrons chauds et d'épis de maïs grillés promenaient leur caddie brûlant, haranguant le quidam. Et il y avait les passants qui se rendaient simplement au boulot, et les types qui n'en avaient pas et qui attendaient là que la journée s'écoule. Chen aimait cette émulation permanente, elle qui avait grandi dans la quiétude d'une petite cité-dortoir dans la banlieue de Mantes-la-Jolie. Elle aimait cette vie qui pulsait H24 dans les veines de la capitale, les emballements de son cœur comme ses léthargies. Elle aimait sa foule aux millions de visages où elle disparaissait, anonyme et libre, loin de ce ghetto d'enfance où tout le monde se connaissait et se reconnaissait, année après année. Non, il n'y avait rien à redire, Paris était parfaite.

Elle se demanda où Alecto avait envisagé de l'entraîner cette fois. Resteraient-ils à Paris pour venir en aide à une autre Chloé de Talense ? Embarqueraient-ils pour une île ? Partiraient-ils à l'étranger ? Les Furies avaient monté des opérations dans de nombreux pays. Qui pouvait bien être leur cible cette fois ? Alecto envisageait-il de le lui révéler avant que...

Au croisement de la rue des Martyrs, elle s'arrêta brutalement au feu pourtant vert en entendant un bruyant pétard. Elle en cherchait l'origine quand une Mercedes anthracite pila devant elle. La vitre côté passager s'abaissa et, à sa plus grande stupéfaction, elle reconnut Alecto au volant, sa raie droite sur son crâne rose, son costume gris, sa cicatrice.

— Je vous emmène ? proposa-t-il en souriant.

Un klaxon retentit aussitôt quelque part.

Abasourdie, Chen ouvrit la portière, jeta un œil circonspect alentour et monta près de lui dans la plaisante chaleur de l'habitacle. La berline redémarra et traversa le carrefour plein nord vers le périphérique, crevant une étrange vapeur rosée qui flottait sur la chaussée et se dissipait déjà.

— Qu'est-ce que vous faites là ? reprit Chen. Le rendez-vous...

— Je suis ravi que vous ayez accepté mon invitation, Yvonne. Nous allons faire de grandes choses ensemble ! Oui, il y a eu un petit changement de programme indépendant de ma volonté. Nous devons nous mettre en route plus tôt que prévu. Alors, j'ai pensé qu'il était plus simple de passer vous chercher. Il est 12 h 30. J'ai dû avancer le rendez-vous d'une demi-heure un peu à l'improviste. Pardonnez-moi.

— Vous ne faites rien à l'improviste, Alecto, corrigea Chen. Où allons-nous ? On ne va plus déjeuner au George-V ?

— Ah, vous aussi, votre curiosité a été piquée par ces littorines, je vois. Elles devront attendre ! Nous partons pour l'est de la France. Je vous expliquerai tout cela en chemin, bien sûr.

— Mais je n'ai rien pris ! Ni vêtements ni bagages !

— Ne vous inquiétez pas. Nous nous arrêterons sur notre parcours afin que vous puissiez vous équiper un peu. Nous allons dans un endroit glacial, peut-être le plus froid de France. Il faudra que vous soyez habillée en conséquence, évidemment.

Chen regardait droit devant elle, s'efforçant de dissimuler son agacement. Alecto la prenait à contre-pied, brouillait les pistes. Trente minutes à peine après le premier contact, le lieu et l'heure de la rencontre n'étaient déjà plus valables. Il rebattait les cartes qu'il venait de distribuer, lui donnant un avant-goût des heures à venir. Il était le Menteur et le test avait commencé. La confiance n'était manifestement pas de mise, loin de là.

— Notre danse est soumise au secret, Yvonne.

— Vous ne voulez pas me révéler notre destination exacte, si je comprends bien.

— Oh si, je vais tout vous raconter. Dans un instant. Mais je dois au préalable vous demander de me donner votre téléphone.

Elle fit mine de rire.

— Vous craignez que j'appelle mes anciens collègues de la Crim, ceux qui m'ont traitée de folle et poussée à la démission ?

Elle semblait hors d'elle, mais contenait sa colère.

— Oh non, Yvonne. Je sais que vous n'appellerez personne. Mais on peut suivre ces petits appareils dans le monde entier.

Être localisés est évidemment ce que nous redoutons le plus, nous qui travaillons dans l'ombre.

« Évidemment. » « Bien sûr. » Alecto les multipliait pour la convaincre que ce qui se passait depuis cinq minutes coulait de source, dans un enchaînement logique d'événements attendus, prévisibles, inéluctables. Chen n'était pas dupe. Alors elle sortit son téléphone portable, l'éteignit, en tira la puce et tendit le tout au vieil homme. En la remerciant, il les rangea dans la boîte à gants. La berline regagna un peu de vitesse et Chen comprit qu'en ce 5 janvier à 12 h 30, au milieu de la foule des badauds, des vendeurs et des touristes, au croisement de la rue des Martyrs, elle venait de disparaître, emportée par les Furies vers une destination dont elle ne reviendrait peut-être jamais.

5

H – 15:59

Phase 3 – La réponse : par une missive, les invités font savoir s'ils seront ou non présents à l'événement annoncé.

La serrure ne fit aucun ennui. Il était stupéfiant de voir la confiance et l'argent que les gens investissaient dans des portes blindées à cinq points alors que n'importe quel débile muni du bon équipement pouvait entrer chez eux comme s'il avait la clé. La sécurité du monde reposait sur cette confiance d'être bien protégé et sur les sommes qui permettaient de l'acheter. Que cette croyance perdure était presque risible à l'heure où il suffisait de briser une vitre pour pénétrer chez les gens, de passer par une fenêtre de toit ou une porte arrière moins solide. Quant aux serrures, il y avait suffisamment de tutos et de sites dédiés sur Internet pour apprendre à les forcer ou à contrefaire une clé en moins de deux heures… En l'occurrence, il n'était pas question d'effraction ni de laisser la moindre trace. La suite en dépendait.

La jeune femme au carré corbeau, vêtue d'un jean et d'un perfecto, portant un sac à dos, jeta un ultime coup d'œil au couloir puis entra dans l'appartement avant de refermer derrière elle. Adossée à la porte, elle découvrit le petit nid d'Yvonne Chen, qu'elle parcourut d'un long regard avant de commencer la visite. La première chose qui frappait l'observateur était l'absence de décoration : pas un cadre au mur, pas une babiole sur une étagère, aucune photo personnelle. On aurait pu s'attendre au moins à un portrait de famille, Yvonne enfant avec son père et sa mère. Même si elle ne les voyait plus depuis plus de quinze sans qu'Alecto ait pu comprendre pourquoi… Ou un selfie avec une amie proche, sa BFF, un copain, avec Starski peut-être, mais rien nulle part ne trahissait une forme d'intimité avec quiconque… ni même d'humanité. L'ameublement aussi était d'une sobriété déconcertante. Visiblement l'ex-flic n'accordait aucune importance au lieu où elle vivait, ne lui concédant qu'une dimension fonctionnelle, sans affect ni goût. Seul le tapis du salon faisait exception, une carpette colorée où volaient des cigognes. À voir la disposition du canapé en plein centre de la pièce principale et le bol de M&M's posé sur la table basse devant l'écran large fixé au mur, on devinait que Chen passait du temps à regarder des films et des séries pour tromper son ennui ou se changer les idées. L'endroit était d'une propreté remarquable si l'on omettait cet étonnant M&M's rouge par terre, sur le dos de l'une des cigognes.

De ses mains gantées, la femme en perfecto explora les tiroirs et les placards où s'étalaient des ensembles identiques et fonctionnels, un pantalon noir, une veste noire, un chemisier blanc ou noir. Et en guise de chaussures, des baskets noires, des bottes noires… Megara soupira. Elle qui à ses heures perdues courait les défilés et les expositions de créateurs ne voyait pas comment, en tant que femme, on pouvait infliger ces loques monochromes à sa personne. Le vêtement de mode était l'ornement du corps féminin, le triomphe de la reconnaissance de sa finesse et de sa beauté, de sa force et de sa fragilité, de toutes ces qualités en somme que l'homme à travers les siècles avait tenté de dissimuler sous des oripeaux de bure, de chanvre ou de lin brut. Comment pouvait-on tourner le dos à cette victoire et continuer de s'accoutrer avec ces guenilles rugueuses, découpées au couteau, cousues en patchwork et estampillées

H&M ou Zara ? Il fallait éprouver une authentique détestation de soi pour s'infliger ça.

Megara renonça à comprendre. Elle aurait peut-être l'occasion d'en parler avec Chen… Elle poursuivit sa visite. La cuisine répondait aux mêmes critères de fonctionnalité froide. Il n'y avait rien dans les placards, à croire que l'occupante des lieux ne dînait jamais chez elle, sinon de lait, de corn-flakes et de M&M's… Le frigo était tout aussi vide hormis la bouteille de rhum blanc, les citrons verts, la menthe sous plastique et l'eau gazeuse. Le nécessaire à mojito, péché mignon d'Yvonne, sans lequel on aurait pu imaginer qu'elle n'habitait pas là… Ce serait bientôt le cas ; parce que Chen n'habiterait plus là. Jamais.

Megara continua son tour, ravie de ne trouver aucun animal de compagnie que Chen aurait laissé derrière elle et qui, en crevant de faim ou de soif dans les prochains jours, aurait répandu une pestilence âcre dans l'immeuble et alerté les voisins. Si Chen avait eu une bestiole à demeure, il aurait fallu la noyer ou lui briser la nuque, et repartir avec son cadavre dans un sac plastique, et Megara n'aimait pas ça. Mais aucun animal en vue. Non. Chen n'aimait pas les gens, et heureusement elle n'aimait pas les bêtes non plus.

Comme le reste de l'appartement, la salle de bains était d'une propreté irréprochable, fruit d'un nettoyage assidu, en profondeur, peut-être d'une maniaquerie. Les placards ne recelaient rien d'anormal non plus. On aurait dit un de ces appartements témoins dont Alecto ponctuait parfois ses danses pour éconduire les enquêteurs. Pourtant, il ne faisait aucun doute que Chen y avait vécu. Ils avaient passé suffisamment de jours à la surveiller pour en être certains. Peu importait, au fond.

N'ayant découvert aucun indice anormal, Megara décida qu'il était temps d'en déposer. Elle ouvrait son sac à dos quand on sonna à la porte. Son esprit s'activa. Elle regarda l'heure. 12 h 30. Si le plan s'était déroulé comme prévu, Chen était désormais dans la voiture d'Alecto. Si quelqu'un suivait Chen, il l'avait perdue. Se pouvait-il qu'il revienne maintenant à l'appartement vérifier qu'elle n'y était pas retournée ? Megara plongea la main sous son cuir pour en tirer un Glock 17 augmenté d'un silencieux. Elle posa lentement son sac au sol et, à pas de loup, quitta la salle de bains en direction de l'entrée. On sonna de nouveau. L'arme le long de la cuisse, elle trottina jusqu'à la porte et jeta discrètement un œil par le judas.

Une vieille dame se tenait là avec un panier à linge. Megara reconnut la voisine du dessus. Ils avaient établi un dossier sur tous les habitants de l'immeuble lors de leur surveillance. C'était peut-être elle, finalement, la BFF de Chen… Il n'y avait qu'à attendre qu'elle s'en aille.

Contre toute attente, Megara entendit un bruit de clé et un cliquetis. À la hâte, elle se rua dans la chambre

— Yvonne ? C'est Mme Vannier ! lança la voisine en passant la tête dans l'appartement. Je vous rapporte votre linge tout chaud ! Et… Il y a quelqu'un ?

De là où elle se tenait, Megara entendit la vieille dame appeler une dernière fois avant d'entrer et de refermer la porte derrière elle. S'estimant seule, elle se dirigea vers la salle de bains où elle devait régulièrement déposer ce panier. Megara grimaça : son sac trônait en plein milieu de la pièce, grand ouvert. Si la vieille se mettait à fureter, le contenu la défriserait d'un coup, c'est sûr. Plus évident encore, son apparition n'était pas prévue, et si elle traînait plus longtemps dans l'appartement ou s'intéressait de trop près au sac, Megara n'aurait pas une multitude d'options. Et elle aurait certainement du mal à trouver dans la cuisine de Chen un sac plastique à la bonne taille. De toute manière, elle ne pouvait pas laisser de traces, la suite de la danse en dépendait. Et elle n'avait pas l'intention de passer une heure à briquer sur le sol et les murs le sang de Mme Vannier.

À contrecœur, elle rangea son arme sous son perfecto et fit craquer ses doigts. Son esprit entraîné élaborait déjà l'accident de la vieille dame : la strangulation qui lui faisait perdre connaissance le temps de la remonter chez elle, où elle se fracasserait le crâne en trébuchant sur son tapis, son chat, son sac à main… Adieu, Mme Vannier, petit ange parti trop tôt. Alecto allait hurler, bien sûr. Lui qui avait ordonné à ses deux acolytes de tuer moins pour gagner plus, parce que les cadavres engendraient trop d'ennuis, faisaient trop de bruit, déclenchaient trop d'enquêtes… La nouvelle danse avait à peine commencé et on inscrivait déjà Mme Vannier dans la colonne des victimes collatérales. Non. C'était sûr, Alecto allait hurler.

La vieille dame revint de la salle de bains sans le panier, mais avec le sac à dos, en marmonnant que ça n'avait rien à faire là, ça. Megara grimaça : la vieille n'allait tout de même pas partir avec ! C'était franchement la poisse. Mme Vannier n'en ratait décidément pas une, inconsciemment fatiguée de vivre… Heureusement, elle la vit déposer le sac sur la table basse, puis, après quelques circonvolutions de hamster encagé, ressortir de l'appartement et verrouiller la porte. Une fois seule, Megara souffla. L'idée de devoir transporter le corps de la vieille l'avait épuisée, aussi, le soulagement de ne pas avoir à le faire était tout aussi fort : on n'imagine jamais vraiment le poids d'un cadavre.

Mais il ne fallait plus traîner.

Elle récupéra ses affaires et regagna la salle de bains, où elle déposa autour du lavabo et dans la petite armoire à pharmacie une palette de flacons et de boîtes, anxiolytiques divers et variés, antidépresseurs, calmants en tout genre, sédatifs, analgésiques, somnifères, hypnotiques puissants et onguents relaxants ainsi que quelques stimulants, des cachets vivifiants, de francs analeptiques, un sirop fortifiant aux fins psychotoniques, assez de médicaments pour accoiser les humeurs de la flic humiliée et assourdir les désespoirs de la femme éperdue. Puis de pièce en pièce, veillant à contenir le bruit, Megara ravagea tout. Elle vida les placards, déchira les vêtements, jetant aux murs immaculés et au sol rutilant shampoing et rhum blanc. Quand le chaos fut convenable, elle éparpilla quelques pilules et gélules, ici sous un meuble, là dans les plis du canapé, ou là dans le bol de M&M's. Le décor en place, elle déposa sur le parquet une photo de Starski dont le visage avait été raturé au Bic jusqu'à trouer le papier et plus loin, sur la table basse, une page de carnet où couraient quelques mots.

Megara jeta un dernier regard à l'appartement saccagé, puis au miroir brisé de l'entrée dont elle ramassa un morceau. Elle attrapa son sac, déverrouilla en pestant la porte pour la deuxième fois, sortit sur le palier et la reverrouilla de l'extérieur. Enfin, elle enfonça le bout de verre dans la serrure : personne ne pénétrerait dans cet endroit avant un bon moment. Surtout pas Mme Vannier.

Elle quitta les lieux à la hâte ; dans une trentaine de minutes, elle avait rendez-vous au restaurant.

6

On frappa à la porte. Sans lever le nez de son livre de comptes, Maïté Mayer répondit par un « Entrez ! » autoritaire. Afonso Silva s'avança, en priant l'homme qui l'accompagnait de le suivre. La baronne aux longs cheveux roux s'enfonça dans son fauteuil et détailla les deux hommes que tout opposait : Silva, le bras droit de son mari, dans un costume bleu impeccable, ses cheveux noir ébène plaqués à la façon de Clark Gable, aussi luisants que ses chaussures, et l'autre, Titouan, arborant tenue de chasse et bottes en caoutchouc. Embarrassé par ses semelles boueuses sur les tapis précieux, le chasseur n'avait visiblement pas l'habitude de pénétrer dans ces appartements. Ses yeux émerveillés parcouraient la vaste pièce, dont les boiseries sombres disparaissaient par endroits sous les tableaux de famille. Au plafond se déployaient une fresque colorée et un lustre en ferronnerie noire. À gauche, une cheminée au manteau ciselé abritait un feu vif. Au fond, une porte menait à la chambre du couple, la suite baronniale. Une bibliothèque d'ouvrages antiques couvrait le mur derrière le bureau Napoléon III auquel était installée la baronne Maïté Mayer de Lieselshertz, la quarantaine à chignon, foulard Hermès et collier de perles.

— Nous sommes désolés de vous déranger, madame la baronne, nous aurions souhaité nous entretenir avec monsieur le baron à propos de… de quelque chose.

— Vous voyez bien que mon mari n'est pas là, monsieur Silva. Alors, je vous écoute. Approchez, vous m'inquiétez.

— Il semblerait qu'il y ait eu une intrusion la nuit dernière, madame.

La femme fronça les sourcils.

— Une intrusion… dans le château ?

— Sur le domaine, madame. Il n'y a pas eu d'effraction, nous avons vérifié tous les accès. Mais Titouan…

Silva encouragea le chasseur à raconter la suite.

— C'était vers 2 heures, m'dame. Je faisais ma ronde dans le château. J'étais dans le grand salon quand j'ai vu quelque chose à la fenêtre… Quelqu'un, plutôt… Dehors !

Il s'arrêta, attendant une réaction qui ne vint pas.

— J'ai pensé que c'était un saisonnier qu'était sorti. Le baron leur a dit de pas sortir, ils savent qu'ils doivent rester au hangar, mais avec ces gens-là… C'est souvent des fortes têtes, vous voyez ? Ou alors, ils ont pas compris, à cause de la langue…

— C'est le rôle de M. Silva de s'occuper d'eux, Titouan, pas le vôtre. Vous n'avez aucune raison de vous approcher de leur gîte ni d'entrer en contact avec eux… Ces consignes me semblent claires. Vous aussi, vous avez des problèmes avec la langue ?

— Non, madame la baronne…

— Bon. Et qu'est-ce que vous avez fait ? le pressa la maîtresse des lieux.

— Je m'suis approché de la fenêtre. Il faisait sombre à l'intérieur, mais il restait des braises dans la cheminée et ça faisait des reflets, alors, je voyais pas bien à cause de ça à travers la vitre…

Notant l'impatience de son auditoire, le chasseur décida d'en venir au fait.

— Et c'était pas ça ! C'était pas un des gars du hangar… Je veux dire, c'était pas un gars. C'était… une forme.

— Une forme ? répéta Maïté Mayer, un sourire aux lèvres face au rustaud qui peinait à s'exprimer.

— Là-bas, entre le riesling et le lac !

Le bougre avait visiblement forcé sur le vin tiré de l'un plutôt que sur l'eau tirée de l'autre.

— Qu'est-ce que c'est, « une forme » ? répéta-t-elle en interrogeant aussi Silva du regard.

Ce dernier haussa les épaules.

— Quand Titouan m'en a parlé, ça m'a paru bizarre à moi aussi, madame. Mais… raconte la suite !

— Oui. Alors… Je me suis dit comme vous : « Mais c'est quoi, cette forme ? » Comme vous ! Alors, j'ai armé mon fusil et je suis sorti. J'ai traversé la cour plein sud, j'ai longé le bâtiment pour rejoindre le lac. Et il y avait plus rien. Rien de rien. La forme blanche avait disparu.

— Ah, elle était blanche !

— Oui ! C'est pour ça que je l'ai vue depuis la salle des banquets dans la nuit. Il y avait la lune, hier. Elle était presque pleine, alors on y voyait bien. La forme était blanche… blanche comme…

— Et vous avez pensé que c'était quelqu'un qui se promenait avec une torche… Un rôdeur ?

— Non, pas de torche, madame. J'aurais tout de suite reconnu une torche. Une lampe électrique, ça va, ça vient, ça se balance et ça éclaire autour. Là, non. La forme blanche, c'était quelqu'un ! J'ai vu des bras, des jambes, c'était quelqu'un !

— Et vous avez couru vérifier ? interrogea Mayer.

— Personne, madame. La forme s'était envolée comme ça, pfuut !

Mayer et Silva échangèrent un autre regard.

— C'était déjà bizarre, reprit le chasseur. Mais le plus bizarre, c'est que, sur place, à l'endroit exact où j'avais vu la forme, y avait rien.

— Pas de forme.

— Pas de traces ! Dans la neige, pas de traces ! J'ai fait une cinquantaine de mètres vers le hangar des saisonniers. Je suis pas allé au hangar, hein, mais je me suis dit : « Si c'est un des gars, il est reparti par-là. » Mais aucune trace. Nulle part.

Comment on fait pour marcher dans la neige sans laisser de traces ? Parce que moi, j'ai déjà vu des trucs bizarres, mais j'ai jamais vu ça !

Les deux hommes dévisagèrent la femme songeuse. Elle devait de nouveau se demander si le gardien du château n'avait pas des tendances à l'ivrognerie ou à l'addiction comme son prédécesseur. À moins que les dernières semaines, passées sur ce sommet enneigé, n'aient affecté sa raison… Pourtant, à en juger par son effroi, on ne pouvait douter qu'il ait aperçu quelque chose près du lac, à une centaine de mètres du château.

Le feu crépita et brisa le silence.

— Et vous êtes sûr que personne n'est entré ? répéta-t-elle.

— Sûr, madame la baronne ! J'ai contrôlé toutes les portes et toutes les fenêtres, assura le chasseur.

— Bon…

— Est-ce qu'il ne faudrait pas également en parler à monsieur le baron ? proposa Silva.

— Inutile de l'ennuyer avec ça pour l'instant. Un reflet de la lune sur le lac gelé ou sur une stalactite pendue à une branche… Et puis, il n'y a pas eu effraction.

— C'était peut-être un cambrioleur en repérage, insista le secrétaire. Il faudrait tout de même…

La femme leva vers lui un regard froid.

— Je vous remercie, messieurs.

Les deux hommes sortirent.

7

— Je vous écoute.

Puisque Alecto ne répondait pas aux questions, Chen avait choisi une affirmation qui ressemblait à un ordre. Si elle acceptait de jouer au chat et à la souris avec le Menteur, la patience n'avait jamais été son fort. La délicatesse non plus. Alecto sourit. La berline anthracite s'engagea sur le périphérique intérieur par la porte de Clignancourt et se mêla au flot sirupeux du continuel bouchon parisien.

— Nous partons dans les Vosges, vous connaissez ?

— Pas du tout. Mais ça ne donne pas envie. C'est des montagnes, non ? railla-t-elle.

— Nous rejoignons un magnifique château qui est la propriété de deux frères très fortunés, héritiers d'une vieille famille. Le domaine comprend un haras, une hôtellerie et, surtout, un vignoble qui donne un vin hors de prix. Ils possèdent quelques biens et d'autres terres à travers l'Alsace et la Lorraine. Dans le Grand Est, comme on dit !

— Bon... Et qu'est-ce que vous leur voulez, à ces braves gens ?

Imperturbable, Alecto se frayait lentement une route dans le trafic dense.

— Il n'y aura qu'un seul des deux frères sur place, l'aîné, Ulbricht, quarante-huit ans. L'autre, Herman, quarante-deux ans, est un jet-setter qui fait la bamboche aux quatre coins du monde, dilapide sa fortune en frasques onéreuses, en voitures rutilantes et en cadeaux ruineux à des conquêtes d'un soir…

— J'ai déjà envie de le rencontrer ! J'imagine que l'autre…

— Vous imaginez mal ! Ulbricht est tout aussi dépensier, excentrique, et tout aussi alcoolique et dépendant aux anxiolytiques que son cadet. Mais l'un veut profiter de la vie loin du domaine, l'autre s'y accroche comme une moule à son rocher. Oh ! Et Ulbricht est marié. Sa femme sera sur place.

Chen dévisagea le vieil homme, s'attendant à ce qu'il lui annonce la nature probable de l'intervention des Furies : tuer l'aîné pour que le benjamin remporte la mise. Rien de très neuf sous le soleil noir du crime. Deux frères dont l'un souhaitait buter l'autre. L'histoire de l'humanité était truffée d'épisodes similaires, d'Abel et Caïn à Rémus et Romulus, sans oublier Seth et Osiris, ou Scar et Mufasa.

Alecto changea de file et reprit :

— Nous ne tuerons personne, Yvonne, assena-t-il soudain comme s'il lisait ses pensées. Nous devons amener Ulbricht à vendre le domaine à un gros groupe impatient d'exploiter la vigne locale et de commercialiser son vin de glace très prisé par les connaisseurs, notamment en Chine où les bouteilles s'arrachent à prix d'or.

— Donc les Furies interviennent, et Ulrich…

— Ulbricht.

— … et Ulbricht signe de son plein gré… OK ! *No problemo*. Je vous fais ça en deux heures.

Alecto ignora le cynisme de la jeune femme.

— Je vous en dirai un peu plus quand nous prendrons l'autoroute. Nous devrions être sur site dans environ cinq heures, puisqu'il nous faudra déjeuner dans l'intervalle et vous dénicher des vêtements adaptés. D'ailleurs, nous trouverons ce dont vous aurez besoin par ici.

Alecto quitta le périphérique à la porte de Montreuil. Chen laissa le silence s'installer dans l'habitacle. En faisant l'inventaire rapide des informations qu'elle venait de glaner, elle se rendit compte qu'elle n'avait rien. Deux prénoms dans les Vosges et un château. Peut-être qu'avec un peu de temps elle pourrait retrouver le domaine possédé par deux frères produisant un vin hors de prix. Mais elle n'avait ni temps, ni ordinateur, ni téléphone, ni équipe, ni rien, en fait…

La berline s'immobilisa le long du trottoir. Chen leva la tête et découvrit un énorme magasin Decathlon.

— Vous pensez vraiment que je vais m'habiller là ?

— Oui. Vous avez vingt minutes. Je vous attends ici. Prenez des vêtements chauds. Et un sac pour les transporter. Faites-vous plaisir !

Il lui tendit une liasse de billets de cent euros qu'elle saisit avec joie.

— Si dans la foulée on peut faire le même arrêt chez Cartier…

— Vous avez dix-neuf minutes.

Elle quitta le confort de la berline et s'engouffra dans le magasin de sport.

Alecto l'observa un moment avant de prendre son portable, de vérifier l'heure et de composer un numéro.

À quelques kilomètres de là, attablée dans une fastueuse salle de restaurant, une jeune femme arborant un carré blond platine, des lunettes de soleil excentriques et une robe haute couture bleu ciel décrocha.

— Je t'écoute, dit-il simplement.

— Site 1, RAS. Tout est en place. Et j'ai neutralisé la serrure. Maintenant, je suis sur site 2.

— Qu'est-ce que ça donne ?

— C'est calme. Il n'y a personne. La clientèle ordinaire. J'ai fait le tour de la salle avant de choisir ma table. J'ai même jeté un œil aux cuisines en me perdant… S'il y a un dispositif policier en stand-by à L'Orangerie, ils sont cachés sous les fleurs.

— Tu as vérifié le bar ?

— Deux femmes, quadras friquées, qui discutent. RAS. Et un type, la cinquantaine, en costume Prada foncé, qui est au téléphone depuis une trentaine de minutes et lance des regards réguliers vers l'entrée principale. Il parlait de prêts bancaires quand je suis passée près de lui. A priori, RAS. En même temps, tu le sais, il suffit d'un type avec une plaque et un flingue… Mais un Prada à 3 000 euros… Je ne connais pas beaucoup de flics qui peuvent se le permettre !

— Tu as raison, Megara ! Laisse tomber. Tu fais ce qui est prévu et on se retrouve au rendez-vous sur site 3.

Alecto raccrocha. Lorsqu'il avait téléphoné à Chen, il avait pris soin de lui donner tout le temps nécessaire pour alerter ses collègues. Il avait même laissé aux flics la possibilité de convoquer à L'Orangerie une force armée capable de contrôler toutes les issues et de le coffrer. Manifestement, Chen n'avait prévenu personne. Alecto sourit, ravi que l'ancienne lieutenante passe ce nouveau test sans encombre. Il ressentait également une certaine fierté ; il détestait être déçu et n'aurait pas apprécié de s'être fourvoyé. Peut-être n'avait-il aucune chance de convaincre Yvonne Chen, de la convertir malgré sa disgrâce, sa chute, son isolement. Ou bien essayait-elle d'en apprendre davantage sur leur compte afin de faire tomber les Furies pour de bon. Au fond, cette danse à laquelle il l'invitait servait à ça, tester ses motivations et sa loyauté. Et si l'ex-flic révélait sa duplicité ou tentait de leur fausser compagnie, il n'aurait d'autre choix que de la faire disparaître. Ce ne serait ni la première ni la dernière, certes, mais tout de même… le Menteur n'aimait pas se tromper.

D'ailleurs, quelques minutes après le départ de Chen, il quitta à son tour l'habitacle pour vérifier comment se déroulait sa deuxième épreuve. Il pénétra dans le magasin et se dirigea vers l'accueil, où le commissaire Alejandro Torrino présenta sa carte de police et demanda à rejoindre le poste de sécurité. Escorté à la hâte dans la salle vidéo où un agent surveillait des écrans, il raconta être à la poursuite d'une suspecte qui venait d'entrer dans la grande surface. L'agent ne tarda pas à retrouver cette femme asiatique vêtue de noir et soudain très inquiétante.

— Vous pouvez zoomer ?

L'agent de sécurité s'exécuta. Chen remplissait son caddie, imperturbable.

— Parfait. Ne la perdez pas.

Outre un nécessaire de toilette et deux serviettes de bain, Yvonne avait trouvé deux treillis au rayon chasse et pêche, une veste de ski rouge et noir en goretex avec une capuche, des chaussures montantes de rando, des tennis, quelques culottes et t-shirts, deux polaires et un sweat-shirt... Il n'y avait même pas un jean dans ce magasin.

Elle se demandait quel rôle Alecto envisageait de lui faire jouer dans la danse à venir. Avec un tel accoutrement, elle serait certainement championne de ski ou garde champêtre. Un rôle à Oscar pour elle qui n'avait jamais skié et détestait la nature... un rôle difficile pour approcher et convaincre Ulbricht de sa nouvelle identité. Tout en enfilant la veste pour en vérifier la taille, elle détailla de nouveau ses indices : un château dans les Vosges à cinq heures de Paris, plutôt quatre si l'on omettait le temps de ses achats et celui du déjeuner, plutôt six si l'on prenait en compte la vitesse du bolide d'Alecto sur le périphérique, un domaine dont le propriétaire, Ulbricht – il ne devait pas y avoir des milliers de pauvres bougres affublés d'un nom pareil –, fabriquait un vin de glace réputé et avait un frère appelé Herman... Si elle était dans l'incapacité de relier ces points, Bougerol et l'un de ses techniciens en feraient certainement quelque chose, pour peu qu'elle arrive à les joindre.

— Bonjour, madame, je peux vous aider ?

La très jeune vendeuse gardait le sourire malgré le port obligatoire de son horrible gilet aux couleurs de la marque. Chen la dévisagea, les rouages de son cerveau cliquetant de concert.

— Oui. Pour les tailles... Il y a des cabines d'essayage ?

— Elles sont juste derrière. Je vais vous montrer.

Chen lui emboîta le pas en jetant un coup d'œil alentour, par précaution. Dans la poche arrière de la vendeuse, elle repéra un téléphone. Ce serait l'affaire de quelques secondes : sous un prétexte débile, elle lui empruntait son portable et envoyait un message à Bougerol depuis la cabine pour lui communiquer les informations glanées dans la voiture, et lui dire qu'elle allait bien, aussi…

— Prenez celle-ci. Vous m'appelez si vous voulez une autre taille.

Immobile devant la cabine ouverte, Chen observa son reflet dans le miroir du fond, un reflet qui l'interrogeait encore chez elle, quelques minutes plus tôt. « Silence radio », lui répéta Bougerol en un écho lointain. Chen grimaça.

— Ça va, madame ?

— Oui, répondit Chen en entrant dans la cabine sans un mot de plus.

La vendeuse s'éloigna. Trois minutes plus tard, l'ex-flic reparut vêtue d'un treillis et d'une veste noirs, habitée par l'horrible impression d'être habillée en vigile ou en maître-chien. Ignorant les questions polies de la vendeuse, elle gagna les caisses et déboula dans la tiédeur de janvier avec deux énormes sacs de sport emplis de ses emplettes. La berline anthracite était toujours garée devant le magasin, mais l'habitacle était vide. Chen se demandait où pouvait être Alecto, lorsqu'elle le vit sortir à son tour du magasin. Il portait deux gobelets fumants.

— Vous êtes parfaite ! lança-t-il. Mettez tout ça sur la banquette arrière, j'ai du matériel dans le coffre. Tenez ! Je me suis dit qu'un petit café nous ferait du bien avant la route. On y va ?

8

H – 14:22

Phase 4 – Le festin de bienvenue : les participants sont invités à déjeuner ensemble avant le début de l'événement.

Depuis près de deux heures, la berline filait sur l'A5, vers l'est, à cent cinquante kilomètres à l'heure. À plusieurs reprises, Yvonne avait tenté de faire parler Alecto pour lui soutirer davantage d'informations sur leur opération, sur le rôle qu'elle devrait y jouer et sur la présence des deux autres Furies. Mais Alecto s'était contenté de sourire et de se réjouir de son enthousiasme. Ses danses nécessitaient un minutage implacable, elle devait le comprendre. Ses questions étaient donc prématurées, l'heure des révélations n'était pas encore venue. Tout se ferait en son temps. Yvonne avait soupiré et s'était tue, laissant un vieux Miles Davis emplir l'habitacle de sa trompette spleenétique. Le chef des Furies devait se délecter de la maintenir dans l'ignorance, une brume de secrets, de non-dits, de faux-semblants, son habitat naturel. Ce qui expliquait pourquoi il ne lui avait pas fixé directement rendez-vous à leur destination : il avait certainement voulu la tenir à l'œil depuis le moment où elle avait quitté son appartement. Il était tellement retors et paranoïaque. Et malin.

Annonçant une nouvelle surprise, la berline sortit de l'autoroute à hauteur de Troyes. Chen se garda d'interroger le chef des Furies ; la réponse inclurait immanquablement les mots « minutage » et « prématuré ». Alecto rejoignit le centre-ville et gara la voiture en face du Restaurant de la Gare, dont l'originalité du nom laissait « présager du pire quant au menu », plaisanta-t-il en s'excusant presque.

— On est loin de vos littorines, grinça Chen tandis qu'ils quittaient l'habitacle chauffé.

— Vous avez raison. Mais je sais d'expérience que c'est le seul endroit où l'on peut trouver quelque chose à manger à Troyes à 15 heures en pleine semaine. C'est l'une des malédictions de la province, il faut bien l'avouer : tout est fermé.

Il récupéra une sacoche noire sur la banquette arrière.

— La malédiction, corrigea Chen, c'est surtout de m'entraîner dans ce genre de lieux, loin de la civilisation. Morguélen, c'était déjà pas la joie, mais là... Je ne sais pas comment ils font pour survivre.

Elle fit un tour sur elle-même ; il n'y avait personne.

Alecto agréa d'un signe de tête.

— Nous ne resterons pas longtemps, rassurez-vous. Et je ne souhaite pas vous déprimer, mais il y aura encore moins de monde là où nous allons qu'ici ou que sur Morguélen.

— Ça promet...

La salle du restaurant était vide, si l'on omettait la patronne et le client flapi affalé au zinc, parce qu'il y en a toujours un ; à croire qu'il était loué.

— Bonjour monsieur-dame ! C'est pour déjeuner ? Prenez la table qui vous convient. Je suis à vous dans un instant.

Alecto parcourut la salle du regard et choisit une table au fond, loin de la fenêtre, où quatre couverts étaient dressés. Il tira une chaise pour Chen qui s'y assit, et prit place de l'autre côté, dos au mur, face à l'entrée, comme les joueurs de poker au Far West, les types en cavale et les anciens agents de la DGSE. On ne se refait pas.

La patronne revint avec deux menus et une carafe d'eau.

— Il n'y a plus d'entrecôte ni de poulet, annonça-t-elle.

— Je vais prendre le burger, répondit Chen.
— Désolée. Il n'y en a plus.
— Pour moi, ce sera le hachis parmentier, s'il vous plaît.
— Il n'y en a plus non plus. En fait…

Ils se regardèrent puis la dévisagèrent tandis qu'elle relisait son menu.

— Ah, se réjouit-elle soudain, je peux vous faire un croque-monsieur.
— Bon, un croque-monsieur, conclut Alecto.
— Deux !
— Ah… Deux. Je vais voir si j'ai assez de fromage pour en faire deux, parce que je ne crois pas avoir assez de jambon.

Elle repartit, laissant ses clients abasourdis.

— C'est l'aventure à chaque instant avec vous, Alecto… persifla Chen.

Il esquissa un sourire. Mais le vieux semblait piqué, son visage fripé n'annonçait rien de bon. Chen le regarda à la dérobée. Visiblement, le sketch du menu, bien qu'anodin, l'avait agacé, et la mine sombre qu'il affichait en disait long sur la dangerosité de l'homme. Elle imagina qu'en d'autres temps il n'aurait pas tardé à quitter les lieux en abandonnant un cadavre dans l'arrière-cuisine. Ou peut-être pas. Chen peinait à se faire de lui un portrait stable, le considérant tantôt comme le vieil homme affable et sémillant qu'il exposait en façade, tantôt comme le tueur froid et calculateur qu'il prétendait ne plus être.

— C'est bon, triompha la patronne. Deux croque-monsieur-salade ?
— Trois, rétorqua Alecto. Nous serons trois.
— Et un mojito, s'il vous plaît !
— Un… Ah non. Mais j'ai du rhum blanc et du citron…

Chen se résigna à cet ersatz. La patronne disparut dans la cuisine en vitupérant contre ces clients versatiles et exigeants.

— Trois ? répéta Chen.

Le Menteur regarda sa montre. Puis il attrapa la carafe et remplit trois verres, sans un mot. Il vida le sien d'un trait et le reposait quand la porte du restaurant s'ouvrit. Une jeune femme svelte au carré platine et aux yeux gris, la petite trentaine, emmitouflée dans un long manteau de laine blanc et traînant une valise à roulettes, s'avança vers eux, ondulant comme un cobra. Sa panoplie de femme fatale lui allait si bien qu'elle peinait à s'en départir. Malgré la perruque blonde, et à sa grande surprise, Chen reconnut Megara. Alecto avait un vrai talent de conteur et un parfait sens du timing.

Il se leva.

— Je ne vous présente pas Megara, Yvonne. Vous avez eu l'occasion de vous croiser. Certes rapidement...

— Je me souviens, coupa Chen un peu trop froidement.

Les deux femmes se serrèrent la main.

— Je suis ravie qu'on travaille ensemble, s'empressa d'ajouter la Furie, manifestement plus enthousiaste.

— Vous pourrez faire plus ample connaissance ces prochains jours. Mais il est temps que je vous parle de la danse qui nous amène dans l'est du pays.

Alecto ramassa sa sacoche noire, en tira un dossier et l'ouvrit. Il déposa devant lui la carte topographique d'une montagne ainsi que deux photos. Elles représentaient deux hommes, la cinquantaine, qui se ressemblaient beaucoup. L'un à la mine sévère, la coupe propre et rase, qui arborait de larges moustaches blondes broussailleuses, l'autre, à peine plus jeune, glabre, souriant, les cheveux mi-longs.

— Les barons Ulbricht Mayer de Lieselshertz et son frère cadet Herman ont hérité à la mort de leur mère, il y a sept ans, du château de Lieselshertz et de ses dépendances, un splendide domaine juché à mille trois cents mètres d'altitude dans le massif des Vosges, à une vingtaine de kilomètres de Colmar.

D'un doigt sur la carte, il désigna un sommet rocheux où trônait un château au milieu de nulle part, surplombant champs et forêts à proximité d'un plan d'eau, un bâtiment en forme de U qui avait dû perdre son dernier mur lors de lointaines batailles. Au sud-est, par-delà la vigne, était indiquée une autre habitation, plus petite.

— D'après mes informations, l'aile est comprend un hôtel de prestige, le Stanley, et une écurie. L'aile ouest est réservée à la famille. La cave est dessous.

— C'est très grand, commenta Megara. Et une écurie ! Ils ont les moyens.

— Si les Mayer ont toujours principalement vécu de leurs rentes foncières, ils ont aussi amassé une petite fortune en fabriquant sur leurs terres un vin particulièrement célèbre et prisé des connaisseurs, un *Eiswein*, ou vin de glace.

Alecto attendit une question qui ne vint pas.

— C'est un vin élaboré à partir de raisin presque gelé. D'après ce que j'ai trouvé sur le sujet, en 1794, des vignerons bavarois sont soudain surpris par une vague de froid qui menace leur récolte, risquant de priver de vin toute la région pour l'année à venir. Ils décident de ramasser les grains partiellement gelés plutôt que de les perdre, et les pressent aussitôt. Le résultat est étonnant : le vin de glace vient de naître. La famille Mayer en produit un de manière traditionnelle depuis dix générations : l'Issblüat. Le Sang des Glaces.

— Charmant, ponctua Megara.

— Quel rapport avec nous ? coupa Chen, qui s'intéressait assez peu à la poésie.

L'œil d'Alecto pétilla en entendant le « nous ». Ainsi, Chen se sentait déjà partie intégrante de l'équipe.

— J'y arrive, Yvonne. Le raisin utilisé dans le vin de glace doit être ramassé de nuit par une température comprise entre -6 °C et -12 °C. De plus, il doit avoir été exposé à cette température pendant au moins trois jours avant la vendange.

— Il faut se détester pour s'imposer ça, grogna-t-elle.

— Et on ne peut en définitive exploiter que 10 à 15 % du raisin récolté. Ce qui fait de ce vin un nectar aussi délicat que rare. Aujourd'hui, une bouteille d'*Eiswein* coûte en moyenne

120 euros. Pour sa part, la cuvée disponible la plus récente du Sang des Glaces se vend à 2 800 euros la bouteille.

— Ah oui, quand même.

— La famille Mayer met un point d'honneur à ne commercialiser un millésime que trois ans après la vendange, poursuivit Alecto, ce qui en fait un produit de collection. Avec une production annuelle de cinq mille bouteilles, on parle d'un chiffre d'affaires de 15 millions d'euros. Mais ce n'est pas tout ! Plus incroyable encore, la cave du domaine regorge de flacons : cent d'entre eux, à chaque millésime, sont conservés au domaine. Depuis le premier millésime, celui de 1854.

— Une fortune, souffla Megara.

— Quand on sait qu'une bouteille de 1854 est cotée 200 000 euros, on peut dire ça. « Le rapport avec nous », Yvonne, c'est que nombre de personnes voudraient mettre la main sur un tel domaine et sur la fortune qui y sommeille. Quantité d'hôtels et de restaurants prestigieux seraient prêts à tout pour ajouter à leur carte une de ces fabuleuses bouteilles, le premier millésime ou un autre, d'ailleurs. Il en va de la majesté d'un établissement, restaurant gastronomique ou palace, de son éclat et donc de ses étoiles à venir, de ses tarifs, de ses bénéfices… Mais Ulbricht Mayer ne vend rien, ne lâche rien. Les deux frères ont bradé propriétés et terrains, dilapidant en moins de cinq ans leur héritage en mondanités, achats et voyages de luxe, et il ne leur reste aujourd'hui quasiment que le château, les terres alentour et la cave. Pourtant, Ulbricht refuse qu'on touche à cette dernière, il se voit comme l'ultime défenseur de la tradition familiale. Un dragon gardant son trésor. Son frère Herman a beau le tanner, leurs créanciers les menacer, les banques rappeler quotidiennement leurs dettes abyssales, rien n'y fait. C'est là que nous entrons en scène.

— Nous devons l'amener à vendre les bouteilles de sa cave ? interrogea Megara qui, de toute évidence, découvrait elle aussi la danse à venir.

— Nous devrons l'amener à vendre tout le domaine : château, vignes et cave. Tout.

— Ce qu'il chérit le plus au monde, quoi… résuma la jeune femme en replaçant délicatement une mèche blonde.

— C'est son frère Herman, le commanditaire ? s'enquit Chen.

Les têtes des deux Furies pivotèrent vers elle dans un même mouvement.

— On ne parle pas du commanditaire, expliqua Alecto en forçant un nouveau sourire. Jamais. C'est moi qui m'en occupe. Et c'est moi qui écris les danses. Vous, vous vous chargez de l'exécution. Est-ce que cette organisation vous semble claire ?

Le chef des Furies avait tenté d'adoucir sa voix, mais le ton était cinglant et le silence qui suivit, assourdissant. Ainsi tombait la première règle du fight club d'Alecto : il est interdit de parler du commanditaire.

— OK… Vous êtes un peu soupe au lait, non ?

Le silence s'attarda au-dessus de la table. Alecto la dévisagea, perplexe, avant d'éclater de rire.

— Vous avez raison, Yvonne ! Je ne rajeunis pas. Et en vieillissant, on se raidit sur des principes posés dès l'enfance, souvent par nos parents. À soixante-neuf ans, vous imaginez qu'on manque de souplesse. Il faut ajouter qu'à cet âge, quand on a fait beaucoup, beaucoup de terrain, on aspire à rester un peu en retrait… Pas à prendre sa retraite, non, je n'y suis pas prêt. Mais ce besoin de distance explique aussi votre présence. Depuis sa création, le groupe des Furies a toujours fonctionné à trois. Si je ne viens plus sur site, quelqu'un doit donc s'y présenter à ma place. Et c'est vous que j'ai choisie. En nous rejoignant, vous avez accepté de tenter l'aventure, alors ne tergiversons plus. Toutefois, je vous propose de fixer quelques principes de vie commune, de bonne entente si vous préférez, qui nous éviteront des moments délicats à l'avenir.

— On ne parle pas du commanditaire. Jamais, répondit Chen.

— Exactement, confirma le vieil homme.

— On ne conteste pas la danse en cours, ajouta Megara.

— Oui, agréa-t-il, on suit ce qui est écrit jusqu'au dénouement attendu. En cas d'écart accidentel, on me prévient aussitôt.

Chen voulut demander si Megara ou Tisiphone l'avaient appelé le soir où l'un d'eux avait abattu Paul Starski *par accident*, mais elle s'en garda.

— J'imagine qu'un des principes stipule que les Furies n'existent pas ?

Alecto acquiesça avec le sourire paternaliste du Jedi qui voit son padawan faire des progrès. Du dossier posé devant lui, il tira deux enveloppes. Chen et Megara y découvrirent des papiers d'identité, des cartes professionnelles et des liasses de feuilles.

— Voici les documents afférents à votre identité. Nous ne laissons de traces que celles qui sont nécessaires à l'exécution de la danse.

— Attention, chaud ! Trois croque-salade, annonça la tenancière en déposant les assiettes. Et un mojito ! Bon appétit !

Ils firent silence le temps qu'elle reparte.

— Je ne mange toujours pas de charcuterie, commenta Megara en détaillant son plat.

— Désolé, ils n'avaient que ça.

Chen détailla les deux cartes où paraissait une photo d'elle. Un travail remarquable. Elle était Neomie Sisti... Elle fit cependant la moue.

— Sisti... Ça fait un peu « cystite », non ?

— Pas du tout, s'indigna Alecto. C'est corse !

— Vous avez tapé dans le mille, alors. Je suis tellement typée corse !

Megara pouffa. Alecto s'expliqua.

— Je choisis toujours un nom en fonction de votre pseudonyme. Lors de cette danse, Megara, par exemple, sera Melany Garason. Vous voyez ? Me-Gara !

— Ah... et c'est qui chez les Grecs, Né-Sisti ?

Alecto soupira.

— Non. Regardez : Né-Mi-Sis. Vous serez Némésis, « la juste colère », conclut-il, enthousiaste.

— Némésis…

— Certains auteurs antiques en ont fait la déesse de la vengeance, la quatrième des Furies, alors j'ai pensé que ce serait une idée amusante ! Qu'en dites-vous ?

— Je suis au sommet de l'extase, commenta Chen sans sourciller. Trente-six ans, bon… Directrice commerciale chez Vinum Bonum ?

— Vous trouverez les détails de l'entreprise et de votre personnage sur les feuilles jointes. La vôtre, Vinum Bonum, est une très grosse maison spécialisée dans le négoce du vin, notamment avec l'Asie. Voilà des années qu'ils discutent avec Ulbricht Mayer, sans résultat. Grâce à quelques connaissances, j'ai pu vous obtenir un rendez-vous. Ainsi qu'à Megara : Melany Garason est américaine, mais parle un français courant.

— *That's right !* confirma la jeune femme.

— Melany vient négocier pour le bénéfice d'un conglomérat californien de la Napa Valley, Napa Wines. Un très gros concurrent. Elle proposera soixante millions pour l'achat du domaine, cave et château compris. Vous, Yvonne, offrirez jusqu'à quatre-vingts millions, ce qui est un peu au-dessus de la valeur réelle de l'ensemble, mais au moins aurez-vous une idée réaliste des sommes engagées. Oh, j'adorerais être là pour vous observer pendant ces négociations ! Le baron vous a invitées le même jour, j'imagine qu'il se réjouit déjà de vous voir vous écharper ! Quoi qu'il en soit, Ulbricht vous recevra avec plaisir parce qu'il aime les jeunes et jolies femmes.

— Je me demande si cette dernière phrase n'est pas tout bonnement sexiste, grogna Chen. Un rendez-vous avec deux jeunes nanas en guise de divertissement, je comprends mieux pourquoi ça s'appelle une danse… J'aurais dû apporter mes sept voiles ! Mais j'ai une question : il faut qu'on couche ? Ou c'est juste un plus ? On a une prime ?

Chen sirota son mojito dans le silence qui s'ensuivit. Megara éclata de rire en voyant la tête d'Alecto. Le vieil homme se faisait secouer depuis le début de l'entretien et, le connaissant, ce ne devait pas être à son goût.

— Mais pas du tout ! s'indigna-t-il. De toute façon, votre mission pour acheter son vin et son château, sous ces fausses identités, sera vouée à l'échec. Ulbricht refuse de lâcher quoi que ce soit depuis des années. Peut-être acceptera-t-il de vous céder un ou deux hectares, il lui en reste onze aujourd'hui. Il en a vendu deux l'année dernière, ce qui a remboursé à peine 10 % des dettes familiales. Mais je doute que cela fonctionne. Non, ce n'est pas *là-dessus* que nous nous appuierons pour qu'il renonce à son domaine et qu'il vous le vende…

— Sur quoi, alors ? Tu as trouvé un levier pour qu'il cède ? le pressa Megara.

Alecto sourit.

— Oui. Je sais que, par sa faute, l'année dernière, un homme est mort.

9

H – 13:58

Pris dans le feu de son histoire, Alecto n'avait guère touché à son croque-monsieur.

— Comme je vous le disais, les deux frères ont dilapidé la majeure partie de leur héritage. Ils ont à peine les moyens de faire tourner ce qui reste, notamment la vigne, son entretien, les vendanges et la fabrication du fameux Issblüat. Enfin… Nous parlons d'Ulbricht. Herman, lui, laisse la gestion du patrimoine à son aîné et se contente de dépenser son argent sur son yacht, quelque part entre Saint-Barthélemy, Dubaï et Cabo San Lucas au Mexique. Bref. Herman est hors course. C'est Ulbricht, notre cible. Or, depuis trois ans, il emploie des sans-papiers payés au lance-pierre pour assurer la récolte. Chaque année, une dizaine de Maliens, d'Afghans, de Marocains, tous clandestins, quelques Polonais et Roumains, de rares Français et Belges, travaillent sur le domaine dans des conditions inhumaines. Logés dans un hangar de tôle sans sanitaires, ils dorment autour d'un poêle préhistorique aux vapeurs toxiques, sont soumis à des cadences infernales, nourris quasiment au pain et à l'eau, et parfois rémunérés, parfois non… Il y a deux ans, l'inspection du travail a débarqué à l'improviste et constaté la situation. L'entreprise Mayer a été poursuivie pour travail dissimulé aggravé, emploi d'étrangers sans titre, conditions d'hébergement indignes et traite d'êtres humains. Le dossier était accablant. Pourtant Ulbricht a réussi à se décharger totalement sur son bras droit, son contremaître, ce qui a été grandement facilité par le fait que ce dernier fournissait aussi des vignobles de Champagne en main-d'œuvre esclavagisée. Toute la presse en a parlé, un vrai scandale. Le baron a nié être au courant du statut et des conditions de travail et d'hébergement de ses ouvriers, arguant de ses absences, de ses voyages, de réunions à Paris… Il était blanc comme neige, l'agneau qui vient de naître ! L'entreprise s'en est tirée avec une forte amende. Son sbire, récidiviste, est parti en prison.

— Une bonne crapule quand même, cet Ulbricht, ponctua Chen.

— Je savais qu'il vous plairait ! agréa Alecto. Je l'ai sélectionné pour cela ! J'y reviendrai, d'autant que ce brave homme s'est vite retrouvé un contremaître et une main-d'œuvre très bon marché : des Syriens fuyant la guerre.

— J'ai tellement hâte de le rencontrer…

— La guerre est toujours une aubaine pour les entrepreneurs ambitieux ! ironisa Megara.

Alecto savoura son cynisme avant de déposer trois nouvelles photos devant les deux femmes et de désigner celle d'un quarantenaire brun et râblé, le visage porcin percé de deux petits yeux noirs.

— Afonso Silva, secrétaire du baron, contremaître actuel et fournisseur d'ouvriers clandestins d'Ulbricht Mayer. Un type froid mais à poigne, pas très recommandable.

Alecto déplaça son doigt vers les deux autres photos : une femme aux longs cheveux roux, la quarantaine également, qu'il présenta comme l'épouse d'Ulbricht, la baronne Maïté Mayer, et un type d'une trentaine d'années à la peau mate, le visage couvert d'une barbe et d'une moustache noires et drues, qu'elles reconnurent aussitôt.

— Tisiphone est déjà dans les murs ? demanda Chen.

— Oui. Depuis presque cinq semaines, il est le garde-chasse d'Ulbricht, une sorte de gardien du domaine et de garde du corps.

Chen encaissa le coup ; la danse avait commencé sans elle.

— Ulbricht se sent en danger ? Il s'est passé quelque chose ? s'enquit-elle.

— Il vous faudra le découvrir, Yvonne. Mais revenons aux Syriens : même système, mêmes conditions de travail et d'hébergement. Je me permets de vous rappeler que nous parlons de vin de glace dans les Vosges, à mille trois cents mètres d'altitude en hiver et par -6 °C, -8 °C, voire -15 °C.

Il marqua une pause.

— L'un d'eux est mort l'année dernière durant la nuit. De froid. Hypothermie.

— J'imagine que ça a dû faire pas mal de bruit dans la région, commenta Chen. Et dans la presse. D'autant que là, pour le coup, c'était lui, Ulbricht, le récidiviste.

Alecto sourit.

— Pas un mot.

Les deux femmes se regardèrent, incrédules.

— Ils se sont débarrassés du corps et ont continué la vendange.

— Et tu veux qu'on retrouve le corps ?

— C'est là votre vraie mission : trouver un squelette, ou suffisamment d'informations, de témoignages et de documents pour incriminer le baron. Et donc le pousser à négocier son château. Officiellement, vous serez hébergées sur le domaine en tant que représentantes de négociants en vin, envoyées pour acheter le domaine ou, au moins, quelques hectares de vigne, au pire quelques bouteilles… Mais rapidement, on fera savoir à Ulbricht que Megara est une flic enquêtant sur la mort d'un migrant, le Syrien…

— Tu espères qu'il va paniquer ?

— Surtout sa femme, Maïté. Elle ne devrait pas être ravie d'apprendre que tu recherches le corps aux quatre coins du domaine, encore moins si tu le retrouves ! Quant à vous, Yvonne, vous enquêterez véritablement sur cette affaire. C'est votre domaine de compétence, après tout.

— Pas de problème. Je ne garantis pas le résultat, mais tenter de coincer cette crapule me convient.

— Excellente nouvelle ! Comme je vous le disais, je n'ai pas accepté cette mission par hasard. Je tenais à ce que, pour cette première danse, vous soyez à l'aise. Vous noterez que je me suis conformé à toutes les contraintes que vous m'avez imposées...

— Je ne vous ai rien demandé, Alecto.

Sa manœuvre de manipulation ayant échoué, il hocha la tête et reformula :

— Pardonnez-moi. J'ai eu à cœur de vous éviter des choix cornéliens. D'abord, nous ne tuerons personne. Aucune mort n'est prévue ni désirée.

— Vous m'annoncez cela comme si c'était un cadeau. Si on peut mettre une ordure hors d'état de nuire, je marche avec vous. S'il s'agit de l'exécuter, en revanche...

— J'ai compris. Il est bien question de s'occuper d'une ordure, de l'empêcher de continuer à nuire, et sans victime collatérale. Je préférais que ces points soient réglés avant d'aller plus loin.

— Dans l'éventualité où je refuserais de me joindre à vous, je n'ai qu'à traverser le parking pour entrer dans la gare et attraper le train de mon choix... interpréta Chen.

Alecto sourit.

— C'est à peu près cela, conclut le chef des Furies en rangeant ses photos.

L'enterrement dans la bâche au fond d'une forêt restait une option plus probable. Ils terminèrent leurs assiettes en silence.

— Comment vous avez su ? demanda soudain Chen. Pour le Syrien mort de froid. J'ai compris que je ne peux poser aucune question sur le commanditaire, mais si l'affaire a été étouffée à huis clos, il a bien fallu que quelqu'un vous raconte cette histoire, quelqu'un qui est très proche d'Ulbricht. Qu'est-ce qui vous dit que ce quelqu'un ne ment pas ?

Alecto prit quelques instants pour finir sa dernière bouchée et but un peu d'eau avant de s'essuyer les lèvres.

— Voici une autre règle, Yvonne : ce que je vous raconte est vrai. Même si ça ne l'est pas, considérez cela comme tel, et nous gagnerons beaucoup de temps.

— OK… vous me demandez de mener une enquête, c'est-à-dire de découvrir la vérité concernant ce qui s'est effectivement passé sur le domaine, mais je dois me fonder sur votre parole et rien d'autre pour y parvenir… Vous conviendrez qu'on part sur de mauvaises bases, non ?

Le vieil homme rumina un moment avant de se décider.

— Puisque vous me posez la question, je vous confirme que j'ai eu cette info par le commanditaire. Dont l'identité est secrète à chaque danse, y compris celle-ci. D'autant plus secrète en ce qui vous concerne que, si j'ai bien saisi votre manière de travailler, ledit commanditaire risque de se retrouver dans votre coffre de voiture avant de finir pendu à un arbre…

— Je suis sûr que Steenson[1] a énormément appris de cette expérience. C'est un homme neuf, aujourd'hui ! Il me doit beaucoup, commenta Chen.

— Certainement. Si vous avez terminé, je vous propose de nous remettre en route. Il est temps maintenant d'aller sur place.

— C'est tout ? s'étonna Chen.

Alecto et Megara l'interrogèrent du regard.

— Qu'est-ce qui va se passer une fois là-bas ? Nous serons toutes les deux sur le domaine et Tisiphone nous…

— Tous les trois, coupa Alecto. Tisiphone est déjà infiltré au château. Quant à moi, je ne serai jamais loin. Vous serez certainement hébergées chez Ulbricht, à moins qu'il ne décide de vous envoyer à l'hôtellerie locale, à vos frais, une forme d'humiliation pour vous rappeler qui commande.

— Mais qu'est-ce qui va se passer ensuite exactement ? La danse, l'opération telle qu'elle est écrite, ce script que vous suivez d'ordinaire, avec les phases… Vous pouvez nous en dire plus ? insista Chen.

1. Voir *La Capture*.

Alecto se renfrogna.

— C'est Megara qui d'habitude veut en savoir davantage ! Voilà ce que je peux vous dire de votre couverture pour l'instant, Neomie, ce sont les informations que vous retrouverez dans l'enveloppe, vous lirez ça en route. Pendant les prochaines quarante-huit heures que vous passerez sur site, vous proposerez à Ulbricht Mayer de Lieselshertz d'acheter, pour la société qui vous envoie, le domaine en entier, le château, sa cave et les terres attenantes au prix qu'il souhaitera. Votre vraie mission est d'enquêter sur la mort d'un ouvrier agricole, l'année dernière. En interrogeant sa femme, peut-être les saisonniers... Je ne me permettrais pas de vous dire comment faire ce que vous savez faire, je n'ai pas de script à vous fournir, d'autant plus que j'ignore ce que vous trouverez. Megara, elle, a un script plus serré. Elle sait comment et où chercher pour être sûre, le temps venu, de se faire coincer, pour attirer l'attention sur elle et vous laisser le champ libre. Elle a l'habitude. Tisiphone aussi. Pour cette première opération à nos côtés, j'ai préféré vous laisser plus de latitude, de liberté.

— Vous me laissez surtout dans l'ombre ! contra Chen.

— Disons que vous devrez improviser. C'est ainsi qu'on commence, au théâtre. L'apprentissage d'un texte ne survient que dans un second temps... Une fois sur place, Tisiphone et Megara vous aideront, bien sûr. Mais vous ne devriez pas rencontrer beaucoup de difficultés ; votre personnage est assez clair. J'ajouterai que votre rivalité avec Melany Garason amusera certainement beaucoup notre cible, jusqu'au moment où, quoi que vous ayez découvert, nous ferons savoir à Ulbricht que l'une de vous, et non pas vous, Yvonne, mais Megara, est une flic infiltrée.

— Mais c'est moi qui mènerai cette enquête.

— Exactement ! Et c'est Megara qui sera débusquée. J'espère bien, à ce stade, qu'il essaiera de se débarrasser d'elle !

— De la tuer ? reformula Chen.

Elle dévisagea Megara, qui lui souriait.

— Les risques du métier, expliqua cette dernière.

— Vous êtes en train de me dire que mon enquête devra mettre Megara en danger ?

— C'est votre première danse, Yvonne, je ne peux pas vous faire courir ce risque. Megara, elle, a l'habitude. De toute manière, tout cela est fictif, vous le savez. Personne ne mourra. Nous devons amener Ulbricht à vendre son domaine, c'est notre seul objectif. Tout le reste n'est qu'illusion ! D'ailleurs…

Il plongea la main dans sa veste et en tira un petit dictaphone numérique qu'il présenta devant Chen.

— Je souhaiterais que vous disiez quelques mots pour moi dans cet appareil.

— OK. Qu'est-ce que je dis ?

— Exactement : « N'entrez pas, il y a une bombe. »

— Vous êtes sérieux ? Vous allez faire péter une bombe au château ?

— Mais non, bien sûr, je ne ferai rien… « péter » du tout. Nous voulons qu'il soit vendu, pas rasé ! C'est pour l'illusion.

Sans entrain, Chen répéta les mots d'Alecto, qui grogna.

— Si c'est là l'étendue de votre jeu dramatique, les Furies sont perdues.

Piquée au vif, Chen mit le ton et terrifia jusqu'au pilier de bar. Le Menteur sembla satisfait. Il rangea son enregistreur et leva une main.

— S'il vous plaît, l'addition !

Chen resta interdite. Elle s'était attendue à recevoir un plan d'action carré et rigoureux, et se retrouvait aux portes de l'avion sans savoir si le sac qui pesait sur ses épaules contenait bien un parachute, sans avoir aucune certitude quant à ce qui allait advenir d'elle ou de ses acolytes.

— Et tous les moyens sont bons, alors ? s'enquit Yvonne-Neomie.

Alecto sourit.

— Tous.

10

La troisième sonnerie, bien que toujours aussi lointaine, exaspéra Mme Vannier, surtout parce que le bruit, quel qu'il fût, acculait son bichon à des transes meurtrières. Au moindre signe de vie dans l'immeuble, la pauvre bête se mettait à gratter la porte d'entrée et à hurler à la mort, ce qui couvrait les questions des « Douze Coups de midi » ou les réponses du journal télé. C'était insupportable. Il y avait eu les pas dans l'escalier, puis ces coups de sonnette chez les voisins, une fois, deux fois, trois fois… Alors Diana, son corps velu tout tendu vers le zénith, annonçait l'apocalypse à venir. Ça sent ces choses-là, les animaux, mieux que les hommes.

Surtout, les gens ne respectaient plus rien ni personne. À l'écran, entourée de ses deux filles, une pauvre femme dévastée évoquait sa douleur après la perte de son épagneul Albus. La famille était en province au moment des faits et avait appris la nouvelle tardivement. La mère éplorée expliquait qu'on ne se remettait jamais d'un tel arrachement. Et la larme à l'œil, Mme Vannier compatissait de tout son être, s'horrifiant à l'idée que Diana pût lui être enlevée à jamais. C'était un temps de recueillement et de communion. Pas l'occasion d'un nouveau chahut dans l'immeuble, de pas sur les marches, de sonneries répétées. Non, les gens ne respectaient plus rien, pas même le deuil des autres. Alors Diana hurlait.

Dans la cage d'escalier retentit tout à coup un gros boum qui fit trembler les planchers et les cloisons, un fracas si soudain et si puissant que même Diana ferma sa gueule. Furibonde, Mme Vannier ouvrit la porte et sortit sur son palier. Il n'y avait personne. Des craquements, puis des voix à l'étage inférieur attirèrent son attention. Elle descendit les marches, bien décidée à en découdre avec les vauriens, sûrement de jeunes drogués woke et transgenres, tatoués jusqu'aux yeux grâce à leurs APL, comme on en voyait désormais partout et tout le temps à la télé. C'était trop.

Mme Vannier en était là de sa croisade naissante lorsqu'elle tomba sur quatre hommes en tenue noire, cagoulés et portant des brassards « police ». L'un d'eux venait d'enfoncer la porte d'Yvonne d'un coup de bélier. Deux autres entrèrent dans l'appartement. Le quatrième la mit en joue. Elle leva les mains par réflexe et l'homme courut à sa rencontre en rangeant son arme. Mme Vannier ne pouvait apercevoir que ses yeux.

— C'est une opération de police, madame. Rentrez chez vous, s'il vous plaît.

— Mais c'est chez Yvonne ! Elle n'est pas là. Qu'est-ce que vous lui voulez ? J'ai déposé son linge…

— Capitaine, venez voir ! lança une voix à l'intérieur.

Le flic se détourna, plantant la vieille dame sur les marches. Il allait entrer lorsqu'il s'arrêta sur le seuil, stupéfait. Le salon avait été ravagé, les meubles renversés, détruits, les murs maculés de graffitis colorés… Il s'avança alors qu'un de ses collègues arrivait d'une autre pièce.

— Tout l'appart est dans cet état, capitaine.

— Oh mon Dieu ! Qu'est-ce que vous avez fait ? s'exclama Mme Vannier, retenue sur le palier par le gars qui avait défoncé la porte.

Le capitaine se retourna, affligé.

— Madame, je vous ai dit de rentrer chez vous ! Sylvain, s'il te plaît…

On emmena Mme Vannier. Le capitaine fit le tour des lieux pour constater les mêmes dégâts, le même délabrement, les vêtements en lambeaux, les produits ménagers déversés sur le sol… Le chaos.

— Qu'est-ce qui s'est passé ici ? commenta le chef de groupe.

Un des flics revint près du capitaine à cet instant.

— Il y avait ça sur la table basse.

Le capitaine saisit la feuille et lut. Ses yeux s'écarquillèrent à mesure qu'il progressait dans le texte manuscrit, jusqu'à la fin.

— Putain ! Il faut envoyer ça à Bougerol !

11

H – 11:52

Suffisamment fort pour que personne dans l'habitacle n'osât l'interrompre, Miles Davis continuait de souffler comme un diable mélancolique dans une trompette boiteuse une litanie sensuelle tantôt langoureuse, tantôt empressée, improvisée un jour devant un grand écran où défilaient les images d'*Ascenseur pour l'échafaud*. Au-dehors, le décor avait blanchi depuis deux bonnes heures, à mesure qu'avait chuté la température extérieure et qu'était montée celle du chauffage. Ils avaient quitté l'autoroute aux alentours de Vittel pour s'engager sur une départementale qui fendait une plaine infiniment blanche et vide. Des pancartes avaient ponctué la morne monochromie du trajet, annonçant des noms de lieux qui ne disaient absolument rien à Yvonne Chen, installée sur le siège passager : Épinal, Gérardmer, Xonrupt-Longemer, puis d'autres illisibles, en allemand ou en goth… ou en orc… Cela avait suffi pour gommer ses derniers repères.

Elle avait parcouru les documents remis par Alecto et mémorisé les détails sur son identité, sa société et sa mission, le domaine et les deux frères. Il n'y avait là rien de plus que ce que le vieil homme lui avait déjà raconté. Lorsqu'elle avait tenté d'en savoir plus, le Menteur avait botté en touche, assurant que tout irait bien, ce qui ressemblait étrangement à un mensonge.

La berline avait maintenant entamé son ascension à flanc de montagne. Les forêts de chênes, de hêtres et de charmes avaient laissé place à des résineux aux branches alourdies d'une épaisse couche de neige. L'hiver étendait sur ces terres un large tapis laiteux, presque uniforme, que le soleil pâle rendait aveuglant par moments. Par intermittence, en sortant des bois denses, on pouvait voir en contrebas d'un virage le manteau neigeux à perte de vue qui couvrait la plaine et les sommets alentour, une blancheur de néon ponctuée de taches noires, une souche, une barrière, un vol de corneilles...

Yvonne Chen était clairement subjuguée par la nouveauté du spectacle. Elle n'avait jamais eu l'occasion d'aller en montagne, n'en avait jamais éprouvé l'envie non plus. Il neigeait bien assez comme ça à Paris. Quelques flocons qui duraient le temps d'un selfie, c'était parfait. Mais si le paysage qui s'offrait maintenant à elle était magnifique, elle ne pouvait s'empêcher de redouter d'y vivre. Il n'y avait pas un rat. Ils devaient tous être congelés dans leur trou, comme les habitants qu'elle imaginait déjà à l'hôpital local, frappés d'une pneumonie foudroyante, les pieds criblés d'engelures et le nez rendu cassant par le froid, leurs oreilles bleues et raides apportées aux urgences dans un mouchoir... De la Bretagne aux Vosges, on ne pouvait que saluer l'entêtement de l'homme à vivre dans des contrées hostiles où la nature le martyrisait et menaçait de l'avaler. Ces terres barbares que l'homme civilisé appelait « province ».

— Il y a des loups par ici ? demanda-t-elle soudain au conducteur. Parce que franchement, ça manque...

Alecto sembla s'illuminer.

— D'après ce que j'ai lu sur la région, on en a vu à proximité des habitations. L'un d'eux a été abattu après l'attaque d'un troupeau. On dit aussi qu'il reste quelques ours, et des lynx !

Chen n'était pas dupe. Ce soudain enthousiasme était davantage celui d'un chasseur avide de vider quelques chargeurs sur un truc vivant que celui d'un écolo soucieux de protéger une espèce en danger.

— Vous êtes sérieux ? Des ours ?

— Ils ont tenté d'en réintroduire dans ce massif comme dans les Pyrénées. J'ignore si le projet a abouti. Rassurez-vous, il y a peu de risques que vous tombiez nez à nez avec une de ces bêtes.

— Je préfère aussi, commenta Megara, installée sur la banquette arrière.

Chen soupçonnait que les prédateurs les plus dangereux qu'elle serait amenée à rencontrer dans ces contrées partageaient la chaleur de la berline et cette conversation amicale. Ils se turent, laissant Miles Davis composer la suite de la bande-son de ce voyage sur une route noire entre deux étendues blanches, leur Mercedes s'élevant toujours un peu plus en altitude et s'enfonçant dans le froid et l'ombre, tandis que la lumière déclinait inexorablement à l'approche du soir.

— Nous y sommes bientôt, souffla Alecto, lorsqu'ils dépassèrent le panneau d'un village indiquant Rammstein.

— On est en Allemagne ? interrogea Chen.

— N'allez pas leur dire cela, malheureuse ! La région a longtemps été constituée de provinces et de cités-États autonomes vis-à-vis de la France, qu'elle fût royaume ou République, et de l'Allemagne, ou de la Prusse si vous préférez… Mais nous ne sommes pas très loin de la frontière, à peu près quarante kilomètres à vol d'oiseau.

La forêt blanche disparut lentement dans la pénombre. Le soleil venait de s'affaisser derrière un sommet, privant cet adret de ses feux. Au creux de la vallée, ils découvrirent les toits enneigés d'un village mignonet aux façades colorées, jaunes, roses, blanches et même vertes, barrées de colombages plus sombres, droits ou croisés. Chaque bâtiment était posé sur un rez-de-chaussée de pierre dont la robustesse contrastait avec le bois apparent des trois ou quatre étages supérieurs. Aux bords des toitures pendaient des stalactites de glace dont certaines avaient la longueur d'un bras.

— Merde, couina Chen.

La rue principale courait le long d'un petit canal en sens unique sur chacune de ses rives, et menait à une église toute en angles dont le clocher carré et blanc dominait le reste du village. Quelques rares passants, emmitouflés, à la foulée rapide, arpentaient les trottoirs.

— C'est ici... murmura Chen, sans que l'on pût dire s'il s'agissait d'une question, d'une affirmation ou d'une résignation.

— Pour moi, oui ! répondit Alecto en se garant devant un hôtel luxueux. Ma route s'arrête là.

Chen détailla la façade colorée du Petit-Saint-Dié. Malgré la multitude d'étoiles que devait avoir remportées le lieu, elle regrettait amèrement le confort de son canapé.

Alecto demanda à Megara de lui tendre sa sacoche noire et en sortit deux téléphones.

— Cartes prépayées. Intraçables. À n'utiliser qu'en cas d'extrême nécessité. Il y a une trentaine de contacts pour donner le change, si d'aventure quelqu'un fouillait dans vos affaires, mais tous les numéros enregistrés renvoient à mon portable.

Elles s'en saisirent et il tendit une clé de voiture à chacune.

— Megara, j'ai garé une BMW rouge, un peu plus haut. Yvonne, vous prenez le coupé Mercedes noir garé là-bas.

Il désigna un véhicule stationné le long du canal et couvert de neige.

— Les papiers sont dans vos enveloppes, vous avez dû les voir, avec vos nouveaux papiers d'identité. Vous avez dû également prendre connaissance des contrats de vos compagnies pour l'achat du domaine. Vous trouverez sur la banquette arrière de vos voitures deux tenues de soirée pour les dîners à la table du maître des lieux. On dit que c'est un homme à principes doublé d'un excentrique...

— Il me plaît déjà, commenta Chen.

— Puis-je vous demander de me remettre votre portefeuille, je vous prie ?

Chen le regarda, circonspecte.

— … ainsi que tous les documents et objets qui pourraient trahir l'identité d'Yvonne Chen. Car c'est bien Neomie Sisti qui se présente au château.

Chen soupira et vida la moitié de son fourre-tout dans les mains d'Alecto. Pièces d'identité, porte-clés police, photo de Starski… À chaque objet donné, il lui sembla qu'elle renonçait à une partie d'elle-même, mais n'en dit rien.

— Parfait. Je vous propose d'espacer vos arrivées au domaine de Lieselshertz d'une quarantaine de minutes, mais vous conseille de monter au château tant qu'il ne fait pas nuit noire. La route est étroite, sinueuse et glissante. Il est 17 h 08. Le jour tombe à 17 h 30. Vous avez une petite heure de trajet. Yvonne, vous partez la première pour profiter du jour.

— Mais… opposa Chen en se tournant vers Megara.

— Les risques du métier ! Vas-y… Neomie ! On se retrouve là-haut. Fais attention à toi.

— Vous n'avez qu'à suivre la route. Deux cents mètres après la sortie du village, un panneau indique le domaine sur la droite. Soyez prudentes et bonne chance !

La phrase sonna comme une invitation à quitter l'habitacle. Tout était dit et commençait ainsi. Chen enfourna l'enveloppe et le téléphone dans son sac, puis elle récupéra sa veste de ski, l'enfila et planta un bonnet vert sur sa tête. Elle allait sortir lorsque Alecto ajouta :

— Une dernière chose, Yvonne : vous devez porter le masque de Neomie jusqu'au bout. Restez dans votre rôle. Tomber le masque, c'est toujours se mettre en danger, soi-même ou les membres de l'équipe. Ne commettez pas cette erreur, même si vous vous sentez soudain en confiance, pire, si vous vous sentez soudain en danger…

— J'ai bien compris. Neomie Sisti sera seule une fois là-haut. Silence radio, conclut-elle avant d'ouvrir la portière.

Le froid glacial qui s'engouffra dans l'habitacle les saisit dans l'instant. Chen sortit du véhicule à la hâte, claqua la portière et s'accorda un moment pour s'accoutumer à la froidure qui griffait ses poumons. Elle récupéra ses deux sacs noirs sur la banquette arrière, près de Megara, et rejoignit son coupé.

Alecto et Megara la regardèrent retirer la neige du pare-brise avant de monter à bord.

— Elle prend une voiture propre et tu gardes celle qui porte nos empreintes…

— Tu deviens aussi retorse que moi ! railla Alecto.

— Et son téléphone est buggé.

— Oui ! Avec Pegasus ! On saura tout ce qu'elle dit et à qui, à son insu.

— Si elle a encore des contacts chez les flics et qu'elle a vraiment envie de nous piéger, tu ne crois pas qu'elle aurait déjà prévenu quelqu'un ? Au Decathlon ou chez elle, après ton appel, elle n'a rien fait. Elle aurait pu organiser un comité d'accueil au restaurant, mais là non plus, rien…

— Tu as raison, mais nous sommes ici pour le vérifier, justement. Pour tester sa loyauté.

De l'autre côté du canal, la Mercedes quitta son stationnement et s'éloigna. Alecto ajusta son rétro pour mieux observer Megara, son œil blanc plongé dans son regard gris.

— Jusqu'au bout. Alors ne baisse pas la garde, Megara. Je sais que tu l'aimes bien, son franc-parler, sa liberté… Yvonne Chen est, je l'espère, une recrue de choix. Elle est peut-être aussi, je le crains, une adversaire redoutable. Nous ne serons fixés que dans une douzaine d'heures… Très bien, ta prestation de bonne copine un peu en retrait. Mais il va falloir faire mieux pour l'amener à bord.

— Tu n'es pas mal non plus en papi sympa. Et ta tête devant le croque-monsieur ! J'ai bien cru que tu allais perdre ton calme…

— Je dois avouer qu'elle est parfois très agaçante, à tout questionner tout le temps. Une déformation professionnelle, je suppose. Mais au fond, c'est la raison pour laquelle je la recrute. D'après son dossier, elle a toujours eu du mal avec l'ordre et la hiérarchie. Nous devrons nous assurer que son attitude ne deviendra pas un problème. Pire, que son individualisme ne nuira pas à nos activités… En tout cas, nous avons réussi à l'isoler quelques heures comme prévu. C'est une première étape. Il va maintenant falloir jouer très serré, Megara.

— J'ai bien relu la dernière version de la danse, Alecto, celle que tu m'as envoyée ce matin. On va marcher sur un fil, mais ça va bien se passer !

— J'ai dû prendre en compte des informations de dernière minute pour modifier l'ordre des phases et affiner le compte à rebours. Mais l'explosion aura bien lieu à 5 heures… Surtout, s'il y a la moindre complication, vous décrochez, d'accord ? Je préfère échouer à recruter Némésis et rater cette danse que de perdre l'un d'entre vous.

— Tout va bien se passer, répéta la jeune femme en retirant sa perruque blonde pour se changer.

— Et si tu es sûre qu'elle est en train de nous trahir, reprit Alecto, n'hésite pas.

Il replaça son rétroviseur pour rendre à Megara son intimité.

— Ne t'inquiète pas. Si elle nous trahit, elle ne redescendra jamais de là-haut.

Le vieil homme sembla satisfait. Son téléphone émit tout à coup une série de bips. Il le sortit de sa veste avec empressement.

— C'est Yvonne ! Elle est en train d'appeler quelqu'un…

— *Holy shit !* laissa échapper Megara en s'accrochant au siège avant pour se rapprocher. Qui ça ?

— On va vite être fixés…

Des petits bips résonnèrent encore dans l'habitacle tandis que le téléphone de Chen cherchait son interlocuteur.

Le portable d'Alecto sonna soudain. Il décrocha.

— Oui, Yvonne ?

— Si votre projet, c'est de me faire crever de froid, c'est sans moi, hein ? Parce qu'il fait –10 dans votre bagnole ! Merde !

— À bientôt, Yvonne.

Il raccrocha.

12

Phase 5 – La lice : les participants découvrent le lieu où se déroulera le tournoi.

La Mercedes remonta le canal qui sinuait entre les façades colorées et les voitures sous la neige. À voir l'épaisseur de la couche, une douzaine de centimètres, Chen se fit une idée de la météo qui l'attendait, quelque sept cents mètres de dénivelé plus haut. Elle atteignit bientôt la sortie de Rammstein. La route noire, à flanc de montagne, se couvrit alors au-dessus d'elle de l'entrelacs des branches de sapins et s'assombrit davantage. De petits monticules de neige grise encadraient les bas-côtés de la chaussée, traces du passage récent d'un chasse-neige. Il était effectivement plus sage de ne pas dépasser les quarante kilomètres à l'heure si l'on voulait éviter de finir dans un sarcophage de tôle une centaine de mètres plus bas. À intervalles réguliers, des bouquets fanés accrochés à un tronc ou des portraits sous verre rappelaient cette âpre réalité.

Maintenant réchauffée et les yeux rivés sur la chaussée d'onyx, Chen se réjouissait de son premier contact avec les Furies. Habile metteur en scène, Alecto avait eu à cœur de faire entrer chacun de ses acteurs un par un. Ne manquait que Tisiphone, qu'elle allait retrouver dans un château de glace, quelque part là-haut. Les Furies étaient au complet pour entamer la danse du vin de glace. Le téléphone qui reposait sur le siège passager lui donnait de mauvaises idées, mais connaissant le Menteur, Yvonne ne doutait pas un instant de la présence de mouchards dans l'appareil, une puce GPS, un micro, autant d'espions qui accourraient à l'oreille d'Alecto pour raconter ses moindres gestes, ses moindres mots… Le silence radio était dur à tenir maintenant qu'elle en savait tant. Surtout, elle aurait voulu dire à Bougerol qu'elle était vivante. Juste ça, puis raccrocher. Et aussi qu'elle était toujours avec les Furies.

Un éclair bleu balaya soudain les arbres. Un véhicule de gendarmerie, un 4x4, apparut devant elle, stationné sur le bas-côté à un croisement. Son gyrophare bleu et rouge traçait de grands traits de couleur sur le décor en noir et blanc. Une barrière de police affublée d'un panneau « sens interdit » barrait l'accès. Une main levée, un militaire en parka bleue s'avança sur la chaussée et l'invita à se ranger. Parvenu à la vitre de Chen, il la salua.

— Bonjour, madame. La route est encore bloquée à certains endroits. Le chasse-neige est en train de passer. Je peux vous demander où vous allez ?

— Je vais au château de Lieselshertz, annonça Chen. On peut y accéder ?

Le gendarme sourit.

— Ah, vous êtes une invitée du baron ! Très bien. Oui, c'est la route de droite, juste là. Elle est dégagée. Mais la chaussée reste verglacée. Soyez prudente, madame. Bonne soirée.

Il fit un signe à un collègue, qui déplaça la barrière. Chen s'éloigna. Dans son rétroviseur, le gendarme replaçait la barrière, interdisant le passage.

Pendant une vingtaine de minutes encore, elle traversa une forêt épaisse et sombre au sol laiteux qui rougeoya un temps dans le crépuscule à travers les branches hautes, avant de ne laisser qu'une bichromie de noir et de blanc, l'éternel contraste du Yin Yang. Puis la forêt s'effaça. Chen découvrit alors les arpents de vigne qui tiraient des lignes brunes et serrées à flanc de montagne sur la neige. On aurait dit une partition où les ceps chargés de grappes brunies auraient figuré les notes sur un papier blanc. Mais il n'y avait ni musique, ni son, ni même aucun mouvement dans ce paysage léthargique et glacé. Aucune vie. Comme si tout ici s'était figé dans l'attente des événements à venir, jusqu'à ce que la nuit emporte tout.

Elle trouva un petit espace sur le bas-côté et arrêta la voiture. Surveillant ses rétroviseurs et les alentours, elle lut de nouveau les documents fournis par Alecto. Tout se jouait si vite dans son opération. Le Menteur ne lui avait laissé aucune chance de pouvoir communiquer avec qui que ce soit, évidemment. Et elle préférait relire son rôle une dernière fois juste avant d'entrer en scène. Alors, elle relut et avala les informations autant qu'elle put, à la hâte. Elle devrait au plus tôt se débarrasser de tout ça. Il y avait si peu de temps. Dépitée, elle rangea l'enveloppe et crut remarquer une paire de phares derrière elle. Elle se pencha sur son rétroviseur, fouilla la chaussée du regard, se retourna pour s'assurer de bien voir, mais les phares avaient disparu. Elle se demanda si les gendarmes l'avaient suivie. Ou si Megara l'avait rattrapée. Mais il n'y avait plus trace du moindre véhicule. Chen décida qu'il valait mieux éviter de traîner là, sur le bord du chemin, au milieu de la forêt, aux confins du monde et de la nuit. Elle reprit la route sans attendre.

Chen roulait maintenant à trente kilomètres à l'heure et jurait comme un candidat affamé de Koh-Lanta. Collée au volant, elle fixait d'un regard sombre la chaussée boueuse, essayant d'anticiper un tournant dans la clarté de ses pleins phares que tachetaient de timides flocons. Elle avait l'impression d'être l'un d'eux, comme une luciole à la dérive dans une noirceur en expansion dont elle ne verrait jamais la fin, quand, au détour d'un virage, le château parut enfin, massif et rayonnant dans l'obscurité des montagnes. Un mur d'enceinte droit, surmonté de trois tours rondes au toit conique. Une lumière jaune giclée d'énormes projecteurs colorait d'ocre les parties saillantes de la bâtisse et occultait dans l'ombre ses angles reculés.

Chen avança avec un réel soulagement. Sous la tour centrale béait une large entrée dont les portes de bois, certainement d'époque, devaient rester ouvertes à l'année, tout comme la herse noire fichée en son plafond. La Mercedes franchit l'arche de pierre et déboucha dans une immense cour intérieure blanchie par la neige, éclairée elle aussi par une dizaine de projecteurs. Planté en plein milieu, à dix mètres de l'entrée, un panneau indiquait que l'hôtel et le restaurant se trouvaient dans l'aile gauche. Quatre véhicules y étaient stationnés. Mais toute cette partie du bâtiment était éteinte et semblait fermée, abandonnée. Toujours selon le panneau, très loquace, l'aile droite abritait les appartements privés des résidents et la cave. Son accès était interdit au public sans invitation. Des lueurs ocres dansaient aux fenêtres du rez-de-chaussée et du premier étage. Devant, à une cinquantaine de mètres, commençait une vigne qui, en pente douce vers le sud, disparaissait dans la nuit.

Chen allait se décider à rejoindre l'aile droite lorsqu'on frappa à sa vitre. Elle sursauta en découvrant une silhouette en tenue de camouflage noir et blanc, portant un fusil de chasse et affublée d'un passe-montagne qui ne laissait voir que les yeux. Elle baissa légèrement la vitre et se présenta :

— Je suis Neomie Sisti de la société Vinum Bonum. J'ai rendez-vous avec...

— Je sais qui vous êtes, on m'a dit, coupa une voix d'homme. Garez-vous là-bas. Je vais vous amener.

— D'accord. Il y a du monde, on dirait. Vous savez...

L'homme s'éloigna sans attendre la fin de sa phrase.

— OK... Et un connard, un...

Elle manœuvra dans la neige molle et gara sa voiture à côté des autres. Elle quitta le véhicule en rangeant l'enveloppe et le téléphone dans son fourre-tout. Le froid la saisit aussitôt à la gorge et lui gifla les joues. Il devait faire –500 °C, peut-être moins encore. L'air glacé lui avait gelé les poumons dès la première inspiration. Elle remonta d'un coup la fermeture de sa parka et tira sur les bords de son bonnet vert.

— Merde, grogna-t-elle en ouvrant le coffre dont elle sortit ses gros sacs.

Tournant sur elle-même, elle repéra le type en camouflage armé de son fusil. Il l'attendait à la porte de l'aile ouest, immobile, planté dans son treillis noir et ses bottes militaires. L'idée d'aider l'invitée de son patron à porter ses bagages ne l'effleurait visiblement pas. Elle réfréna une autre insulte en se demandant s'il s'agissait du contremaître, Afonso Silva, ou du garde-chasse qui n'était autre que Tisiphone. « Je sais qui vous êtes », d'accord, mais encore... Elle le rejoignit. Sans un mot, il ouvrit la lourde porte en bois, entra dans le bâtiment et referma derrière elle. Dans la petite pièce au sol de pierre, il déposa son fusil sur un râtelier qui en contenait une dizaine. Puis, sans se montrer plus loquace, il poussa la porte d'une autre pièce, pressant Chen de le suivre.

Chen découvrit avec émerveillement une salle des banquets médiévale qui devait faire six fois son appartement parisien, réchauffée par une cheminée immense, où l'on aurait pu rôtir trois bœufs à la file. Un lustre de la taille de sa Mercedes peinait à illuminer une longue table de bois qui avait dû accueillir des convives en armure et, plus tard, en perruque. D'ailleurs, deux armures intégrales de chevalier trônaient au fond contre un mur où s'étalaient des épées, des boucliers et des haches, vestiges d'un Moyen Âge belliqueux. Les autres murs étaient couverts de larges toiles, portraits en pied d'aïeux glorieux, scènes de chasse et quelques paysages. L'une d'elles représentait le château de Lieselshertz sur sa montagne, ses vignes et un lac. Chen se souvint du plan que lui avait montré Alecto et de la tache bleue.

— Il y a un lac ?

La porte par laquelle elle venait d'entrer claqua ; l'homme était ressorti sans un mot.

— OK... Il commence à me courir, le chasseur de gallinettes, grommela-t-elle.

— C'est par ici, répondit un homme brun en costume d'une quarantaine d'années, qui patientait au pied d'un escalier de pierre.

Chen s'avança et il proposa aussitôt de prendre ses bagages.

— Bienvenue au domaine de Lieselshertz, madame Sisti. Je suis Afonso Silva, le secrétaire de monsieur le baron. Veuillez me suivre.

Lui emboîtant le pas, elle grimpa l'escalier massif et sombre et s'engagea dans un long couloir aux multiples portes où courait un tapis carmin qui avait dû traverser l'histoire et étouffait leurs pas. Une faible clarté ocre s'échappait à grand peine de petites appliques en forme de fausses torches, des lueurs rougeoyantes qui vacillaient sous verre dans un effet médiocre de flamme au vent. Des épées encore et des boucliers pendaient aux murs en guise de décoration, quelques tableaux également, même si certains emplacements vides laissaient paraître la trace délavée d'un cadre disparu. Silva s'arrêta devant une lourde porte en bois.

— Votre chambre, madame. Si vous me permettez…

Il entra et alluma une lampe à pétrole qui illumina la pièce. Puis il ressortit.

— Le chauffage, l'eau chaude et l'électricité du château sont produits par une chaudière et un générateur qui marchent au fioul. Le camion-citerne ne peut monter qu'en été, alors on doit faire quelques sacrifices. Désolé pour ce léger inconvénient. Vous pouvez bien sûr actionner les interrupteurs en cas de problème. Mais l'installation est ancienne et disjoncte pour un rien… Bref. N'hésitez pas à demander de l'aide si besoin.

— C'est exotique… Si je frotte la lampe assez longtemps, un génie en sort ?

Silva ne cilla pas et enchaîna :

— Le dîner sera servi en bas à 20 heures. Une tenue de soirée a été mise à votre disposition dans la penderie. Monsieur le baron insiste pour que vous la portiez à cette occasion.

— Il « insiste » ?

— Il vous en saurait gré, effectivement.

Chen jeta un coup d'œil à la pièce et découvrit une vaste chambre à coucher où trônait un lit à baldaquin pluriséculaire et où une cheminée de la hauteur d'un homme consumait une bûche épaisse comme un tronc.

— Je vous prie de patienter dans vos appartements et de ne pas déambuler seule dans les couloirs du château. Certaines zones sont fermées au public. Par sécurité. C'est une vieille bâtisse. De même, je vous demanderai de ne pas vous aventurer à l'extérieur, dans les vignes ou près du lac, sans être accompagnée. Malgré les clôtures, le domaine est régulièrement traversé par des animaux sauvages, des loups ou des sangliers. Des pièges ont été posés un peu partout. Il serait regrettable que vous tombiez dans l'un d'eux. Par ailleurs, notre gardien du domaine n'hésitera pas à tirer.

— Sur moi ?

— Sur un animal… ou un intrus. Les saisonniers qui dorment dans le hangar, de l'autre côté de la vigne, sont aussi mis en garde. Personne ne se promène la nuit sur le domaine.

— Je pourrai le visiter de jour, quand même ? Je suis un peu là pour ça…

— Si vous êtes accompagnée, bien sûr ! Je dois y aller. Je vous laisse vous installer. Rendez-vous à 20 heures en bas pour le dîner.

Il tournait les talons quand Chen le retint.

— Mais… Est-ce que M. Mayer…

— Monsieur le baron.

— Oui… Est-ce que je pourrais rencontrer monsieur le baron avant le dîner ? Maintenant, par exemple. Il est à peine 18 heures et…

— À 20 heures. Bonne installation, madame, conclut le secrétaire en se détournant et en plantant la jeune femme à l'entrée de sa chambre.

Chen le regarda remonter le couloir en silence et disparaître dans l'escalier. Dans ce château au bout du monde se tenait le Grand Congrès des connards, et elle regrettait déjà d'y avoir été conviée.

Elle pénétra dans la pièce, déposa enfin ses sacs et se laissa tomber sur le lit qui craqua et couina comme si on le passait à tabac. Le matelas avait la dureté du marbre. Chen se redressa en grognant. La chambre était un cube de pierre grossière. Comme dans le couloir, le sol était couvert d'un épais tapis moche. Des tableaux anciens de près de deux mètres de large habillaient piteusement les murs. Deux portes encadraient la cheminée, l'une donnant sur un dressing immense, l'autre sur une salle de bains dont la baignoire antique avait dû faire le bonheur des Allemands des trois dernières guerres. L'ensemble laissait le sentiment d'un faste rugueux et suranné, d'une gloire déchue et d'une issue fatale. Une fin de règne. Une mort annoncée. Et ce froid… Malgré les flammes qui s'agitaient dans l'âtre, la pièce restait fraîche et promettait une nuit difficile.

Chen revint à son fourre-tout et en sortit l'enveloppe d'Alecto. Elle écarta le contrat qu'elle rangea dans sa table de nuit avec le téléphone, puis, sans hésitation, elle donna le reste aux flammes qui s'en délectèrent dans l'instant. Chen regarda disparaître son ordre de mission avec un certain soulagement. Dans les prochaines heures, elle allait danser sa première danse, et elle était prête.

Un grincement dans le plafond la tira de sa rêverie. Il y avait donc un autre étage. Ou était-ce seulement le bruit d'une vieille bâtisse chahutée par le froid ? Un crissement au-dehors lui apporta la réponse. Ces bruits n'étaient pas ceux de Paris, les moteurs tonitruants, les sirènes de police et de pompiers, les camions de livraison, les deux-roues, les rires nocturnes et les cris inquiétants, les musiques à travers la cloison, l'éclat des conversations, rien de tout cela ne pouvait la réveiller. Mais ici, le craquement d'une poutre, le ululement d'une chouette et tous ces sons qu'elle ne connaissait pas ne manqueraient pas de la faire sursauter à chaque fois si elle n'acceptait pas de vivre avec eux ces prochaines quarante-huit heures. Quarante-huit heures…

Elle tira le lourd rideau et aperçut la voiture de Megara qui manœuvrait dans la cour, suivant les indications du gardien des lieux. Dans sa tenue de camouflage blanc et noir, il était presque invisible. Megara sortit de sa BMW rouge. Son carré platine avait laissé place à de longs cheveux châtains, mais elle avait gardé son manteau de laine blanc. Elle invectiva aussitôt le gardien, montrant un pneu de sa voiture et la neige alentour. Comme le type ne réagit pas, elle attrapa sa valise sur la banquette arrière et se dirigea vers le bâtiment. Elle leva soudain les yeux vers l'étage et Yvonne Chen lui fit un signe de tête. Megara l'ignora. Évidemment. Chen grimaça et jura entre ses dents. Il y avait des erreurs à ne pas commettre si l'on voulait rester en vie au domaine de Lieselshertz.

13

Phase 6 – Les couleurs : les participants se rencontrent et se présentent les uns aux autres.

Yvonne Chen n'avait pas vraiment l'intention de passer les deux prochaines heures dans la grotte qui lui faisait office de chambre. La pierre grossière du sol et des murs, les poutres de bois nu, la lourdeur des tentures aux pigments délavés lui donnaient l'impression d'avoir entamé un voyage à rebours dans le temps, vers une époque où les différends se réglaient à la hache, où les hérétiques étaient jetés aux flammes et les trouble-fêtes, aux oubliettes. À bien y penser, c'était quand même un âge où l'on savait offrir aux emmerdeurs une réponse ferme et définitive. Clairement, en troquant le tisonnier contre le Code pénal, on avait perdu en efficacité dans la lutte contre les chieurs. Il ne fallait pas s'étonner de la suite. Pourtant, en l'occurrence, Yvonne Chen avait l'impression d'être au cachot, salle d'attente avant la chambre de torture. Une cellule dans un donjon... Alecto avait décidément le chic pour mener ses danses à huis clos, dans des endroits reculés à l'accès difficile, que ce fût une île bretonne ou un sommet des Vosges. Le château médiéval prisonnier des glaces et retranché du monde devait être un summum dans l'art de l'isolement.

Elle découvrit dans un coffre à ferrures séculaire un petit bar et un réfrigérateur, mais pas de quoi se préparer un mojito – un prétexte évident pour quitter sa chambre si l'envie de visiter l'antique demeure n'était pas un motif suffisant. Elle ouvrit la porte et coula un regard dans le couloir teinté d'ocre. Elle remarqua de chaque côté plusieurs portes qui devaient desservir autant de chambres. Elle s'aventura dans le corridor et se dirigea vers la droite, laissant l'escalier dans son dos. Le silence était total, presque pesant. On aurait pu s'attendre à des éclats de voix fusant du rez-de-chaussée ou en provenance des cuisines, à des ronflements de moteurs dans la cour ou à des pas sur le gravier, au moins au sifflement de la bise, mais aucun son, aucun bruit ne s'échappait de ces murs, comme si toute vie en avait fui.

À pas feutrés sur le tapis touffu, Chen remonta le couloir, en tentant ici et là d'ouvrir une porte qu'elle trouvait toujours verrouillée. Elle parvint à un T dont le côté gauche donnait sur une échelle de meunier menant à l'étage supérieur. Débouchant à droite sur un nouveau corridor, elle s'y engagea et fit jouer d'autres poignées, sans succès. Nombre de pièces du château n'étaient sans doute plus utilisées. Le gardien ou le secrétaire devait en conserver jalousement les clés sur un énorme trousseau de maître du donjon. Chen sourit à cette idée. Il régnait entre ces murs une atmosphère solennelle et funeste à la fois, qui donnait le frisson. Elle avait l'étrange impression d'être entrée chez Barbe-Bleue sans invitation et redoutait de découvrir derrière une porte le cabinet secret où reposaient les corps de ses défuntes épouses. Après tout, c'était bien là sa mission : trouver un cadavre.

Une porte céda soudain avant qu'elle ait atteint la dernière, au fond du couloir. Le froid s'engouffra d'un coup, entraînant quelques flocons. Par réflexe, Chen leva une main devant son visage et plissa les yeux. Il s'agissait d'un balcon ou d'une sorte de terrasse surplombant la cour. Elle s'y avança, ses pieds écrasant une dense couche de neige. Sur la gauche, l'arche d'entrée et sa lourde herse se dressaient dans la lumière des projecteurs qui éclairaient les façades et la cour. En face, l'aile de l'hôtellerie, du restaurant et des écuries manifestement fermée, pour ne pas dire condamnée. Les quatre voitures garées devant ne pouvaient appartenir à des clients ni même au personnel, mais aux résidents du château. À droite, enfin, le début des vignes s'évanouissait dans la nuit en lignes droites et rousses. La neige tombait lentement dans un silence de mort et un froid de gueux.

— Le domaine continue sur un demi-kilomètre de vignes puis de forêts vers le sud. À l'ouest s'étend le lac…

Chen sursauta en reconnaissant la voix de Silva. Il se tenait contre la rambarde du balcon.

— La vigne s'étale sur le versant est en pente douce. Vous aurez l'occasion de visiter tout ça demain matin. Enfin… si le temps le permet. Il va neiger ces prochains jours, ce qui veut dire qu'il ne fera pas assez froid pour commencer la vendange.

— J'espère que je pourrai quand même admirer les grappes de près. Et la cave ? J'aimerais y descendre.

Silva regardait les flocons tomber, imperturbable.

— Personne ne descend à la cave. Seul le baron y accède, ce sont ses ordres. Et puis l'endroit est dangereux. Il y a les anciennes oubliettes et des galeries instables.

— Je suis ici sur son invitation pour parler de l'achat du domaine et de bouteilles d'Issblüat. Il faudrait tout de même que je les voie !

— Qui vous a dit que vous étiez invitée ? Le baron a accepté de vous recevoir. La nuance a son importance. Votre collègue… ou concurrente semble l'avoir comprise mieux que vous. Elle reste dans sa chambre et attend l'heure du dîner, comme on le lui a demandé.

Chen encaissa la remarque.

— Je me suis dit qu'une telle demeure méritait le coup d'œil…

— Et je vous ai clairement expliqué que certaines parties du château, ce balcon, par exemple, menacent de s'effondrer et pourraient céder sans prévenir. L'hôpital le plus proche est à quatre heures de route. Et encore, sans cette neige… Autant dire que si un accident devait survenir, la victime aurait peu de chances d'en réchapper…

— C'est déjà arrivé ? rebondit Chen.

Silva plongea son regard dans le sien, cherchant une allusion, un sous-entendu, avant de poursuivre.

— Je vais vous raccompagner à votre chambre et vous y resterez jusqu'à l'heure du dîner. Si l'envie de visiter le château vous reprend, je vous ferai escorter à votre voiture, et les négociations avec votre entreprise s'arrêteront là. C'est par ici.

Acceptant de bon gré le rôle de l'enfant pris en faute et grondé, Chen lui emboîta le pas en silence jusqu'à l'embranchement.

— Il y a un autre étage ? s'enquit-elle en désignant l'échelle de meunier.

— Pourquoi ? Vous comptez le visiter cette nuit ? rétorqua Silva. C'est un accès au grenier. Personne n'y est allé depuis des années. L'endroit est à l'abandon. Si vous envisagez de passer à travers un plancher, c'est celui-là qui cèdera le plus facilement, je vous le conseille.

— Vous voyez, vous pouvez être drôle !

— Ce n'était pas mon intention.

Il la planta devant la porte de sa chambre et accéléra le pas.

— J'imagine que demander un mojito serait déplacé ? lança-t-elle.

— À tout à l'heure, madame Sisti.

14

H – 09:09

Phase 7 – Les hommages : les participants sont présentés à l'hôte du tournoi.

— Non, mais… Non !

Chen n'avait pas réussi à faire une phrase, à trouver les mots, lorsqu'en visitant le dressing elle avait découvert la « tenue de soirée » préparée pour elle. Une demi-heure plus tard et après un florilège de contorsions contre nature, elle s'examinait dans le miroir de la salle de bains qui peinait à contenir toute la robe. Excentrique, le baron ? Si l'on en jugeait par l'accoutrement qu'il lui imposait pour dîner, on pouvait difficilement douter qu'il l'était. À se demander s'il avait volé à Scarlett ou à Sissi cette crinoline en soie bleu ciel à froufrous jaunes qui libérait les épaules et descendait jusqu'à des bottines vernies. La paire de gants de velours blanc qui l'accompagnait lui couvrait les avant-bras jusqu'au coude. Heureusement, les lacets censés fermer la robe dans le dos avaient été remplacés par une fermeture éclair, ce qui permettait de se préparer seule. Chen n'avait pas hésité une seconde à bazarder le corset, refusant de se compresser dans cette cage de fer et de tissu, ainsi que les rubans jaunes supposés retenir ses cheveux. Ses épaisses lunettes noires ajoutaient une touche très *design* à l'ensemble et parachevaient la cocasserie du costume. Enfin, la panoplie incluait un petit pochon de soie bleue ourlé de perles et un éventail jaune, parce que le diable est dans les détails et le ridicule aussi.

Chen pouffa, en se voyant déguisée en princesse de pacotille dans le château des Glaces pour être reçue à la table du baron Mayer de Lieselshertz qui mélangeait un peu les siècles, les époques et les modes... Si la réussite de la mission était à ce prix, elle l'acceptait. Mais Alecto ne perdait rien pour attendre. Le million promis compenserait à peine la blessure à l'ego. Son arrestation, en revanche... Encore fallait-il qu'elle puisse prévenir quelqu'un quelque part. Il devait bien y avoir dans ce château un téléphone qu'elle pourrait utiliser en catimini. Silva ne pouvait pas arpenter jour et nuit les couloirs sombres de la demeure. Mais là n'était pas la question : il était bientôt 20 heures et... Un grincement dans le plafond lui fit lever la tête et inspecter la poutre. Il n'y avait qu'à espérer que cette vieille baraque ne s'effondrerait pas sur elle ces quarante-huit prochaines heures. Ce ne serait vraiment pas de veine...

Elle attendit encore un peu, bien décidée à arriver la dernière. La ponctualité était la politesse des rois, certainement des reines, et elle n'avait pas, pour l'instant, été couronnée. À 20 h 05, elle attrapa sac et éventail, et se retrouva dans le couloir vide. Elle frappa aux portes voisines pour trouver Megara, mais personne ne répondit. Chen gagna alors l'escalier, entendit les premiers éclats d'une conversation et prit le temps d'inspirer. Profondément. Cela faisait des mois qu'elle attendait ce moment. Avoir le trac avant une représentation était normal ; une négociation commerciale, ce n'était rien d'autre qu'une mise en scène de soi.

Elle descendit les marches et déboucha dans l'immense salle des banquets où la table avait été dressée sous le grand lustre de bois : nappe blanche, chandeliers allumés, vaisselle antique. Devant l'imposante cheminée, elle repéra Megara, affublée comme elle d'une robe d'époque, rose saumon et blanc, et les bras gantés de noir. Chen la trouva magnifique. Tout lui allait, même la plus opulente des meringues ; il y a des gens comme ça. Elle discutait avec Silva qui avait gardé son costume anglais, ne goûtant visiblement pas la mascarade ou en étant dispensé. Une femme aux longs cheveux roux, également en robe du XIXe pourpre et noir, coiffée d'un diadème de diamants et portant haut une quarantaine fringante, se tenait à leurs côtés.

Les trois visages se tournèrent vers Chen lorsqu'elle fit son apparition.

— Vous êtes rayonnante, madame Sisti, lui lança la grande rousse en lui tendant une main molle. Je suis Maïté Mayer, l'épouse d'Ulbricht. Je suis ravie de vous recevoir chez nous. Vous avez fait la connaissance d'Afonso, je crois ? Afonso Silva s'occupe de tout ici, il est le secrétaire de mon mari, son bras droit, même. Son homme de confiance !

D'un geste de la main, elle désigna Silva, qui approuva de la tête.

— Je suis un adepte des vins défendus par Vinum Bonum, madame Sisti, ajouta-t-il.

— Ne reste qu'à vous présenter Melany Garason, reprit la baronne, émissaire des Napa Wines, la prestigieuse maison californienne qui nous fait l'honneur de s'intéresser à notre Issblüat et qui est venue enliser sa voiture dans notre montagne !

— J'imagine que ce genre d'incident est commun dans ces contrées, agréa Melany. J'ai cependant eu un peu peur de rester bloquée toute la nuit au milieu de nulle part ! Sans ces gendarmes… Ils ont d'ailleurs été charmants et très efficaces. Mais oublions cela. L'honneur est pour nous, madame la baronne, répondit-elle en laissant tinter un léger accent yankee, avant de s'avancer pour serrer la main de Chen. Madame Sisti, votre réputation vous précède. Je suis ravie de faire enfin votre connaissance.

Chen leur sourit. Elle avait l'impression que quelqu'un avait surgi dans son dos pour la pousser dans ce grand bain tant redouté. Ça y est, on y était.

— Un plaisir partagé, madame la baronne, madame Garason. Lorsque nous avons appris chez Vinum Bonum que monsieur le baron acceptait de nous recevoir, la nouvelle a enchanté tout le monde. Nous avons hâte de défendre votre nom et votre vin sur tous les continents.

— Pas autant que nous ! tacla Garason.

Ainsi s'ouvraient les hostilités. Les trois femmes choisirent d'en rire. Venue sans doute de la cuisine, une jeune bonne, robe noire austère et tablier blanc, apporta sur un plateau des coupes de champagne.

— En attendant mon mari, ne nous laissons pas dépérir !

Ils trinquèrent. Garason ne tarissait pas d'éloges sur l'atmosphère de la demeure, la beauté de l'ancien, le cachet des lieux, et la baronne expliqua que le château avait été construit au XIIIe siècle par l'ancêtre direct d'Ulbricht, le chevalier Lothar de Lieselshertz.

Elle se tourna vers la grande toile au mur qui représentait en pied un chevalier en armure. Il portait un heaume dont la visière relevée révélait un visage jovial orné de larges moustaches blondes et brandissait une épée dans une main et une bouteille de vin dans l'autre. À sa gauche, comme suspendu en l'air, le blason familial réunissait une épée et une bouteille sur un bouclier en forme de cœur. À droite, sans souci d'échelle, un château trônait sur une montagne enneigée.

— Mon mari vous parlera de son noble aïeul lorsqu'il…

Comme au théâtre, une porte s'ouvrit alors et deux hommes entrèrent.

Chen se figea, submergée par une confusion soudaine, puis se ressaisit : il n'était pas l'heure de flancher. Elle était prête et devait donner le change. Dans sa tenue de camouflage venait de paraître le gardien bourru qui l'avait reçue à son arrivée au château. Sans cagoule ni capuche, il s'agissait bien de Tisiphone, le teint mat, les cheveux noirs et le regard sombre, méconnaissable derrière sa moustache et sa barbe hirsutes qui lui donnaient un air sauvage d'homme des bois. Tisiphone, alias l'assassin parisien en costume noir, alias le motard de Morguélen, fan de Johnny, avait de nouveau changé de peau. Le second personnage tenait presque de l'hallucination. Il portait une chemise écrue taillée dans un tissu rustique sur laquelle pendait un solide médaillon aux armoiries locales, une épaisse ceinture de cuir cloutée qui comprimait sa taille maigre où menaçait une dague fichée dans son fourreau et un pantalon noir qui disparaissait dans des cuissardes de daim beige. Comme si le déguisement ne suffisait pas en soi, le petit quinquagénaire arborait de larges moustaches blondes en hommage volontaire à son ancêtre, involontaire à Astérix.

Chen en fut soufflée, mais garda le masque.

— J'ai faim, lança-t-il simplement, en ignorant tous ceux qui se tenaient là pour s'écraser sur sa chaise en bout de table.

La baronne indiqua sa place à chacun tandis que la servante, arrivée à grands pas, remplissait la chope en terre cuite du seigneur. La baronne s'installa à sa gauche avec Chen, le secrétaire à sa droite avec Megara. Chen s'étonna de la qualité de la vaisselle. Manifestement, l'argenterie n'était pas de mise, on devait se contenter d'assiettes et de récipients en argile vernie. Les couverts eux-mêmes étaient d'un inox bon marché.

— On a encore eu des sangliers, me dit Titouan. Ça fait trois fois en cinq jours… Il faudra lui donner de quoi renforcer la clôture est et acheter d'autres pièges, lança-t-il à sa femme. Parce que avec les vieux pièges à loup, on n'arrive à rien.

Son épouse sembla valider de la tête et le baron donna congé à son garde-chasse. Puis il reposa sa chope et observa ses invitées.

— Qui avons-nous là ?

— Melany Garason des Napa Wines, en Californie, et Neomie Sisti de Vinum Bonum, expliqua sa femme. Tu as accepté de les recevoir pour évoquer la vente d'Issblüat.

— Ah… oui, concéda-t-il sans entrain. Nous parlerons de tout ça demain. Dînons !

Les deux femmes échangèrent un regard dépité.

— Vous avez fait bonne route, au moins ? J'espère que mes terres n'ont pas été trop hostiles envers vous ! Il a neigé pas mal, ces derniers jours, ce qui rend l'accès difficile, surtout pour monter. C'était le but recherché par mon ancêtre à la construction de cette forteresse, vous me direz.

— Ma voiture s'est enlisée en chemin, expliqua l'Américaine. Heureusement, des gendarmes qui passaient là m'ont aidée. Sans eux, j'y serais sûrement encore.

Le baron ignora sa remarque et poursuivit en se tournant vers le portrait en pied accroché au mur à sa gauche.

— Mon aïeul Lothar Mayer, dit Lothar le Transi.

— Le Transi ? répéta Melany Garason. C'est à cause de l'altitude et de la neige, j'imagine. Transi de froid ?

— Pas du tout. Vous racontez n'importe quoi. Transi d'amour ! Lors d'un tournoi au château de Wildenstein, à quelques lieues d'ici, Lothar tombe fou amoureux de Liesel, la fille du seigneur local. On est en 1261. Il défait tous ses concurrents, attire les regards de la belle, mais découvre bientôt...

Il s'interrompit pour boire une gorgée de vin.

— ... que Liesel était pro... poursuivit la baronne qui connaissait l'histoire mot pour mot.

Le baron écrasa son poing sur la table, ce qui fit sursauter tout le monde.

— C'EST MOI QUI RACONTE ! brailla-t-il tout à coup en bavant son rouge dans sa barbe.

Il y eut un silence gêné. Seul le secrétaire, manifestement habitué aux sautes d'humeur de son patron, resta de marbre.

— C'est mon ancêtre ou c'est ton ancêtre ? demanda-t-il, rubicond, à son épouse terrifiée.

— Le tien...

— J'ENTENDS PAS !

— Le tien. C'est ton ancêtre.

— C'est pas possible, ça...

Il attrapa son verre et constata qu'il était vide.

— Marja ! Elle est où, l'autre conne ?

La servante accourut, saisit la carafe et emplit la chope avant de se mettre en retrait.

— J'en étais où ?

— Il gagne le tournoi, répondit Melany avec douceur.

— Ah oui, on peut dire ça ! Mais Liesel de Wildenstein était promise par son père à l'un des fils de la famille des seigneurs de Ferrette… Rigobert de Ferrette. Famille puissante. Lothar essaye de plaider sa cause, mais rien n'y fait. Une alliance avec les Ferrette est bien plus profitable pour les Wildenstein qu'un mariage avec un petit chevalier, fortuné, certes, mais sans titre et sans terre. Lothar insiste et gagne son surnom de Transi. Car amoureux, il l'est, éperdument. Les mois passent. En 1262, à l'occasion d'un nouveau tournoi, il retourne au château de Wildenstein. Il sait que les épousailles entre Liesel et son prétendant se préparent. C'est une affaire de semaines, alors Lothar joue le tout pour le tout et s'inscrit à toutes les épreuves : d'abord les joutes comme vous les connaissez, qui sont des combats en duel à cheval puis à pied, mais aussi la mêlée ouverte où chacun se bat contre tous, la percée, les pas d'arme et la gueule du dragon, qui sont des combats individuels ou collectifs… Bref, plein d'épreuves. Il s'inscrit à toutes ! Sacré Lothar ! Il demande à Liesel s'il peut être son champion, mais la bienséance oblige la jeune promise à refuser, son futur époux Rigobert étant engagé dans le tournoi. Lothar comprend et se lance à corps perdu dans la compétition. Avant son premier combat, il pousse son hallali… Vous connaissez le terme de chasse, bien sûr, mais il s'agit d'abord, historiquement, du cri que pousse le guerrier en se jetant dans la bataille, avant la mise à mort de son ennemi… Il lance son hallali, donc, en direction de Liesel, lui dédiant ainsi l'affrontement à venir. Au premier duel, il enfonce sa hache dans le crâne de son adversaire. Les juges le rappellent à l'ordre : les règles des tournois ont changé. Avec le concile de Latran II, l'Église a tenté de bannir ces jeux sanglants où de nombreux chevaliers valeureux trouvent la mort au lieu de rejoindre la croisade. On décrète alors que celui qui meurt en tournoi n'est pas autorisé à être enseveli en terre chrétienne. En 1260, Saint-Louis, roi de France, la puissance voisine, les interdit tout bonnement. On se bat, mais on fait semblant. Il ne s'agit plus de tuer, mais de vaincre.

— C'est peut-être mieux comme ça, commenta Melany Garason.

— Mais Lothar n'a jamais entendu parler de ces changements. Surtout, il est plutôt vieux jeu. Comment prouver sa valeur à Liesel s'il fait semblant de se battre ?

— Il a un vrai souci avec sa virilité, le gars, quand même… intervint Neomie Sisti, ce qui provoqua la consternation générale.

Pourtant le baron poursuivit.

— Au deuxième duel, il fracasse la cage thoracique de son adversaire à coups de marteau avant de faire de sa tête une purée sanguinolente. Évidemment, les juges le rappellent de nouveau à l'ordre…

— Oui, c'est judicieux, insista Neomie Sisti. Il avait du mal à gérer ses émotions, votre ancêtre. Et il a gagné le tournoi ?

Une fois de plus, le baron ignora sa remarque, mais répondit à sa question :

— Non… Les juges l'ont disqualifié lorsqu'il a coupé les bras et les jambes du combattant suivant… avant de l'étrangler… et de brûler vif son cheval.

— C'est dommage… ponctua Sisti.

Ulbricht approuva.

— Le plus triste, c'est qu'il n'a même pas eu le temps d'affronter Rigobert de Ferrette, son rival. Alors, chassé et repoussé pour la seconde fois, ivre de rage après son élimination, il retourne voir Liesel et l'enlève. En plein tournoi, ils disparaissent ensemble et viennent se cacher ici, sur les hauteurs de la montagne. À l'époque, ils n'ont rien, bien sûr, à peine une ferme fortifiée. Mais Lothar s'engage dans des batailles au côté de seigneurs puissants, accumule argent et trésors. Ainsi commencent la construction du château et la lignée des Mayer de Lieselshertz.

— Un vrai conte de fées, s'émerveilla Melany.

— Presque, reprit le baron qui comptait bien réciter son histoire familiale jusqu'au bout. La famille Ferrette a vent de ces faits d'armes et découvre où se cachent Lothar et Liesel. Rigobert, le fiancé éconduit, réunit une armée et attaque le château. La bataille dure près de trois mois, opposant les deux prétendants de Liesel. L'armée de Rigobert de Ferrette est vaincue tant par les forces amassées derrière les jeunes fortifications que par le froid intense qui décime ses rangs, surtout la nuit. On est en 1264. Rigobert abandonne tout espoir et repart chez lui. C'est la victoire ! La construction du château, sous sa forme première, est terminée dans les cinq ans qui suivent. Les succès militaires de Lothar lui valent un titre de baron et le droit d'administrer le sommet où il s'est installé. Il lui donne alors le nom de Lieselshertz, le « cœur de Liesel », en l'honneur de sa femme, de la bataille que deux seigneurs ont livrée pour elle et des centaines d'hommes qui y ont perdu la vie.

Chen imagina un instant sous ses pieds le charnier médiéval sur lequel elle allait dîner, puis dormir. Il y a des choses qu'il vaut mieux ignorer.

— Ainsi commence la longue dynastie des barons de Lieselshertz descendant jusqu'à aujourd'hui, à mon frère Herman et à moi-même, Ulbricht Mayer de Lieselshertz.

Il vida son verre. La servante craintive s'approcha pour le remplir. Il ordonna qu'on apporte le dîner.

— Une bien belle histoire d'amour chevaleresque, conclut Melany Garason, qui fayotait avec son accent anglais.

La baronne approuva de la tête, sans un mot.

— Surtout si cette brave Liesel était d'accord… commenta Neomie Sisti.

Un ange passa. Elle pensa nécessaire d'expliquer ce que tout le monde avait compris.

— Dans cette histoire, on n'a pas vraiment son avis. Si ça se trouve, elle voulait épouser Machin de Ferrette, aller vivre dans son château à lui, et lui pondre des rafales de marmots jusqu'à ce que mort s'ensuive… Peut-être même qu'elle ne voulait pas se marier… ou qu'elle préférait Machine de Ferrette, la sœur de Machin…

Les regards fixés sur elle convergèrent vers le baron dans un silence de mort lente. Contre toute attente, celui-ci éclata de rire.

— C'est sûr, c'était avant #MeToo ! Comment vous vous appelez déjà ?

— Neomie Sisti… de Vinum Bonum.

— Sisti, ça vient d'où ?

— C'est corse.

— Vous n'avez pas l'air corse pourtant ! gloussa-t-il.

— Si on devait s'en tenir aux apparences, tacla Neomie en détaillant l'accoutrement grotesque du baron, je serais déjà partie.

Le secrétaire allait se lever pour intervenir, mais le baron lui fit signe de laisser tomber.

— Avec un caractère pareil, j'imagine que vous n'êtes pas mariée !

— Avec un caractère pareil, je suis sidérée que vous le soyez.

Le baron semblait cueilli. On pouvait se demander ce qui était arrivé au dernier qui lui avait tenu tête de la sorte. S'il se prenait pour Lothar ou son plus pur descendant, la réponse devait contenir les mots « oubliettes », « décapitation » ou « écartèlement ». Peut-être l'avait-il étranglé avant de mettre le feu à sa voiture…

Le silence qui régnait dans la salle des banquets s'épaissit. Megara lança à Chen un regard noir. Ou était-ce Melany Garason qui désapprouvait son attitude ?

— Et à quelle période les premières vignes ont-elles été plantées ? interrompit la Furie, tâchant de suspendre le tournoi qui s'engageait.

La servante arriva de la cuisine et déposa sur la table une large cocotte fumante.

— Ah ! Voici notre fameux baeckeoffe ! s'exclama le baron. Notre chef, Bernart, en a fait son chef-d'œuvre, avec la choucroute que nous goûterons demain. Le baeckeoffe est un plat traditionnel alsacien à base de légumes et de viande marinée au vin blanc, du paleron de bœuf, de l'échine de porc et de l'épaule d'agneau, puis cuit à l'étouffée.

La jeune femme en tablier s'activa autour de la table pour servir.

— D'après certains historiens, madame Garason, les premières vignes d'Alsace ont été plantées par les Romains dès le Ier siècle. Pour d'autres, elles auraient été cultivées par des moines à partir du VIIe siècle. Quoi qu'il en soit, il y a une très vieille tradition viticole dans cette région. Quant aux vignes de Lieselshertz, elles ont été plantées peu de temps après la bataille de Lieselshertz, à l'emplacement même des combats, sur le flanc est de la montagne notamment. Pendant plusieurs siècles, le vin fabriqué entre ces murs a été de piètre qualité, mais il a abreuvé toute la vallée. Jusqu'à ce qu'on découvre le procédé du vin de glace et qu'on l'essaye sur le domaine. L'*Eiswein* produit ici est le fruit de la montagne, de la glace et du sang, celui de ces hommes morts pour Liesel : l'Issblüat. Le Sang des Glaces. Cet assemblage extraordinaire fait sa robe unique, ses arômes exceptionnels, sa rareté et son rayonnement universel.

Ulbricht devenait lyrique lorsqu'il parlait de son vin. Et chacun approuva sa déclaration d'amour. Il remarqua soudain que Melany Garason triait le contenu de son assiette.

— Il y a un problème, madame ?

— Je ne mange pas de viande. Jamais.

— Ah, je vois…

— Mais les pommes de terre me conviennent !

— C'est de la cuisine, madame, de la cuisine française. Alsacienne. Il y a de la viande. Il faudra vous y faire. On n'est pas au Texas, chez McDonald !

— Je ne mange pas d'animaux, ni ici ni au Texas, essaya-t-elle de contrer.

— Eh bien, chez moi, on chasse et on mange de la viande depuis huit siècles, grogna le baron. Et si possible, on n'insulte ni son hôte ni son cuisinier.

Un nouveau malaise se déposa sur la salle des banquets. Chen s'empressa de glisser un regard noir à Megara, que celle-ci préféra ignorer. Et le dîner se poursuivit dans une quiétude froide à peine troublée par le crépitement des bûches, jusqu'à ce que le gardien du domaine refasse son apparition. Il arborait sa cagoule, sa capuche et portait un fusil en bandoulière. Chen remarqua que ce n'était plus son fusil de chasse à double canon, mais un fusil de précision à lunette. Elle nota aussi son empressement à discuter avec Silva. Ce dernier se leva et le rejoignit. Les deux hommes échangèrent à voix basse jusqu'à ce que le baron s'en indigne.

— Quoi ? Il se passe quoi ?

Silva revint à la table et chuchota à son oreille.

— Une intrusion, monsieur le baron.

Ignorant ses deux convives, Ulbricht quitta la salle avec son secrétaire et son garde-chasse, en marmonnant dans sa moustache drue son besoin de fusil.

15

H – 06:45

Phase 8 – La reine du tournoi : les dames saluent leur hôtesse qui préside aux festivités.

Devant la fenêtre qui surplombait plein sud les vignes de riesling, les trois femmes silencieuses observaient l'obscurité et, au loin, les trois faisceaux qui s'y enfonçaient, ténus derrière le rideau de flocons, fragiles dans l'immensité glacée.

— C'est la deuxième fois cette semaine. La nuit dernière, on a déjà eu une intrusion… commenta la baronne.

— Une intrusion ? reprit Neomie Sisti. Vous parlez des sangliers ou vous pensez que c'est un cambrioleur ?

— Nous préférons de loin les animaux sauvages… Mais il s'agit bien cette fois de gens, sûrement des voleurs. Enfin… au moins un. Ce ne serait pas le premier à essayer de s'introduire sur le domaine. La cave de mon mari est très convoitée. Les bouteilles qui s'y trouvent valent très cher, je ne vous apprends rien. Ulbricht sait qu'il dort sur un trésor. Alors, il ne dort que d'un œil. Et malheur à celui qui pense le voler…

— Il y a eu d'autres tentatives par le passé ? demanda Melany Garason.

— Oui. Peu, heureusement. Mais les voleurs n'ont jamais réussi à entrer.

— Et la nuit dernière, qu'est-ce qu'il s'est passé au juste ? reprit Neomie.

La femme s'assombrit.

— On ne sait pas trop… Titouan, notre gardien, dit avoir aperçu quelqu'un près du lac. Une forme blanche sous la lune. Ce n'est pas très clair. Peut-être un reflet sur la surface glacée. Il est allé voir et n'a trouvé personne…

— Une forme blanche ? répéta Melany. De quelle taille ?

— Humaine…

— Et les traces au sol, dans la neige ?

— Pas de traces, d'après lui.

— C'est quoi ? Un esprit de la forêt ? Obéron vous rend visite ? plaisanta Melany.

La baronne la dévisagea, l'air grave. Chen et Megara comprirent que cette histoire de forme blanche flottant dans la nuit ne l'amusait pas du tout. Elle savait certainement pour l'ouvrier mort de froid, et elle faisait un lien.

— Peut-être qu'il picole un peu votre gardien, non ? proposa Neomie. Ça caille par ici. Il passe pas mal de temps dehors… Il carbure au vin chaud ?

Maïté Mayer sembla offusquée qu'on attaque son employé.

— Titouan travaille avec nous depuis plusieurs semaines et a gagné notre confiance. Il ne boit pas une goutte d'alcool. Il ne se drogue pas non plus, contrairement… à son prédécesseur.

— Ah… le personnel… commenta Neomie.

— Oui. Il nous a quittés… Il… Il a été arrêté pour trafic de stupéfiants. Ça a été un vrai choc pour nous. A fortiori à quelques semaines des vendanges. Mais l'arrivée de Titouan nous a…

Une détonation retentit dans la nuit et les trois femmes se turent, les mains en jumelles contre la vitre, fouillant les ténèbres du regard. Par réflexe, Chen esquissa un geste vers un holster qu'elle n'avait pas. Heureusement, elle le réprima à temps.

— Ils ont trouvé quelque chose ? demanda Melany comme si les deux autres avaient la réponse.

— Qui a tiré surtout ? contra Neomie. Et sur qui ?

— Mon Dieu… souffla la baronne.

Les trois rais de lumière s'étaient immobilisés. Manifestement aucun d'eux n'était blessé. Une torche se détacha soudain du groupe, fusa plus au sud, vers le lac, et son faisceau s'évanouit. Les deux autres pressèrent le pas pour le rejoindre. Et les trois hommes disparurent, avalés par la nuit.

16

Phase 9 – Le cri de guerre : les participants poussent leur cri de guerre ou cri de bataille pour terrifier leurs concurrents.

Emmitouflés dans leur anorak, fusil en main, les trois hommes débouchèrent dans la cour intérieure du château. La neige tombait plus fort depuis quelques heures, bloquant la visibilité à une dizaine de pas. Leur souffle s'élevait en brouillasse devant leurs yeux, ce qui n'arrangeait rien. Dans le même mouvement, ils allumèrent leurs lampes torches et pivotèrent plein sud vers le chemin qui menait aux vignes et au lac.

— Pourquoi vous ne m'avez rien dit, Silva ? gronda le baron.

— Je n'ai pas pensé que c'était si important, monsieur. Un animal, un loup au pire…

— C'était pas un animal, j'en suis sûr, contesta Titouan.

— Une forme blanche ! C'est bien ça que tu as vu, Titouan, non ? Alors, c'est quoi ? Le loup blanc ? Celui qui est connu ? C'est une blague ?

Titouan ne comprit pas, mais s'indigna qu'on puisse mettre en doute sa bonne foi.

— Je l'ai vu comme je vous vois, monsieur le baron. Enfin… de plus loin. Hier soir. Et tout à l'heure, il y a une demi-heure, au plus. C'était pas un animal. J'en ai vu de près, des loups et des sangliers. J'en ai même sorti des pièges pas plus tard que la semaine dernière. Non. C'était… comme une lumière, mais avec une forme. Comme… comme un fantôme.

— Un fantôme… répéta le baron, interdit.

— C'est pour cette raison que je n'ai pas jugé utile de vous déranger avec ça, monsieur le baron, commenta le secrétaire. J'en ai parlé à madame…

— À ma femme, et pas à moi ?

Ils se turent. Leurs pas faisaient crisser la neige et la teintaient de boue dans leur sillage, une ligne de pointillés dans la blancheur unie qui s'étendait sous la lune froide. Devant eux, les faisceaux blêmes balayaient chaotiquement le sol immaculé, effleurant par moments les premiers rangs de ceps chargés de raisin de chaque côté du chemin.

Le baron éclaira sa montre.

— 22 h 20 ! Et je me retrouve à patauger dans cette gadoue glacée… Bordel !

Le silence se fit de nouveau, rythmé par leurs pas.

— Là-bas ! cria Titouan en tendant un doigt vers le cœur de la nuit.

Bouche bée, les yeux écarquillés, les trois hommes s'arrêtèrent. Dans l'inertie hivernale, la main en visière, ils distinguèrent plus loin au sud, à une soixantaine de mètres au bout du chemin, une forme blanche et floue par-delà le voile de neige, évanescente, spectrale. On devinait des bras et des jambes, une tête, une silhouette humaine.

— C'est près du lac, commenta Silva en essayant d'éclairer la forme. Je vois une… une silhouette blanche !

Il braqua sa torche, mais son faisceau fut avalé par la neige et l'obscurité. Titouan épaula son fusil pour observer la forme à travers sa lunette, la mettre en joue et peut-être tirer.

— Tu le vois bien ? interrogea le baron, ses larges moustaches blanchies par la neige. Tu vois ce truc ? C'est quoi, bordel ?

— Oui ! C'est… c'est blanc… Je ne sais pas ce que c'est ! cria le chasseur, cédant à une panique irrationnelle.

— Mais tire, bon Dieu ! ordonna Ulbricht.

Une détonation retentit, qui résonna dans les hauteurs de la montagne. Titouan baissa son fusil, le visage infiniment pâle. Il regarda le baron.

— Tu l'as eu ? s'enquit celui-ci.

— Oui. J'en suis sûr. Mais il n'a pas bronché. Je crois que j'ai vu... Il m'a regardé. Il a dit quelque chose...

Silva et le baron le dévisagèrent un instant.

— Mais qu'est-ce que tu racontes !

— J'y vais, lança tout à coup le secrétaire.

Silva se mit à courir dans la direction de la silhouette, sa lampe braquée devant lui, son fusil dans l'autre main. Ses bottes écrasaient la neige. De là où ils se tenaient, sur le chemin, on ne voyait de lui qu'une forme noire, une ombre dans le halo de sa lampe. Titouan épaula de nouveau son arme pour chercher sa cible. Le baron attrapa son canon et le releva vers le ciel.

— Ne tire pas, malheureux. Tu vas toucher Silva !

Titouan baissa son fusil, soulagé de ce contrordre. Comme le baron s'élançait à son tour, il lui emboîta le pas. Et les trois hommes, l'un derrière l'autre, se mirent à courir dans la neige, agitant des traits de lumière à travers la nuit et le froid.

Après quelques secondes, arrivé aux abords du lac sur sa droite, près de la forêt, Silva stoppa soudain.

— Où il est ? Vous le voyez ? souffla-t-il.

Les deux autres le rejoignirent, tout aussi essoufflés, levant de nouveau une main en visière pour contrer les flocons qui leur voletaient dans les yeux.

— Non, il... il a disparu, répondit Titouan.

— Ce n'est pas possible, tonna le baron. Il était là. Il ne peut pas s'être évaporé comme ça ! Il n'est pas parti à la nage, quand même !

Il fit face au lac et en balaya la croûte gelée d'un revers de lampe.

— Personne ne peut marcher là-dessus. C'est du suicide, rétorqua Silva.

Titouan s'était éloigné, interrogeant le sol, le fouillant de sa torche, tournant, virant.

— Tu trouves quelque chose, Titouan ? demanda le baron.

— Il était là, j'en suis sûr. En tout cas, par-là, monsieur le baron, quand j'ai tiré dessus. Mais il y a pas une seule trace, ni de pas ni de sang.

— Pourquoi tu dis « il » ? Il ressemblait à quoi ?

— Un homme jeune, brun, les yeux noirs...

Ulbricht fit une grimace. À leur tour, du bout de leurs faisceaux, Ulbricht et Silva interrogèrent le sol de cailloux sur la berge gelée puis, retraversant le chemin, explorèrent les premiers rangs de vigne. Mais il n'y avait rien. Le fantôme s'était évanoui, ne laissant derrière lui, dans leurs esprits, que les graines d'une terreur nouvelle.

— C'est impossible, conclut Silva.

— Rentrons, ordonna le baron.

17

— Mon Dieu, que s'est-il passé ? les pressa la baronne. On a entendu un coup de feu.

Les trois hommes venaient de rentrer. Seul Titouan, prêt à ressortir pour reprendre ses rondes, avait conservé sa parka et son fusil à lunette. Maussade, Ulbricht rejoignit la table, attrapa son verre et le vida d'un trait.

— Rien… Il ne s'est rien passé.

Titouan et Silva se regardèrent, sans le contredire.

— Une forme blanche, reprit le baron, quelque part entre le lac et la vigne, à cent mètres d'ici, cent cinquante au plus. On l'a vue, Maïté. Tous les trois. Il n'y a aucun doute. Titouan l'a même eue dans son viseur et a tiré.

— Je peux pas l'avoir ratée, madame. Avec cette lunette et la blancheur dans la nuit, et la lune… Impossible.

— On l'a vue, répéta le baron en remplissant de nouveau son verre.

Il fit un signe à Silva, qui opina pour confirmer.

— Il y avait bien quelque chose, madame.

— Mais on n'a rien trouvé sur place. On a fouillé les environs. Ni traces de pas ni rien… Pas de sang. Il n'y avait rien. Ce truc a disparu.

— Comme un fantôme, ajouta Titouan.

— ÇA SUFFIT ! gronda le baron. Il n'y a pas de fantôme ! C'était un reflet ou quelque chose comme ça. Rien de plus. Ça n'existe pas, les fantômes !

Clairement épouvantée, la baronne se signa et se rapprocha de son époux.

— Et si c'était le cas ? Si… si le domaine était hanté ? Il y en a eu des morts, ici, non ?

Chen revit l'image du charnier sur lequel elle se tenait, magma de chair, de fer et d'os érupté d'un siècle lointain. Le baron adressa un regard mauvais à son épouse.

— Quelqu'un essaie peut-être de vous en convaincre, madame, et de vous faire peur, commenta Silva.

— Il est temps d'aller te reposer, Maïté, ordonna Ulbricht, décidé à la faire taire et ignorant son second. D'ailleurs, chacun va rejoindre sa chambre et y rester jusqu'à demain. Titouan, Afonso, vous venez avec moi. Si quelqu'un se promène et fait le malin sur mon domaine, on va lui faire passer l'envie de rire avec un traitement au plomb.

Il s'éloignait vers la porte lorsque la baronne, furieuse, hurla son nom.

— Ulbricht ! Personne ne mourra, tu m'entends ? Ça suffit ! Un, ça suffit !

Tous les regards se tournèrent vers elle, puis vers son mari. Le silence de la nuit et des flocons semblait soudain avoir envahi la maison et éteint tous les bruits. Chen se demanda qui savait, parmi les gens présents, de quoi elle parlait. A priori, tous, sauf peut-être Silva…

Le visage du baron s'empourpra. Pourtant sa voix était froide.

— Afonso, raccompagne ces dames jusqu'à leur chambre.

Il s'éloigna, entraînant le gardien à sa suite et abandonnant le secrétaire à sa tâche.

— Je suis désolé, madame. Je vous prie de croire…

Courroucée, la baronne se détourna, traversa la salle à grands pas, emprunta l'escalier et disparut, sans un mot à quiconque. Silva se tourna alors vers les deux commerciales.

— Je pense qu'un individu s'est introduit sur le domaine. Tant que nous ne l'aurons pas localisé et maîtrisé, il représente un danger.

— Appelez les gendarmes, proposa Neomie avant de se mordre la langue.

La dernière chose à souhaiter, c'était que les gendarmes débarquent au milieu d'une danse des Furies.

— Je les ai appelés, expliqua Silva. Dès notre retour. La route est peu praticable à cause de la neige fraîche. Et puis un individu qui se promène dans la montagne… Ils ont franchement d'autres priorités.

— Nous sommes bloqués ? répéta Melany en appuyant son accent.

— Non, mais la conduite de nuit par cette météo est périlleuse. Le chasse-neige devrait passer à partir de 6 heures, demain matin. Vous pourrez alors circuler de nouveau librement. Pour la nuit à venir, vous ne risquez rien tant que vous restez à l'intérieur, dans vos chambres. Personne ne peut entrer dans le château. Par ici, je vous prie, conclut-il froidement.

Le ton était comminatoire, l'atmosphère pesante. Chen se demandait dans quelle histoire de fous elle était tombée. Par deux fois en quatre heures, on l'obligeait à se confiner dans sa chambre. On l'isolait. Le château lui-même semblait coupé du monde. Le huis clos prenait des allures de radeau à la dérive.

Elle se laissa mener jusqu'à sa porte, où Silva la quitta sur un simple « À demain », sans autre rappel ni menace, avant de raccompagner Melany Garason à ses appartements. Mais Chen refusait d'en rester là. Une fois seule, elle repoussa les lourds rideaux et tenta de localiser par la fenêtre les deux hommes dans la nuit, leurs torches, leurs traces. Dehors, la neige tombait si fort qu'elle bloquait toute visibilité. Et Silva patrouillerait certainement dans les couloirs, maintenant qu'il l'avait surprise à fouiner. Deux hommes à l'extérieur et un à l'intérieur. Chen se dit qu'elle n'avait pas beaucoup d'options. Et elle avait un rôle à jouer. Megara devait se dire la même chose. Peut-être pouvaient-elles se partager les objectifs : la visite du château, dont un passage à la cave et une incursion au grenier, un tour au hangar des ouvriers, peut-être aussi dans l'aile de l'hôtellerie désormais fermée, et les anciennes écuries. Il y avait tant de lieux interdits qu'on ne savait plus où donner de la tête pour trouver un cadavre, sans parler du lac, des vignes et de la montagne alentour, vaste, sauvage, pleine de gouffres et de ravins, de crevasses et de combes. Une mission impossible… Alors, par où commencer ? Probablement par l'endroit le plus secret et le plus protégé.

Chen attrapa sa lampe à pétrole et l'éteignit d'un souffle. Elle glissa un œil dans le couloir et, après s'être assurée que Silva n'était pas en embuscade, rejoignit la chambre de Melany Garason. Elle frappa deux fois avant que cette dernière ne lui ouvre. Elle portait encore sa robe de meringue.

— Qu'est-ce que vous voulez ?

— Je n'arrive pas à rallumer ma lampe. Vous savez comment faire ?

— Pas du tout. Bonne nuit.

Megara s'accrochait à son masque. Alecto avait été clair à ce sujet. Mais il semblait à Chen qu'enfin à l'écart, elles pouvaient communiquer, se parler de ces premières heures au château, échanger sur les évidentes bizarreries de la soirée. Chen avait des questions et voulait des réponses. Alors, quand Megara fit mine de refermer la porte, elle la bloqua du pied.

— Vous avez un briquet ?

— Oui, mais j'en ai besoin pour fumer.

Devant le regard insistant de l'intruse, Melany Garason soupira puis libéra le seuil pour laisser entrer sa rivale.

— Je vais vous donner ça. Venez, toute la chaleur de la chambre s'en va. Une minute. Je suis crevée.

Chen ne se fit pas prier. Megara referma la porte derrière elle.

— Tu n'es pas censée entrer en contact avec moi, attaqua la Furie. Qu'est-ce que tu veux ?

— Ce que je veux ? Des réponses. Cette histoire de fantôme est complètement bidon. Ça fait partie de la danse, c'est ça ?

Pour faire craquer la baronne ? Pour qu'ils aillent vérifier si le corps est à sa place ?

— Exactement.

— Mais pourquoi vous ne m'avez pas prévenue ? Et Silva, il est au courant de cette histoire de cadavre, lui aussi ?

— C'est à toi de le découvrir. C'est ta mission. La mienne, maintenant, est celle d'une flic infiltrée qui fouine, les menace et se fait attraper.

Elle partit chercher le fameux briquet. Chen écarta le verre de la lampe lorsque la Furie approcha la flamme.

— Et Tisiphone ? Il a trouvé quelque chose depuis qu'il est là ?

— Si c'est le cas, il a été assez malin pour ne pas venir frapper à ma porte me l'annoncer…

Chen entendit le reproche. Megara sembla regretter ses propos.

— Désolée, ce n'est pas ce que je voulais dire… Pas de cette manière, en tout cas. On est coincés au château. Dedans autant que dehors, il y a des hommes armés qui n'hésiteront pas à nous tirer dessus s'ils comprennent qui nous sommes et ce que nous faisons vraiment ici. Et ce fantôme va mettre leurs nerfs en pelote… Alors on continue comme convenu.

Chen acquiesça en silence.

— À minuit, dit-elle, je descends à la cave. Puisque c'est un des lieux interdits et l'accès aux oubliettes, je vais commencer par là. Ensuite, je vais voir ce qui se trame au fameux hangar ; si c'est là-bas que le saisonnier est mort, peut-être que j'y trouverai quelque chose…

— Non. Tu n'auras pas le temps de faire les deux, objecta Megara. Et c'est trop risqué. Je m'occupe du hangar. À minuit, c'est d'accord.

La lumière jaillit dans la lampe à pétrole et Chen reposa le verre.

— Vas-y, maintenant.

Chen s'apprêtait à sortir lorsque Megara ajouta.

— Et Yvonne… Fais attention à toi. Nous sommes prises dans un essaim. S'il t'arrive quoi que ce soit, Alecto ne me le pardonnera pas. Moi… moi non plus, je ne me le pardonnerai pas.

Melany Garason ouvrit la porte et reprit plus fort :

— La prochaine fois, appelez Silva. Je ne suis pas à votre service. Bonne nuit, conclut-elle avant de claquer sa porte derrière Chen.

18

H – 05:00

Phase 10 – La mêlée ouverte : les concurrents s'affrontent lors d'un combat collectif.

Le réveil du téléphone sonna. Il était minuit. Chen était étendue tout habillée sur son lit, en pull et en treillis. Malgré le silence funèbre de la demeure, elle avait peu fermé l'œil. Il y avait toujours un craquement, un frottement, un chuintement quelque part dans les murs ou le plafond, un bruit ténu pour venir effleurer puis transpercer la fine pellicule de son sommeil. Elle mit ses lunettes, empocha son téléphone et quitta son lit. La large bûche qu'elle avait ajoutée en se couchant rougeoyait dans l'âtre. Dehors, la neige continuait de s'abattre à gros flocons. Les lumières de la cour étaient encore allumées. Elles devaient le rester de jour comme de nuit. On n'y voyait pourtant pas grand-chose. La nuit et la neige masquaient tout.

Chen sortit dans le couloir et son souffle, à la lueur des fausses torches, se changea aussitôt en brume ; il faisait un froid de loup dès qu'on s'éloignait des cheminées. Elle sursauta et se colla au mur en voyant à l'embranchement passer la servante qui avait officié au dîner. Cette dernière se dirigeait vers l'échelle de meunier. Intriguée, Chen se détourna de sa mission et remonta furtivement la galerie jusqu'au T. Elle risqua la tête et aperçut la jeune femme, en haut des marches, qui poussait la porte donnant sur le grenier. L'espace d'une seconde, l'ex-flic crut entendre des voix. Un craquement dans le plafond lui confirma ce dont elle était maintenant sûre : aussi vieille et délabrée que fût la bâtisse, et malgré les dénégations de Silva, il y avait bien quelqu'un au grenier, quelqu'un qui ne voulait pas être vu. L'idée que se faisait Chen de la situation depuis son arrivée, plus encore depuis le dîner, se précisait, mais était-ce seulement possible ? Elle se dit qu'elle ne serait fixée qu'après avoir exploré les lieux.

Elle repartit à contresens vers l'escalier de pierre, descendit les premières marches et remarqua que le rez-de-chaussée, seulement éclairé par les braises qui agonisaient dans la cheminée, était plongé dans la pénombre. Elle alluma la lampe de son portable et rejoignit en silence la grande salle du repas. Elle hésita un temps, tendit l'oreille, puis s'engouffra à gauche par l'une des portes qui donnaient sur la cuisine. Quitte à explorer les lieux, autant le faire bien. Surtout, elle ne savait pas du tout où se trouvait la cave. S'il y avait une entrée pour les visiteurs à l'extérieur, il y en avait sans doute une aussi à l'intérieur pour remonter le vin sans avoir à sortir. Ça paraissait rationnel. C'était même pragmatique.

Les projecteurs qui illuminaient la façade de ce côté éclairaient plutôt bien l'endroit. Large de dix mètres sur dix au moins, la cuisine était affreusement rustique avec ses tomettes et ses buffets en bois. Chen inspecta chaque recoin à la recherche d'une ouverture, d'une trappe dans le sol, en vain. Outre les deux portes qui menaient à la salle des banquets, une unique porte de service, fermée, donnait sur la cour. La clé était dans la serrure. Mais aucun accès au sous-sol. Étrangement propres et vides, les lieux semblaient n'avoir pas été utilisés depuis des lustres. L'évier en pierre, le billot, le plan de travail d'époque étaient impeccables ; les placards ne contenaient rien de ce qu'on pouvait s'attendre à trouver dans un lieu habité.

Seuls dépareillaient un four moderne, un lave-vaisselle démesuré, deux gros congélateurs occupant tout un mur et deux réfrigérateurs. Par curiosité ou par flair, Chen ouvrit le premier et découvrit, abasourdie, une vingtaine de bocaux d'un kilo chacun.

Quatre d'entre eux portaient la mention « baeckeoffe », quinze celle de « choucroute ». Stupéfaite, Chen comprit qu'elle venait de faire la connaissance du fameux chef Bernart dont s'enorgueillissait le maître des lieux : quelques conserves versées dans un plat et mises à réchauffer. Elle grimaça. Personne ici ne pouvait ignorer ce fait. Ni Silva ni la baronne. Encore moins Tisiphone. Chen chercha une poubelle quelque part et tomba, sous l'évier, sur onze bocaux vides. Si onze kilos de baeckeoffe avaient été préparés au dernier repas, à qui avaient-ils été servis ? Certainement pas aux seuls convives réunis autour de la table. Alors, à qui ? Aux saisonniers du hangar, que l'on disait nourris au pain et à l'eau ?

Un bruit dans la grande pièce voisine la fit sursauter. À pas de loup, elle se cacha derrière la porte par laquelle elle était arrivée, de peur de voir surgir quelqu'un. Mais personne ne vint. Encore un de ces bruits montant du cœur même du vieux château. Chen attendit un moment, puis, à la lumière de son smartphone, retraversa la salle des banquets, passa sous le grand lustre de bois, salua l'aïeul Lothar et ouvrit une nouvelle porte. Des salles, des couloirs, des embranchements et des portes, c'était un bon résumé de ce labyrinthe médiéval plongé dans l'obscurité et pris dans la glace. Sans oublier les escaliers, les échelles, les caves et les balcons…

Elle déboucha dans un nouveau couloir puis dans une antichambre donnant sur l'extérieur, où des bottes en caoutchouc s'alignaient sous des bancs, au-dessus desquels pendaient des manteaux. Chen pivota sur elle-même en suivant le faisceau de son téléphone et tressaillit : dans un coin, une armure complète montait la garde près d'une nouvelle porte, épaisse et bardée de fer. Après avoir tenté sans succès de l'ouvrir, Chen remarqua une lourde clé accrochée à un clou et la fit jouer dans la serrure. Le pêne claqua et, dans un grincement de gonds qu'elle peina à contenir, l'ex-flic découvrit dans le halo de sa lampe un escalier taillé dans la roche, sans rampe, qui descendait dans les ténèbres sous la demeure. Elle s'y engagea prudemment et referma derrière elle.

19

Enfin seule dans sa chambre, Melany Garason se débarrassa de son horrible robe bouffante qui la comprimait et tira de ses bagages une tenue plus confortable, un fuseau et un anorak noirs, une paire de boots militaires, des gants et une cagoule. La conversation qu'elle venait d'avoir avec Chen l'avait un peu chamboulée. On ne quitte pas son masque au milieu d'une danse, elle ne le savait que trop bien. Pourtant, le fait que la recrue des Furies vienne la retrouver pour élaborer un plan à deux était bon signe et marquait la naissance d'une complicité, en tout cas, d'une connivence. C'était agréable. Et l'un des objectifs avoués de cette danse.

Elle s'allongea sur son lit et attendit l'heure. À minuit, elle passa la tenue qu'elle avait préparée. Habillée comme une ombre, la cagoule en poche, elle enfila son manteau de laine blanc, attrapa un paquet de cigarettes et un briquet, et quitta sa chambre. Elle descendit l'escalier par lequel elle était arrivée et rebroussa chemin jusqu'à l'entrée, une histoire en tête qu'elle pourrait servir en cas de rencontre : elle sortait fumer et ne pouvait dormir dans une chambre qui puait le tabac. En débouchant dans la cour, elle fut saisie par le froid et le vent glacé qui s'était levé. Les flocons virevoltaient en tous sens avec une certaine violence et lui piquaient les joues. Sale temps pour les fumeurs. La pneumonie l'aurait sûrement avant le cancer. Elle se cala contre la porte et s'assura qu'il n'y avait personne alentour. De toute façon, si quelqu'un observait l'esplanade intérieure à cet instant, la neige lui dissimulerait sa présence. Alors, à grandes enjambées, elle rejoignit sa voiture, ouvrit l'habitacle et y abandonna son manteau clair. Puis elle enfila sa cagoule. Tout de noir vêtue, presque invisible, elle remonta discrètement la file de véhicules jusqu'à la vigne et s'évanouit dans la nuit.

D'après la carte que lui avait fournie Alecto, le hangar qui abritait les saisonniers se trouvait à un petit kilomètre, de l'autre côté des vignes, de sorte que les ouvriers qui y étaient logés ne puissent être vus du château par les clients privilégiés visitant la cave ou séjournant à l'hôtel… On ne mélangeait pas les torchons et les serviettes à Lieselshertz. Le plan en tête, Megara prit soin de contourner la vigne principale par l'est en longeant les écuries fermées. Tisiphone n'avait pas manqué de lui indiquer où il avait disposé ses pièges. Le chemin et ses abords sur près de vingt mètres ne présentaient aucun danger.

Le sentier blanc sous la lune comme unique repère, Megara progressa à travers les rangées de ceps pendant une dizaine de minutes, plantant ses boots dans la neige et la terre gelée, jusqu'à distinguer une lueur par-delà le rideau de flocons. Elle s'en approcha à pas feutrés et découvrit bientôt le « hangar » au nom usurpé. Il s'agissait d'une cabane de tôle grise et rouillée dont le toit ployait sous une grasse couche de poudreuse. Une fumée argentée s'échappait par un tuyau qui faisait office de cheminée. Megara se demanda comment on pouvait survivre dans un tel abri, avant de se souvenir qu'un homme y avait succombé. À voir la lumière qu'exhalaient fentes et trouées dans la tôle, cette mort n'avait pas convaincu le baron de loger décemment ses ouvriers.

À une dizaine de mètres, Megara crut entendre des voix à l'intérieur. Malgré l'heure, les occupants de la cabane étaient donc éveillés. Elle décida d'en avoir le cœur net et, longeant la paroi, glissa un œil par une brèche. Au centre, deux hommes assis discutaient autour d'un poêle à pétrole. Au fond, deux autres dormaient dans d'épais sacs de couchage sur un plancher grossier. Ils étaient vêtus de parkas noires modernes, visiblement très chaudes et confortables. De là où elle était et aussi à cause de la bise irrégulière, Megara peinait à comprendre ce qu'ils se disaient, mais ils parlaient français, un français courant même. Ils étaient français.

Elle décida de trouver un point d'observation sur une autre paroi, plus loin, à l'abri du vent pour mieux les entendre. L'un d'eux clamait en plaisantant qu'il ne s'attendait pas à tant de confort. L'autre se faisait une raison en évoquant la dernière nuit qu'il passait dans cette cabane. Il rentrait ensuite et avait hâte de retrouver sa femme et son bébé. Ces types n'étaient clairement pas des migrants syriens travaillant la vigne pour une poignée de cerises. Alecto avait mentionné les Belges qu'embauchait parfois le baron. Malgré l'absence d'accent, cela pouvait expliquer la qualité de leur expression, mais leurs seules parkas devaient coûter les salaires de dix saisonniers. Ça ne collait pas… Elle aperçut alors, posée contre la tôle, une longue caisse verte où s'étirait le sigle HK G36. Ses yeux s'écarquillèrent.

Elle sursauta en percevant soudain un grondement derrière elle et se retourna pour découvrir une paire d'yeux rouges qui la fixaient et la masse noire d'un loup colossal. Les babines retroussées, tous crocs dehors, il dardait sur elle un regard sauvage et affamé. Megara recula d'un pas, les bras tendus devant elle, mais la bête grogna de plus belle, prête à bondir. Tout semblait figé dans ce décor neigeux et Megara sentit que *tout* allait basculer. Certainement pour le pire.

Une détonation retentit alors quelque part dans la montagne. Le loup couina de terreur et détala dans la nuit. À l'intérieur du hangar, les deux hommes assis près du poêle se levèrent d'un même mouvement en glapissant de surprise. Les deux autres se redressèrent. Megara s'arracha à la tôle et vit deux torches s'agiter à une trentaine de mètres ; deux hommes couraient dans sa direction. On venait de lui tirer dessus. Prise entre les tireurs à droite et les quatre hommes qui allaient fuser de la cabane à gauche, elle décida de s'enfuir plein sud, par-delà l'abri de tôle, à travers bois.

Elle n'avait pas fait vingt pas dans la poudreuse qu'elle entendit un hurlement au loin ; il ne s'agissait pas d'un cri de loup, mais de la plainte d'un de ses poursuivants qu'elle ne réussit pas à identifier. Un trait de lumière balaya un tronc près d'elle et elle comprit que malgré la neige et la nuit, ils la pourchasseraient jusqu'au bout. Éperdue dans une obscurité quasi totale, elle courut à en perdre haleine, les mains devant elle pour éviter les troncs qui lui percutaient les épaules, cherchant les racines, les branches tombées et les arbustes qui entravaient ses jambes, changeant de direction à la faveur d'un éclair de torche. Butant contre une souche, elle bascula soudain en avant. Ses deux paumes gantées se plantèrent dans la neige profonde tandis qu'elle s'écrasait de tout son long. Haletante, elle rampa aussi vite qu'elle put, jetant derrière elle des regards terrorisés et des éclaboussures blanches. Au-dessus d'elle, sur les troncs, les buissons et les feuillages, des éclats de lumière graffitaient la nuit, frôlant sa tête, son dos.

Pour reprendre son souffle, elle se glissa derrière un arbre. Rapidement, elle examina son corps et s'assura qu'elle n'était pas blessée. Elle jeta ensuite un œil alentour. Ses poursuivants étaient à une dizaine de mètres. Ils étaient quatre et avançaient maintenant en ligne, à pas lents, en fouillant les bosquets à la torche. Une battue. À la faveur d'un contre-jour, elle vit leurs fusils. Ces types, quels qu'ils soient, étaient déterminés à débusquer l'intrus, le voleur qui obsédait leur patron, et à le lui ramener, mort ou vif. Bientôt, ils tomberaient sur ses traces dans la neige et les remonteraient jusqu'à sa cachette. Au mieux, ils décideraient de la capturer, de l'interroger et de la faire parler. Au pire, ils l'abattraient là, et elle rejoindrait le cadavre du saisonnier… Elle grimaça. Elle était prise au piège.

Et c'était trop tôt.

20

H – 04:31

Le baron et le garde champêtre marchaient sur le chemin ouest, qui descendait directement de l'aile habitée jusqu'au lac. Le vent était tombé, mais Ulbricht continuait de parler fort dans le silence cotonneux de la nuit. Son souffle était court, son pas lent. Par déférence, Titouan n'osait pas le soutenir par le bras pour l'aider à avancer.

— C'est te dire la volonté de mon ancêtre, Titouan, une volonté d'acier. S'enfuir avec sa promise et venir s'installer sur ce sommet glacé où il n'y a rien. Une ferme, quelques murs et une poignée de paysans, c'est tout… Lothar s'est battu avec tout le monde : l'ancien prétendant de Liesel, évidemment, mais aussi tous les autres. Il en a fait de la charpie. C'était il y a bien longtemps, bien sûr… Mais ces murs, cette terre s'en souviennent. Eux restent. Nous, nous ne sommes que de passage, des éphémères…

Ils patrouillaient depuis maintenant près d'une heure et demie, leur fusil à l'épaule. Ils étaient rentrés se réchauffer deux fois une quinzaine de minutes avant de ressortir. Parce qu'il y avait quelqu'un sur le domaine, parce que les morts ne hantent pas les vivants, parce que l'intrus qui lui jouait ce tour en savait beaucoup trop.

— Tu crois aux fantômes, Titouan ? Aux esprits des morts qui reviennent sur terre ?

— Je sais pas, monsieur le baron. Je crois que quand on est mort, c'est pour de bon. C'est pour ça qu'il faut que la vie, ça soit une fête. Surtout parce qu'une fois la fête finie, il y a pas d'*after*… Le paradis, l'enfer, c'est des histoires pour calmer les excités et les criminels. Les autres en ont pas besoin. Ils savent que la vie c'est maintenant, et pour pas longtemps…

Le baron se tut un moment.

— C'est vrai ce que tu dis. Mais ça n'explique pas la forme blanche…

Titouan approuva de la tête. Ils avancèrent sans rien dire. À une trentaine de mètres s'étalaient sur leur droite le lac noir, sa masse ondulante mais inaudible sous sa croûte glacée, et, en face, la forêt de pins qui continuait jusqu'à la falaise. Sur la gauche, Titouan distingua une lumière à travers les flocons et prit son fusil en main.

— C'est le hangar. Les saisonniers font un feu, jugea le baron.

— Et si c'était eux, la forme blanche ? proposa le gardien du domaine. Pourquoi vous ne voulez pas que j'aille leur poser la question ?

— Ce sont des migrants, des misérables. Ils ne parlent même pas notre langue. Il est convenu qu'on les laisse tranquilles, entre eux. Afonso se charge de leur apporter les repas. Ils doivent être sur place et se tenir prêts dès qu'on lancera les vendanges. En échange, ils ont un toit, je leur offre l'asile sur mes terres et personne ne peut venir les chercher. C'est un bon marché. Je t'assure qu'ils n'ont aucun intérêt à se balader dans le noir alors qu'on leur a dit de rester discrets. Afonso s'est chargé de le leur rappeler. Tu le connais, il n'est pas du genre à rigoler…

— Ils ont vu quelque chose ?

— Comme nous… La forme blanche. Ils ont peur…

Ils progressèrent encore un moment sous les flocons qui s'agrippaient à leurs vêtements.

— Je peux te dire un secret, Titouan ?

— Un secret ? Bien sûr, monsieur le baron.

— Un secret, c'est quelque chose que tu ne répètes à personne, tu le sais ?

— Je dirai rien, je le jure.

— L'année dernière, un migrant est mort dans le hangar.

Le baron marqua une pause, mais Titouan le laissa poursuivre.

— Il est mort de froid dans son sommeil. Ils avaient un vieux poêle qui s'est éteint au milieu de la nuit. On a pu ranimer les autres, mais lui… Il s'appelait Anouar.

— C'était un accident.

— Oui… C'est vrai. Mais il était sans-papiers, il travaillait illégalement au domaine… On a acheté le silence des autres. Ils ont fini les vendanges et sont partis. Et on s'est débarrassé du corps…

Il se tut encore un instant avant de reprendre.

— On l'a enroulé dans sa couverture avec des pierres et on l'a jeté dans le lac, depuis le grand rocher, là-bas…

Le baron tendit le menton en direction du promontoire. Le gardien ne put s'empêcher de tourner la tête vers l'immensité noire, cette vaste tombe glacée d'un inconnu. Le gros rocher en question était notoire ; il avait dû rouler jusqu'au lac en des temps immémoriaux et formait aujourd'hui un surplomb idéal pour jeter des cadavres.

— Je n'arrête pas d'y penser, enchaîna le baron. Il n'y avait jamais eu ces apparitions sur le domaine ni aucune intrusion. Mais je ne peux m'empêcher d'imaginer qu'Anouar est là, sous la glace. Toutes les nuits, depuis un an, il vient dans mes rêves, allongé nu sous l'eau, les yeux ouverts. Dans un cahier, j'ai écrit tout ce qui s'est passé, pour m'en délester, tu vois, pour m'alléger, mais ça n'a rien fait. J'ai écrit des lettres à une famille syrienne que j'ai imaginée, à sa femme… Je l'ai appelé Amel parce que j'ai trouvé dans un livre que ça veut dire « espoir ». J'ai écrit à ses enfants aussi, les deux…

Le baron leva son visage vers son garde-chasse impuissant.

— Je suis hanté, Titouan. Mon domaine est hanté, mais ma tête aussi. Ma femme est hantée… Tout ici est hanté. Tu sais ce que ça veut dire « Anouar » ?

— Non, monsieur le baron.

— Ça veut dire « lumineux ». Tu comprends ? La forme blanche qui apparaît un an après la mort d'Anouar ?

— Les fantômes, ça existe pas, sauf votre respect, monsieur le baron. Et puis… Pourquoi on repêche pas le cadavre ? On le récupère et on l'enterre au cimetière. Comme ça, vous êtes tranquilles !

— Ce n'est pas son corps, le problème, Titouan, c'est sa mort sur mes terres. Il est mort au domaine, il ne peut pas en partir. Alors il revient me voir. La nuit, d'abord dans mes rêves, et maintenant dans mes vignes. Il est coincé ici, et moi avec lui !

Il se figea soudain, puis arracha le fusil de son épaule.

— Là-bas ! Quelqu'un a bougé ! Il y a quelqu'un, là-bas, près du hangar, Titouan ! souffla-t-il en s'agenouillant dans la neige.

D'un doigt, il désigna la cabane allumée. Titouan dévisagea cet homme qui lui parut tout à coup complètement fou.

— Regarde avec ta lunette. Je te dis qu'il y a quelqu'un ! Il est là !

Titouan épaula son fusil de précision et scruta l'abri de tôle. Un silence se fit entre les deux hommes avant que le baron ne reprenne.

— Alors, tu le vois ou pas ?

— Oui. Ça y est ! C'est un loup ! Il est énorme !

À son tour, Titouan mit un genou à terre pour ajuster sa visée.

— Un loup ? Mais non, c'est un rôdeur, tout en noir ! Une forme noire !

Titouan tira soudain, ce qui stupéfia le baron.

— Mais pourquoi tu as tiré, corniaud ? Je le veux vivant !

— C'est un loup, je vous dis ! Je crois que je l'ai eu ! dit le garde-chasse en se relevant, son œil toujours dans la jumelle. Les saisonniers sont sortis ! Ils le poursuivent.

— Non ! s'épouvanta le baron. Ce n'est pas ce qui…

Titouan ne comprit pas.

— Il faut les rattraper, urgea le baron.

Il s'élança sur le chemin. Mais le garde-chasse, plus jeune et plus alerte, le dépassa et bifurqua subitement à travers la vigne en direction du hangar. Ulbricht le suivit, courant aussi vite qu'il le pouvait pour ne pas être distancé. Une déchirante douleur lui creva soudain le mollet gauche dans un claquement métallique et un bruit de chaîne. Il s'effondra en hurlant. Entendant le cri de son patron, Titouan rebroussa chemin pour lui venir en aide. Ulbricht avait posé le pied sur l'un des pièges à loup dont son gardien avait parsemé le domaine. Empreint d'angoisse, Titouan essayait maintenant de soulager le baron.

— Ne bougez plus… Je vais écarter les mâchoires du piège et vous allez sortir la…

Mais allongé sur le sol blanc taché de sang, se tordant de souffrance, le baron entrava son geste et saisit sa main.

— Il faut… Il faut que tu siffles trois fois, Titouan.

L'homme avait véritablement perdu la raison.

— Arrête de me regarder comme un con ! Siffle ! Trois fois ! Maintenant ! crissa Ulbricht, haletant. Et agite ta torche dans leur direction, qu'ils nous voient !

Titouan se releva. Il retira ses gants, plaça deux doigts entre ses lèvres et émit trois longs sifflements, puis braqua sa lampe vers les types qui venaient d'apparaître. Au loin, à l'orée de la forêt, des traits de lumière remuaient en tous sens.

— Encore, dit le baron. Trois fois !

Titouan siffla de nouveau. Les rais convergèrent vers eux. Quatre hommes dotés de quatre torches. Titouan se repencha sur les crocs de métal qui enserraient le tibia de son patron et libéra sa jambe. Avec son écharpe, il interrompit le saignement au moment où les quatre hommes se présentèrent. Ils avaient des fusils automatiques et des parkas noires très épaisses. Deux d'entre eux portaient des cagoules. Les deux autres avaient de bonnes têtes de tueurs.

— Merci, messieurs. Ce sera tout pour ce soir.

— Il y a du sang sur la neige, là-bas, dit l'un d'eux.

— Ce n'était rien. Juste un loup. Nous le traquerons demain. Vous pouvez retourner au hangar, conclut Ulbricht.

Il y eut un moment de flottement, d'incompréhension, puis sans un mot, ils repartirent plein sud. Titouan était abasourdi. Le baron s'expliqua.

— Je n'ai pas été totalement honnête avec toi. Ce ne sont pas des migrants qui vivent dans le hangar, comme tu l'as deviné. Ce sont des… comment dire ? des chasseurs. Je les paye pour qu'ils capturent Anouar.

— Hein ? Vous voulez capturer un…

— Il faut que je libère mes terres, non ? Alors ? Je fais quoi ? J'appelle des renforts ! On ferait tous la même chose. Mais attention ! Pas un mot à Maïté, hein ? Elle ne comprendrait pas, la pauvre…

— Mais pourquoi vous me l'avez pas dit avant ? Je suis le gardien du domaine, non ?

— Oui, tu as raison. Pardon. Nous en reparlerons parce que…

Il désigna sa jambe blessée.

— Bien sûr, monsieur le baron. Appuyez-vous sur moi. Comme ça.

Clopin-clopant, longeant le lac, ils reprirent le chemin du château, faisant des pauses régulières, ponctuant le sentier blanc de taches rouges. Par-delà le rideau de neige, ils perçurent une forme dans la nuit.

21

Les quatre hommes étaient quasiment sur elle. De l'autre côté, malgré le rideau de flocons, elle vit que les deux autres, les tireurs, s'étaient arrêtés. On entendait l'un d'eux gémir. Elle ne savait pas ce qu'il s'était passé, mais la situation semblait critique. Peut-être était-ce là sa seule chance, sa seule sortie, la seule issue possible pour rentrer au château. Si elle les contournait par l'ouest et parvenait au lac, elle pouvait espérer regagner sa chambre à leur insu…

Megara s'arracha au tronc et s'éloigna en rampant à travers les arbres et les arbustes, vers l'ouest en direction du lac, haletant dans l'effort. Les torches continuaient de balayer la zone, la frôlant, l'effleurant, menaçant de dénoncer sa présence : c'était l'affaire d'une poignée de secondes.

Contre toute attente, quelqu'un siffla trois fois du côté des tireurs et ses poursuivants s'immobilisèrent, perplexes, discutant entre eux. On siffla encore trois fois. Les quatre hommes se détournèrent alors, abandonnant les recherches pour rejoindre l'autre groupe. Incrédule, elle les regarda repartir. En un instant, la forêt retrouva son calme. Megara continua sa progression à quatre pattes sous les branches basses, puis se releva pour détaler aussi vite qu'elle put, plein ouest, évitant ce groupe d'hommes qui risquaient de la repérer ou de revenir. Elle sortit du bois, acheva de contourner la vigne, surveillant les fragiles faisceaux de lumière dans la nuit enneigée. Ils s'étaient rassemblés à l'endroit d'où émanaient les cris. Ils discutaient, élaboraient une stratégie pour fouiller le domaine avec méthode et débusquer l'intrus. Sans les perdre de vue, elle s'éloigna encore. Tout à coup, ils se mirent en marche, certains repartant vers le hangar, les autres convergeant vers le château. La lenteur de ce deuxième groupe était notable ; ils transportaient un blessé. Cela retarderait le début d'une nouvelle battue. Megara accéléra le pas. Si elle voulait rejoindre la bâtisse illuminée sans être repérée, elle devait contourner le groupe qui lambinait et prendre le risque de passer par le lac. Sur le lac.

Elle quitta le couvert de la forêt et s'avança sur la grève rocailleuse que la lune pleine éclairait avec peine à travers les flocons. Acceptant le danger, elle posa un pied sur la glace, puis un autre. La croûte gelée crépita sous son poids, mais résista. La jeune femme pressa l'allure, en tentant de se faire plus légère qu'elle ne l'était. De lourdes bulles s'enfuyaient sous ses bottes, mais Megara refusait de ralentir. Elle parcourut sans encombre la moitié du trajet et dépassa le groupe qui, très loin maintenant, continuait de progresser péniblement.

Prenant confiance, elle se mit à courir sous l'immense lune, fit une dizaine de pas et glissa. Elle s'affala à plat ventre sur le lac, les yeux écarquillés, horrifiée à l'idée d'être emportée seule, au creux de la nuit, engloutie par une mort glaciale. Mais la croûte résista encore. Récupérant son souffle, apeurée, elle se releva avec maladresse et reprit sa progression. Elle était à quelques mètres de la berge lorsque la surface céda sous ses pieds. Elle s'enfonça dans l'eau avant d'avoir pu le comprendre. Une douleur électrique lui traversa le corps et lui coupa la respiration quand le froid lui mordit les jambes et griffa la peau de son ventre. Ses vêtements soudain gonflés d'eau l'entraînèrent vers le fond. Pourtant ses talons trouvèrent aussitôt le sol et y prirent appui. Megara se redressa et sortit la tête de l'eau noire, se gorgeant d'air, émergeant entre les tessons de glace. Il n'y avait pas plus d'un mètre de profondeur, mais elle était immergée jusqu'au nombril. Suffoquant, les yeux vides, elle savait ses instants comptés si elle ne parvenait pas rapidement au château, à la chaleur d'un feu. Ses mâchoires se mirent à claquer sans contrôle, son corps secoué de tremblements chaotiques. Dans les prochaines minutes, le froid comme une lèpre avide dévorerait le reste de ses forces et, repu, la laisserait là, un cadavre raide dans la nuit qu'on ne retrouverait qu'au matin, une carcasse gonflée d'eau et une tignasse en étoile, prisonnière de la glace.

Elle se remit en marche, ses jambes anesthésiées et entravées par l'eau gelée. Pressant l'allure, elle frappa à chaque pas la couche solide qui freinait sa progression, avançant mètre après mètre vers la berge jusqu'à sortir de l'eau, ses vêtements ruisselant et collant à sa peau. Le froid se faisait lentement brûlure, mais elle refusait de s'y abandonner. Les bras refermés sur sa poitrine, les cheveux raides et cassants, elle remonta la grève, grelottante et asphyxiée, puis le chemin qui menait au château. Apercevant du coin de l'œil l'autre groupe derrière elle, elle voulut accélérer, mais ses jambes peinaient à répondre à l'impératif de sa survie. Ses dents se cognaient de plus en plus fort, rapides comme un roulement de batterie annonçant le danger. Elle remarqua alors que son bras gauche pendait à son côté, inerte, sans vie. Elle en fut terrifiée. Les larmes lui vinrent aux yeux et lui embrasèrent les joues. Rigide, elle tenta encore de courir, zombi sous la lune. Elle pensa un instant abandonner, capituler, se laisser tomber sur le sol, peut-être appeler à l'aide. Les hommes derrière elle lui sauveraient certainement la vie. Mais si le groupe la rattrapait, c'en était fini de la danse, et des Furies probablement. Elle ne pouvait s'y résoudre.

Accélérant de plus belle, elle parvint à la façade du château, la longea avec douleur, avant de s'effondrer. Sa jambe gauche ne répondait plus. Elle tenta de repousser le mur de son dernier bras vaillant, en vain. Elle n'avait plus la force. Le froid achevait de conquérir chaque espace de son corps, s'immisçant dans ses veines, dans ses muscles, sa moelle et son sang comme un poison inexorable. D'un coup d'œil, elle remarqua qu'elle était dans l'un des angles morts des projecteurs, un coin d'ombre dans la muraille où elle était invisible. Son cœur bondit d'effroi ; les hommes qui arrivaient ne la verraient même pas. Elle essaya de pousser un cri, mais seule une brume grise sortit de sa bouche desséchée. Avec un effort titanesque de sa main libre, elle arracha le téléphone de la poche de sa parka. L'écran s'alluma. Elle tenta d'appuyer sur le numéro d'Alecto, mais son doigt gourd manqua sa cible par deux fois. Elle allait réessayer quand elle remarqua que ses mâchoires s'étaient figées, que son corps ne tremblait plus. Elle ne ressentait plus ni douleur ni brûlure. Une chaleur s'insinuait subrepticement dans ses membres, douce et enivrante. Bientôt, une femme de lumière s'avança vers elle, belle et bienveillante, et l'appela par son nom. Alors Megara sourit, ferma les yeux et l'invita à l'emporter.

22

À la lueur de son téléphone, Yvonne Chen descendit les marches du vieil escalier et déboucha sur un long couloir en T taillé dans la roche. L'endroit était totalement silencieux. Il lui sembla pourtant entendre un bruit de ferraille sur sa droite. Elle le suivit et parvint à une porte blanche récente donnant sur une large salle où un groupe électrogène énorme alimentait le château. La machinerie émettait un vrombissement continu, entrecoupé de cliquetis métalliques. Des câbles noirs couraient sur les murs et disparaissaient dans le plafond. Elle fit le tour et, pénétrant dans une autre salle où planait une odeur de fioul, tomba sur une immense cuve de métal. Cette partie du sous-sol était dédiée à la production et à l'approvisionnement en électricité, chauffage et eau chaude du site. Chen se dit que si les choses s'envenimaient, s'il y avait nécessité de couper l'éclairage du château, notamment les projecteurs de la cour, c'est ici qu'il faudrait frapper.

Elle rebroussa chemin, repassa au bas de l'escalier et une nouvelle porte parut bientôt dans le halo de sa lumière. Chen soupira. Ce labyrinthe l'exaspérait. Elle entra et retint un sifflement d'admiration. Du haut des marches où elle se tenait, elle avait une vue panoramique sur une salle immense, plutôt une grotte taillée dans la roche, dont le plafond devait culminer à plus de huit mètres. Elle tenta d'éclairer le fond, mais le halo de sa lampe s'évanouit dans l'obscurité. Elle distingua cependant, rangés en une centaine de lignes de près de cinq mètres de haut, des milliers de casiers à bouteilles.

Redoutant d'être repérée, Chen se garda d'actionner l'interrupteur. Elle descendit l'escalier et nota que le sol était couvert de gravier blanc. Elle se rendit compte également de l'anormale température des lieux. Alors que dehors s'abattait une avalanche de neige par 0 °C ou presque, il régnait ici une douce fraîcheur d'une douzaine de degrés, une tépidité incongrue dont toute humidité semblait être bannie. La cave idéale pour la conservation de crus prestigieux, devina-t-elle, échappant à toutes les lois extérieures, aux caprices de la météo et au passage du temps. Un havre hors du monde.

Faisant crisser le gravier sous ses pas, elle rejoignit la première rangée de casiers, de grandes étagères de bois aux milliers d'alcôves, qu'elle balaya de sa lampe avec stupéfaction. Sur toute la hauteur, et aussi loin qu'elle pouvait voir, les casiers étaient vides. Il n'y avait pas une seule bouteille dans ces renfoncements sombres. Chen parcourut l'allée, scrutant les emplacements de bas en haut, sans trouver trace du moindre flacon. Elle essaya de dénicher une indication, un millésime, un nom, en vain. Manifestement, si on avait conservé là de très vieux crus, il n'en restait plus. Parvenue au bout de la travée, Chen s'engagea dans la suivante, la remonta, l'inspectant de la même manière, avec minutie. Pas une bouteille. Elle pressa le pas, parcourant une allée après l'autre, trottinant bientôt, sa lampe tendue en quête d'une seule bouteille. Une vingtaine de minutes plus tard, arrivée à l'extrémité de la cave, elle dut se rendre à l'évidence : il n'y avait pas la moindre goutte d'Issblüat, le Sang des Glaces, dans la célèbre cave du château, pas le moindre échantillon de ce vin prestigieux qui faisait la fierté et la fortune de la dynastie Mayer de Lieselshertz, suscitait la convoitise des œnologues et des sommeliers du monde entier, et excitait le désir du commanditaire d'Alecto. Qui envoyait les Furies en ces lieux pour s'emparer de tout, c'est-à-dire de rien.

On pouvait imaginer pourquoi les gens du domaine interdisaient avec tant d'ardeur l'accès à la cave. Les créanciers et débiteurs de la baronnie ne devaient lui accorder crédit qu'en raison de la garantie de pouvoir saisir son trésor le cas échéant. Tant que l'illusion d'un magot subsistait dans leurs esprits, magot qui mûrissait et fructifiait à l'abri de ses murailles, ils se gardaient de réclamer leur dû. Et cette même chimère avait amené quelqu'un à engager les Furies pour faire main basse sur le domaine. Voilà ce que n'importe qui pouvait imaginer. Pour Chen, les éléments s'imbriquaient différemment. Il lui paraissait désormais clair que le Sang des Glaces n'était qu'un leurre, un miroir aux alouettes.

Elle allait remonter vers le rez-de-chaussée du château quand elle aperçut une vieille porte en bois au fond de la cave. Elle s'en approcha. Un panneau « entrée interdite » récent en barrait l'accès. Chen actionna la poignée, qui céda dans un couinement métallique. Elle éclaira l'intérieur d'un boyau obscur et s'y aventura. À en juger par les ouvertures exiguës sur les côtés, il s'agissait des anciennes geôles du château. Les quatre cellules disposées là ne devaient pas mesurer plus d'un mètre de haut ni de long, empêchant quiconque de se tenir debout ou étendu. Lothar savait recadrer les fortes têtes. Un petit séjour de deux, trois ans dans ces cercueils de pierre devait régler tous les désaccords. Si l'incarcération entre ces murs ne suffisait pas, il restait la salle suivante. Les anneaux métalliques fixés à la roche et les vieilles chaînes qui y pendaient ne laissaient aucune chance à l'ingénuité. Des types avaient été attachés là pour y subir le pire et y mourir à petit feu, convaincus au tisonnier de la sagesse du seigneur local et de la futilité de leur entêtement à lui résister. Ne manquaient au décor que leurs squelettes.

Chen s'avança et vit apparaître dans le cercle blanc de sa lampe un grand trou noir dans le sol. Elle s'en approcha et ne réussit pas à en éclairer le fond. Au-dessus du gouffre, un boyau sombre remontait vers les hauteurs du domaine, peut-être même vers le ciel, la cour intérieure ou les abords du château, un endroit où l'on pouvait pousser les gens pénibles dans ce trou sans avoir à descendre. Plutôt pratique. Malheureusement, cet usage aussi s'était perdu. Quoi qu'il en soit, Silva ne lui avait pas menti. Elle venait de trouver les fameuses oubliettes, une fosse sans fond où l'on se débarrassait des gêneurs, jadis de leur vivant, plus récemment, peut-être, après leur mort. Si cadavre il y avait quelque part, et s'il était là, Chen refusait de toute manière de s'y hasarder sans corde ni renfort. Elle rebroussa donc chemin vers la sortie. Elle en savait assez sur ces lieux et sur ces gens. Tout se mettait en place. Elle devait voir Ulbricht au plus vite.

Comme elle allait quitter cette grotte funeste, elle entendit au loin une détonation. Quelqu'un dehors venait de tirer. Elle s'imagina Titouan et le baron aux prises avec la « forme blanche », à moins qu'ils ne soient tombés sur les intrus tant redoutés, une bande de cambrioleurs... Ce n'est qu'à cet instant qu'elle pensa à Megara et à son escapade nocturne pour inspecter le hangar. Si elle avait été découverte... Non. Jamais Tisiphone n'aurait tiré sur elle ni laissé quelqu'un le faire. C'était improbable. Sauf si c'était Silva. Si à son tour il était sorti et avait aperçu une présence. Si... Tous les scénarios que l'imagination apeurée de Chen inventait ne menaient qu'à des dénouements meurtriers.

Elle abandonna le donjon souterrain, emprunta le boyau des cachots jusqu'à l'immense cave et, à pas de loup, revint au rez-de-chaussée en s'assurant de ne laisser aucune trace derrière elle. Puis elle reparcourut le château dans l'obscurité, à la lueur de sa torche. Percevant soudain un chuchotement, une conversation à mi-voix, elle écrasa sa lampe contre sa cuisse et se plaqua au mur, tapie derrière une armure. Glissant un regard, elle vit, au pied du grand escalier, Silva et la servante du dîner en pleine discussion. Y avait-il une seule personne qui dormait dans ce château ? Tout le monde semblait sur le pied de guerre. Et pour cause ! Mais d'où elle était, Chen ne distinguait aucun mot, seulement l'intensité de leurs voix.

Silva paraissait nerveux, prêt à sortir. La servante tâchait de le calmer, haussant même le ton pour étouffer les contestations du secrétaire du baron à qui elle finit par ordonner de la suivre vers le premier étage.

Chen attendit que le silence soit retombé pour sortir de sa cachette et traverser la pièce en courant. Elle se rua dans la cuisine, où elle déverrouilla la porte qui donnait sur l'extérieur. Le froid et la neige s'engouffrèrent aussitôt, la giflant au passage. La main en visière, elle essaya de percer l'obscurité et le rideau de flocons. Mais on n'y voyait rien. Les projecteurs eux-mêmes empêchaient l'œil de s'acclimater aux ténèbres. Alors elle s'avança dans la cour et la traversa plein sud, vers les vignes. Elle marchait depuis deux minutes quand elle se rendit compte que son pull et son treillis ne lui permettraient pas de se risquer plus avant dans la nuit glacée. Elle s'arrêta et tenta de nouveau d'apercevoir quelque chose. Après un instant, il lui sembla voir une torche à travers les flocons, un faisceau qui progressait vers le château. Titouan patrouillait-il seul ? Ou était-ce le baron ? L'un ou l'autre allait pouvoir expliquer ce qu'il s'était passé, qui avait tiré. Et sur quoi, ou sur qui… Elle fit un pas dans la direction pour mieux distinguer la lueur. Elle avait disparu. Elle se demanda si elle avait bien vu quelque chose ou si un reflet sous la lune lui avait joué un tour.

Comme elle commençait à grelotter, Chen remonta vers le château, pressant l'allure pour ne pas attraper la mort. Son attention fut soudain attirée par une étincelle dans un repli de la façade. Levant une main en visière, elle aperçut alors une lueur bleutée et Megara apparut dans le halo de sa lumière, avachie contre la pierre, presque inerte. Tout habillée de noir, ses vêtements et sa perruque étaient recouverts d'un givre assassin. Son téléphone allumé, elle s'évertuait à toucher l'écran du bout de ses doigts gelés. Chen se mit à courir pour lui porter secours et appela son nom. Megara ne répondit pas, se contenta de lui sourire et de fermer les yeux.

— Merde ! lâcha Chen en tentant de soulever la Furie inconsciente… et trempée.

Il n'y avait pas de temps à perdre. Megara était en hypothermie. Combien de temps avait-elle passé là, couchée dans ce recoin glacé ? Que s'était-il passé ? Chen devait rapidement la ramener au chaud, si possible avant que les deux chasseurs ne reviennent. Et en toute discrétion. Mais malgré sa fine silhouette, Megara pesait un âne mort. Chen jura.

— Hé ! Il va falloir m'aider, là. Oh !

Elle gifla la Furie, qui ouvrit un œil.

— Il faut pousser sur tes jambes, Megara. Maintenant.

La jeune femme comprit l'ordre ou l'urgence et produisit un effort surhumain. Marchant avec peine, soutenue par sa sauveuse, elle réussit à rejoindre la porte de la cuisine. Progressant bon an mal an jusqu'à l'escalier, les deux femmes parvinrent enfin à la chambre de Melany Garason.

— Courage ! On y est ! l'exhorta Chen.

Une fois la porte fermée, elle allongea Megara sur son lit. La Furie s'était remise à grelotter, preuve qu'une énergie nouvelle puisée à la chaleur de l'âtre avait réinvesti son corps. Chen lui retira ses vêtements mouillés, sa perruque en vrac, et tira l'épaisse couette sur elle. Puis elle se rua sur la bouilloire pour lui préparer un thé que Megara supa lentement. Des couleurs lui montèrent bientôt aux joues. Alors elle articula avec peine son premier mot :

— Tisiphone.

— Quoi, Tisiphone ?

— Aide Tisiphone… s'il te plaît.

Chen fit la moue. Megara aussi devait avoir entendu le coup de feu. Elle s'inquiétait pour son binôme, avait peut-être essayé de lui prêter main-forte avant d'être frappée par le froid, mettant sa vie en danger parce que c'était ainsi que fonctionnaient les Furies ; elles se portaient secours, n'abandonnaient personne en chemin.

— OK. J'y vais, dit Chen.

— Surtout, dis-lui que je vais bien…

Chen l'observa un instant, perplexe, et quitta la pièce. Elle passa par sa chambre pour récupérer sa parka, puis, sans plus de prudence, elle dévala l'escalier et retourna dans la cour par la cuisine. La neige continuait de tomber fort dans le silence. À grandes enjambées, elle partit plein sud, vers les vignes, et trouva le chemin étroit qui menait au lac. La main en visière, fouillant du regard le voile de flocons, elle aperçut au loin le faisceau d'une torche et se mit à courir. Un homme sur le sentier en portait un autre. En gardien dévoué, Titouan soutenait son patron, le baron. Chen les rejoignit et aida le blessé.

— Neomie ? Mais qu'est-ce que vous faites là ? s'agaça aussitôt le quinquagénaire. On vous avait dit de rester dans votre chambre, non ?

— Le coup de feu. J'ai entendu un coup de feu. Et j'ai vu la torche ! expliqua Chen à la hâte. Vous êtes blessé ? Qui vous a tiré dessus ?

— Personne ! coupa le gardien. Monsieur le baron s'est pris la jambe dans un piège à loup. On fera les premiers soins au château. Je ne pense pas que ce soit cassé.

— Titouan a cru apercevoir quelqu'un et a fait feu, raconta Ulbricht. On a couru pour se rapprocher de la cible et j'ai mis le pied dans cet engin ! La douleur est abominable, je vous jure.

— J'veux bien vous croire, monsieur le baron, commenta Titouan, manifestement embarrassé d'avoir laissé son patron se blesser.

Chen allait insister, mais les morceaux du puzzle s'imbriquèrent avant. Les deux hommes avaient dû repérer Megara. Comme ils allaient la surprendre, Tisiphone avait tiré pour la prévenir. Puis l'accident était survenu. S'agissait-il d'ailleurs d'un accident ? Tisiphone lui-même avait disposé les pièges sur le domaine. Tout laissait donc penser qu'il y avait sciemment entraîné le baron, parce qu'il était prêt à tout pour sauver Megara. Même à tuer. Encore.

Ils avancèrent en silence sous la neige et remontèrent au château. Sur les ordres du baron, ils le portèrent à l'étage, parcoururent le long couloir jusqu'au T, bifurquèrent à droite, tournant le dos à l'échelle de meunier, et parvinrent à une volée de portes.

— C'est par là ! dit le baron. Mon bureau.

Ils entrèrent dans une vaste pièce aux murs couverts de livres, où trônait une cheminée allumée, un bureau où Titouan avait évoqué le fantôme auprès de la baronne et où Chen pénétrait pour la première fois. Ils assirent l'homme dans un fauteuil devant le feu et entreprirent de lui retirer la botte qui enserrait sa jambe meurtrie.

— Je vais le faire, Titouan, annonça Chen. Vous pouvez aller chercher du désinfectant et des bandages ? Je vais vérifier si c'est cassé pendant ce temps.

Le garde-chasse interrogea son patron, qui l'autorisa à quitter la pièce d'un signe de tête. Il sortit à contrecœur, laissant Neomie Sisti seule avec le baron. Celle-ci attendit une poignée de secondes que le sbire s'éloigne. Puis elle se releva, toisant Ulbricht Mayer de Lieselshertz d'un regard noir.

— Bon, enfin, on peut se causer ! grogna Chen. Alors tu vas tout m'expliquer. C'est quoi, ce bordel, Bougerol ?

II

OPÉRATION APOLLON

23

24 novembre, 8 h 56
Quarante-deux jours plus tôt

Le bâtiment, posé au milieu de Levallois-Perret, rappelait les heures fastes de l'architecture soviétique, période KGB et parapluie bulgare, un cube beige de béton et de verre entouré de grilles noires qui dominait la chaussée avec une autorité glacée. Au premier regard, on devinait la pesanteur administrative et la froideur bureaucratique qui frappaient ceux qui entraient là. Au-dessus des portes, la mention « Ministère de l'Intérieur » achevait tout espoir d'en ressortir. Indifférent à l'aspect de cet immeuble où il travaillait maintenant depuis près de sept ans, le commissaire Arnaud Bougerol quitta l'arrière de sa large Audi de fonction et laissa repartir son chauffeur. La mèche grise au vent, resserrant les pans de son long manteau noir, le petit homme sec passa les grilles sur un salut du planton et monta les marches du perron en trottinant. Quelques « Bonjour, commissaire » ponctuèrent son arrivée, accueil chaleureux qui contredisait la froideur extérieure du bâtiment : la méconnue convivialité de la DGSI.

Répondant à chacun sans omettre le grade ni le nom de famille, Bougerol traversa le hall et prit l'un des ascenseurs pour rejoindre le quatrième étage. D'après sa montre, il était 8 h 56. Tout le monde devait déjà être installé. Lui aimait être ponctuel, c'est-à-dire entrer en scène à l'heure précise, ni en avance ni en retard. C'était selon lui le meilleur moyen de ne pas être surpris. En arrivant trop tôt, un élément incongru pouvait survenir et compromettre l'événement prévu. On se retrouvait happé dans une discussion avec un supérieur, percuté par une nouvelle inattendue qui obligeait à retracer le cap de la journée… Sa fonction au sein de la DGSI ne lui permettait pas d'être pris de court. Il était renseigné, il « en savait ». En conséquence, tout devait être préparé, coordonné et planifié. À la seconde. Toute surprise présageait un échec. Et ce principe qu'il s'imposait à chacune de ses missions, il l'appliquait aussi à chaque minute de sa vie. Arriver en retard était un signe de négligence et d'irrespect. Des informations avaient été données, qu'il fallait rattraper. Ce n'était pas professionnel. Or, Bougerol était un professionnel. Cinquante-trois ans, commissaire à vingt-cinq, vingt-huit ans de police, douze ans dans le Renseignement, dont sept à la DGSI. Alors il mettait un point d'honneur à se présenter à l'heure pile, toujours. Un jour viendrait, il le savait, où il arriverait quelque part en avance ou en retard. Volontairement. Et là, tous seraient surpris. Car si d'après lui être surpris était une faute, surprendre était une force.

Il épousseta ses épaules d'un revers de main pour en chasser les éventuelles pellicules et déboutonna son manteau. Son costume anthracite était impeccable. Il réajusta sa cravate noire sur sa chemise blanche, dégagea son cou en tendant le menton. Son œil fut attiré par la caméra de sécurité qu'il ignora aussitôt. Les portes s'ouvrirent et un homme en costume bleu surgit à sa rencontre pour lui donner un dossier.

— Bonjour, commissaire. J'ai scanné les photos pour la présentation. Les fichiers sont sur l'ordi.

— Merci, Afonso.

À grandes enjambées, ils remontèrent le couloir côte à côte.

— Tout le monde est là ?

— Oui, on est dans la salle Vergennes. Je crois qu'ils sont contents que cette réunion ait enfin lieu.

Le capitaine Afonso DaCosta semblait frétiller.

— Tout arrive à temps, Afonso. Tâchons de ne pas les décevoir.

Parvenus à la porte de la salle, ils firent halte devant une table où reposait une boîte en plexiglas contenant des téléphones portables. En discutant, mécaniquement, les deux hommes éteignirent le leur et l'abandonnèrent dans une alvéole inoccupée.

— Le directeur général a annoncé sa venue. Il tient à assister également à la réunion. Il n'est pas encore là, mais…

Le commissaire regarda sa montre : il était 9 h 00.

— Ce bon Grimaldi… Ce n'est pas à un vieux singe… Ne t'inquiète pas pour lui. Il rattrapera ! Allons-y.

Bougerol entra. Dans la large salle aux fenêtres aveugles qu'éclairaient de puissants néons, cinq personnes étaient assises autour de la longue table rectangulaire.

— Bonjour à tous.

Tandis qu'Afonso s'installait à la table, face à un ordinateur, le commissaire vint se placer devant le tableau blanc et déposa son dossier.

— Je ne vais pas vous faire…

La porte s'ouvrit et un homme rabougri d'une soixantaine d'années aux cheveux blancs entra. Tous allaient se lever pour saluer Grimaldi lorsqu'il fit un signe, les regardant par-dessus ses binocles ronds, pour qu'ils restent assis. Comme si de rien n'était, il partit au fond de la salle à huit mètres de là, afin de faire face à Bougerol.

— Merci, monsieur le directeur général, de nous rejoindre pour cette…

— Pardonnez mon intrusion, commissaire. Ne vous souciez pas de moi. Veuillez poursuivre.

Bougerol acquiesça et reprit.

— Chers collègues, je ne vais pas vous faire languir plus longtemps : l'opération Apollon a débuté ce matin à 5 heures.

Une vague de satisfaction parcourut l'assemblée, on se félicitait, se tapait sur l'épaule.

— Désolé donc pour ce réveil en fanfare et cette convocation surprise ! J'ai déclenché cette réunion parce que notre temps est désormais compté. D'abord, parce que certains d'entre vous rejoignent l'opération Apollon en cours de route et parce qu'il est maintenant essentiel que vous vous connaissiez tous afin que vos services puissent travailler ensemble, je vais tâcher de présenter chacun d'entre vous, à commencer, à ma gauche, par la commandante Maïté Duval qui me seconde depuis quatre ans dans ce service, et m'a aidé à monter cette opération depuis le début.

Il désigna une femme sémillante d'une quarantaine d'années aux yeux verts et aux cheveux roux coiffés vers l'arrière, qui salua l'assemblée d'un mouvement de tête et d'un sourire.

— À sa droite, devant l'ordinateur, le capitaine Afonso DaCosta, également de mon groupe, ainsi qu'à sa droite la brigadière-cheffe Marja Petrusko et le major Rodolphe Valmy.

Ils saluèrent l'assistance à leur tour.

— Pour information, compléta Bougerol, le major Valmy ne sera pas présent sur site. Je vous expliquerai plus tard pourquoi. Nous avons ensuite le commandant Laurent Louven, qui représente aujourd'hui son unité du groupe d'appui opérationnel de la DGSI, le fameux groupe Action. En cas de souci, nous serons bien heureux d'avoir un soutien armé sur place puisqu'il y sera avec six de ses hommes.

— Cinq, commissaire. Un de mes gars s'est blessé à l'entraînement et ne pourra revenir à temps. Je pensais qu'on vous avait fait parvenir l'information…

— C'est fait, commandant ! plaisanta Bougerol. À votre droite, le capitaine Théo Freiberg de la division R, qui s'occupera de nos communications et transmissions durant toute l'opération, avec deux de ses hommes… si mes renseignements sont à jour.

— C'est exact, commissaire.

— Bien. Avant de présenter ou représenter l'opération Apollon, je tiens à rappeler, avec l'aval de monsieur le directeur général, que cette opération et l'ensemble des données et documents y afférents sont classés au niveau Secret. Ceux d'entre vous qui hier encore n'étaient pas habilités à ce niveau le sont désormais. Y a-t-il des questions ?

Face au silence, il poursuivit.

— Afonso.

Un portrait en noir et blanc apparut sur le tableau, celui d'un homme d'une cinquantaine d'années dans un costume droit.

— C'est la seule photo qui existe du colonel Oswald Spatz, agent de la DGSE décédé en 2011, en Inde, lors d'une chasse au tigre. Pourtant, depuis 2012, celui qui se fait désormais appeler Alecto dirige une unité d'assassins connue sous le pseudonyme des Furies, qui opèrent sur contrats essentiellement à travers l'Europe. Ils sont trois : Alecto est le cerveau, un cador de la désinformation. Ses anciens collègues de la sécurité extérieure le surnommaient avec déférence le Menteur. Il restera notre cible principale. Je vous en reparlerai dans un instant. Le deuxième élément des Furies, Kimberley Dubey…

La photo d'une jeune et ravissante femme blonde d'une trentaine d'années s'afficha.

— … est une comédienne canadienne et arnaqueuse anglaise de haut vol, veuve Stuart, patronyme de son dernier et quatrième mari tout aussi richissime que les précédents, et à la santé tout aussi fragile. En 2011, Kim Stuart accompagne le colonel Spatz en Inde pour un rendez-vous professionnel et disparaît avec lui. Elle est aujourd'hui considérée comme décédée par les autorités britanniques et Interpol. Le troisième, enfin, Yoni Attia…

Afonso DaCosta projeta la photo suivante, le portrait d'un jeune homme d'une trentaine d'années à la peau mate, aux cheveux et au regard noirs.

— C'est un ancien tueur du Mossad, décédé aussi en 2011, poignardé dans une prison de Dubaï après son arrestation lors d'une opération *homo* qui a mal tourné… Si 2011 sonne la mort de ces trois individus, l'année marque également la naissance des Furies : Alecto, Megara et Tisiphone, déesses romaines de la vengeance. Nous soupçonnons les Furies d'avoir assassiné une trentaine de personnes, cibles principales ou victimes collatérales, en France, en Suisse, en Belgique, à coups de manipulation, de désinformation, de tromperie et sous des masques divers. La P-DG d'une chaîne de restaurants, les patrons d'un labo pharmaceutique et leur ingénieur, un avocat défendant un tueur d'enfants, un chirurgien suisse, un magnat du textile, un pêcheur breton…

Les photos défilèrent sur l'écran blanc dans un silence de cimetière.

— … et des officiers de police qui, ayant compris que, derrière les apparences, un groupe d'assassins étaient à l'œuvre, ont tenté de convaincre leur hiérarchie avant qu'on ne les fasse taire.

Le visage flapi et grisé par la cigarette d'un vieux flic parut, sous-titré d'un énigmatique « Commissaire André Cavicci », puis un autre, un type jeune à la barbe rase et noire : « Commissaire Paul Starski ».

— Depuis près de sept ans, mon service cherche à étayer ces dossiers et à relier ces affaires pour démontrer l'implication des Furies. Mais comment prouver leurs crimes puisqu'on ne parvient pas à prouver leur existence ? Sous de fausses identités, de fausses apparences, les Furies entrent en scène, modifient la réalité de leur victime et frappent comme l'éclair avant de disparaître, faisant parfois endosser par d'autres leur forfait. Ces tueurs sont des fantômes. Rusés, prudents, méticuleux, rapides, insaisissables. Comment prévoir l'endroit où ils séviront la prochaine fois ? Comment arriver à temps quand ils n'apparaissent qu'une poignée d'heures avant de retourner dans l'ombre ? En un mot, comment savoir où sont les Furies ?

Chacun des six agents se garda de répondre, ne voyant là qu'une question rhétorique. Alors le commissaire Bougerol leur donna la réponse :

— En devenant le commanditaire de leur prochaine opération, bien sûr. En remontant les connexions d'un forum de chasseurs utilisé par Alecto – Théo... le capitaine Freiberg, pardon, vous racontera en détail sa traque des IP ![1] –, nous sommes parvenus à découvrir l'endroit d'où Alecto se loguait au site, une île bretonne sur laquelle, après vérification, il se trouvait véritablement. Après avoir identifié ce forum comme point de contact avec le chef des Furies, il ne nous restait plus qu'à lui proposer un contrat alléchant pour savoir où se passerait leur opération suivante, leur danse. *Notre* danse ! Avec nos agents, nos fausses identités, notre réalité.

— Quand avez-vous pu formellement établir que ce forum était le moyen de contacter les Furies ? demanda le commandant du groupe Action.

— Formellement ? Après vérification sur place, sur l'île. Le 10 octobre. J'y reviendrai.

— Pourquoi ne pas avoir lancé l'arrestation à ce moment-là ? Si vous aviez la certitude que les Furies étaient sur cette île, un lieu relativement clos, presque désert, sans grand risque de dommages collatéraux, pourquoi ne nous avez-vous pas prévenus ?

— Parce que nous avons reçu l'information *après* leur départ de l'île. À cette date, nous ne savions déjà plus où étaient les Furies. Mais nous avions désormais la conviction de pouvoir les localiser, voire de les contacter grâce au forum.

— Et c'est ce que vous avez fait.

— Non. C'est la raison pour laquelle les choses ont pris un peu de temps. Nous devions d'abord élaborer un scénario pour *enfumer* Alecto, un mensonge à la hauteur du Menteur. Dès octobre, nous nous sommes mis au travail. Nous avons compilé toutes les données possibles sur Spatz en interrogeant discrètement ses vieux collègues, ses supérieurs de la DGSE, d'anciennes relations, en analysant ses dernières opérations, en cherchant les structures récurrentes, les points communs, les lubies du Menteur. Pour piéger Alecto, nous devions apprendre

1. Voir *La Capture*.

à le connaître lui, ses désirs, ses besoins, ses aspirations. Si nous voulions réussir à lui servir un mensonge affriolant, notre appât devait être à la mesure et au goût de notre gibier. En deux semaines, nous avons pu dresser le portrait d'un homme rigoureux aux plaisirs fins, amateur de chasse et de pêche, d'histoire et de jeux d'esprit, féru d'énigmes. Nous lui avons aussi découvert une réelle appétence pour la bonne cuisine et le bon vin. Alecto est un gourmet !

Un rire bref parcourut la salle que Bougerol laissa s'éteindre avant de poursuivre.

— Il nous fallait ensuite l'arène de notre opération, le lieu qui nous permettrait de la mener à bien, un site difficile d'accès mais ouvert, où nous pourrions contrôler les allées et venues, un peu à l'écart mais qui ne donnerait pas l'impression d'un piège… Les Furies sortaient à peine d'une danse sur une île, on ne pouvait pas le refaire. Avec Maïté, nous avons d'abord opté pour un petit village de Bourgogne, un bled encaissé entre deux collines, traversé par une seule route, un endroit idyllique où rayonne un chef trois fois étoilé. En peaufinant une histoire de jalousie professionnelle, nous pouvions amener les Furies sur site et les arrêter en flagrant délit… Je ne peux pas vous en dire plus sur cet axe de l'opération parce que nous l'avons abandonné. Nous avons eu un coup de chance. Nous avons appris par Interpol l'arrestation à la Barbade des deux frères Ulbricht et Herman Mayer de Lieselshertz : trafics d'êtres humains, escroqueries diverses, fraudes fiscales. Héritiers d'une fortune colossale principalement fondée sur un vignoble prestigieux et la cave y attenant, les deux frangins ont tout dilapidé en un temps record et constitué des dettes auxquelles ils ne pouvaient plus faire face. Leurs avoirs ont été gelés et saisis, dont leur magnifique château vosgien au sommet d'une montagne. À leur retour en France, nous les avons rencontrés, Maïté et moi, dans les locaux lyonnais d'Interpol. Il faut dire à ce stade qu'Interpol connaissait cette histoire des Furies : un groupe de tueurs opérant à l'international, ça leur parlait forcément.

Pourtant, faute de preuves et de moyens, les Furies restaient pour eux une rumeur : aucune enquête n'était ouverte. Nous leur avons proposé de trouver ces preuves et de les arrêter, tout en leur laissant les deux frères Mayer avec lesquels il nous fallait cependant conclure un accord tandis qu'ils étaient retenus en résidence surveillée. Nous avions besoin de leur château et de leurs identités. En échange, nous sommes convenus d'alléger les charges qui pesaient contre eux en France. Ils ne se sont pas fait prier. En deux jours, notre opération a changé du tout au tout. Fini, la Bourgogne, nous emmenions désormais les Furies dans les Vosges sur un domaine viticole prestigieux.

Le commandant de groupe Action leva de nouveau la main. Bougerol accepta sa question.

— Un domaine viticole, un bon vin… C'est un peu léger comme appât, pour une opération d'intoxication, non ?

— Tout à fait, commandant. Nous avons dû fignoler notre accroche. Et nous avions dans notre manche un autre atout, une autre faiblesse d'Alecto : sa passion pour l'argent. Les contrats des Furies sont juteux. Je remercie d'ailleurs de nouveau monsieur le directeur général d'être intervenu sur le volet financier de l'affaire. Nous avons proposé huit millions d'euros.

Le montant de l'opération anima la salle un instant.

— Et ils ont été acceptés ! Ce matin. Je vais maintenant laisser la parole au major Rodolphe Valmy. C'est lui qui, il y a quelques jours, sous l'identité de Herman Mayer de Lieselshertz, a rencontré Alecto et négocié avec lui. Rodolphe ?

Droit et sec dans son costume gris clair, l'homme d'une quarantaine d'années se leva.

24

21 novembre, 7 h 50
Quarante-cinq jours plus tôt

Le taxi déposa Herman Mayer de Lieselshertz rue Saint-Honoré, devant la Comédie-Française. Le choix du rendez-vous le fit sourire ; le rôle que le major Valmy s'apprêtait à interpréter n'appartenait certainement pas au répertoire classique, encore moins à celui de la comédie. Depuis douze années qu'il travaillait au Renseignement, à la DCRI puis à la DGSI, le major était devenu un as de l'infiltration. Il avait passé la majeure partie de sa carrière sous légende, trois ans dans un groupuscule néonazi qui fabriquait des explosifs en vue d'assassiner des journalistes et des hommes politiques et d'attaquer des centres de vaccination, trois ans dans un réseau de trafic d'êtres humains en provenance d'Europe de l'Est et quatre autres dans une communauté religieuse cloîtrée vivant du commerce d'armes de guerre. Il avait rencontré pêle-mêle des gourous, des caïds, des tueurs, des passeurs, des proxénètes, des suprémacistes blancs, des panafricanistes noirs, des écoterroristes verts, et leurs victimes, vivantes ou mortes. Mais, en examinant la façade du café Le Nemours, Valmy se dit qu'il n'avait jamais eu affaire à un ancien agent de la DGSE de la trempe du Menteur.

Il faisait un froid de gueux. Valmy traversa la petite place et repéra le vieil homme en manteau gris clair attablé sous un brasero. Même s'il était très différent du portrait en noir et blanc qu'on lui avait montré, Alecto avait gardé la corpulence et l'allure qu'il avait du temps où il officiait au Renseignement. Le major se dirigea vers lui, enfin vers Alex Thomas, puisque c'est sous ce pseudonyme qu'apparaissait aujourd'hui le chef des Furies. Ce dernier lisait le journal, des lunettes à monture métallique sur le nez, installé dos au mur entre la porte d'entrée et la vitrine derrière laquelle une famille prenait son petit déjeuner. Témoins, victimes collatérales, complices, se dit le major. L'homme était en partie caché par une des colonnes de la galerie, protégé d'un tir distant ou d'une action de groupe. La chaise en face de lui ne laissait en revanche aucune chance à son visiteur, s'il avait posté un tireur de précision à une fenêtre ou sur un toit. Le vieil homme connaissait son métier. Et il y avait assez de gens sur cette place en ce jeudi matin pour rendre son arrestation dangereuse. Si Spatz était à la hauteur de sa renommée, il ne s'exposerait jamais ainsi sans une porte de sortie, et de nombreuses personnes partiraient avec lui. Il envoyait ce message limpide à tout flic qui aurait tenté de l'appréhender ici... Une fois, Valmy avait eu rendez-vous dans un café avec un chef de gang, un caïd du 93. Le type s'était engagé à venir seul. Il y avait tellement de monde dans le bistrot où ils s'étaient retrouvés qu'on aurait difficilement pu vérifier si quelqu'un l'accompagnait. Pourtant, lorsque le type avait montré les deux grenades incendiaires qu'il portait sous sa veste, le major avait conclu qu'il n'avait probablement pas invité ses potes à mourir avec lui. Ça tient à peu de chose, la confiance.

— Monsieur Thomas ?

Le vieil homme à lunettes fit mine d'être surpris, plia son journal et se leva pour lui serrer la main.

— Monsieur le baron. Je vous en prie, prenez place.

Le visage du baron changea d'expression en découvrant la balafre qui coupait en deux le profil droit de son interlocuteur, dont il fixa l'œil blanc avant de baisser les yeux.

— Une blessure de chasse, expliqua Alex Thomas. Vous chassez ?

— Je n'ai plus le loisir de le faire aussi souvent que par le passé, malheureusement, mais ça a été un plaisir de jeunesse, oui. Le sanglier et le loup principalement.

— Ah, le gros gibier ! C'est tout de même un sacré sport ! Devant soi ou en battue ?

— Les rabatteurs permettent, il faut bien l'avouer, de rentrer avant midi. Je n'ai plus vingt ans ! confia le baron.

— À qui le dites-vous !

Les deux hommes rirent volontiers. Le major avait passé le premier test. D'un geste, Herman commanda un café au serveur. Thomas enchaîna :

— Je ne vais pas rester très longtemps, monsieur le baron. Nous nous rencontrons pour déterminer si nous pouvons faire affaire. Je vous prie de me dire ce que vous attendez de mon entreprise. Au terme de votre proposition, je vous poserai quelques questions. Puis je partirai. Si le contrat m'intéresse, je vous le ferai savoir rapidement en vous envoyant les références d'un compte bancaire où verser la moitié des sommes engagées, ainsi que l'adresse et l'heure d'un nouveau rendez-vous. Si je ne suis pas intéressé, quelles que soient les raisons, vous n'entendrez plus parler de moi. Je vous saurai alors gré de ne pas essayer de me recontacter. Ces points étant clarifiés, je vous écoute.

Le baron Herman relata l'histoire familiale, l'héritage, le château, l'hôtel, les écuries, le vin de glace, la cave, puis les dépenses, les dettes, la faillite et la ruine. Il raconta son dégoût pour ce domaine et l'entêtement de son frère aîné à le garder.

— Ulbricht doit vendre, c'est la seule issue possible pour nous deux. Sinon, c'est la prison, à très court terme. Il a déjà risqué une condamnation il y a deux ans pour avoir exploité des migrants. Mais le pire…

Thomas garda le silence. Par-dessus ses lunettes, son œil ne quittait le baron que le temps de scanner les alentours, toutes les minutes, avant de se refixer sur lui.

— … le pire, c'est qu'il y a eu un mort. Un saisonnier est mort de froid l'année dernière. C'était le lendemain de Noël, j'étais de passage au château pour les fêtes. La société familiale, l'entreprise Mayer, était déjà dans une situation financière critique. Le contremaître nous a prévenus qu'un ouvrier n'avait pas survécu dans la cabane où mon frère les loge par –17 °C… J'ai voulu appeler la police, évidemment, mais Ulbricht a refusé d'en entendre parler. Mon frère exploite des miséreux, sans papiers, et là, c'était la récidive, alors avec un mort en plus… Nous nous sommes violemment disputés. Puis il a quitté son bureau et est sorti se débarrasser du corps Dieu sait où, en l'enterrant sûrement quelque part sur le domaine. Quand il est revenu, j'avais fait mes valises. On ne s'est plus adressé la parole depuis, ça ne sert à rien. Mais je dois sauver ma peau, vous comprenez ? Je me fous de ces vieilles pierres, de ce pinard, de ce caillou glacial. Et je n'ai rien à voir avec ce cadavre… J'ai refait ma vie, moi, loin d'ici. Et je vais me marier. Cet argent m'appartient autant qu'à lui. Je veux ma part maintenant. Je suis prêt à vous verser huit millions d'euros si vous acceptez de vous occuper de cette affaire.

Il fit silence, presque à bout de souffle, visiblement bouleversé par ses propres propos, avant d'ajouter :

— C'est assez, huit millions ?

Alex Thomas ignora la question.

— Et rien ne doit arriver à votre frère, c'est bien ça ?

Le baron marqua un temps avant de comprendre.

— C'est mon frère ! Je ne veux pas sa mort. Je veux mon argent.

— Je comprends. À quelle échéance ?

Le baron sembla embarrassé.

— C'est assez urgent. Certaines de mes dettes… Disons que j'ai souscrit des prêts auprès de personnes sourcilleuses. Une douzaine de millions… Quinze.

Le vieil homme darda son œil bleu sur lui, alors Herman précisa :

— Il me faudrait l'argent au plus tard dans quatre mois.

— Quatre mois ?

— Au plus tard, répéta Herman, la mine défaite. C'est le dernier délai qu'on m'accorde. Et c'est ce qui m'amène à faire appel à vous aujourd'hui. Vous êtes ma seule chance. Ces huit millions, c'est tout ce qu'il me reste. Ils sont à vous.

Thomas acquiesça. Il sortit un billet de sa poche et le déposa sur la table.

— Merci, monsieur le baron. J'en sais assez pour l'instant. À en juger par l'urgence de la situation, je m'engage à vous informer de ma décision dans la semaine.

Le vieil homme se leva.

— Je vous en supplie, ajouta le baron.

Mais le Menteur s'éloignait déjà, en examinant les voitures stationnées là, les fenêtres et les toits.

25

24 novembre, 9 h 32
Quarante-deux jours plus tôt

— ... et la réponse est tombée ce matin à 5 heures pile, conclut le major Valmy. Alecto a mordu à l'hameçon. Les Furies acceptent le contrat. J'ai effectué le virement de la moitié de la somme sur le compte indiqué. Et j'ai de nouveau rendez-vous avec Alex Thomas dans six jours au Crillon.

Il se rassit, signalant à Bougerol qu'il avait terminé son rapport.

— Merci, Rodolphe. J'ajouterais simplement que Spatz... Alecto étant très au fait de nos techniques d'infiltration et de renseignement, et à la pointe de la technologie en la matière, nous n'avons aucune photo.

Une vague d'incompréhension parcourut la table jusqu'à ce qu'Afonso, sur un geste de Bougerol, projette les clichés suivants. On y voyait deux hommes en manteau, attablés en terrasse, l'un de dos que l'on devinait être Valmy dans son rôle de baron, l'autre plus rond, de face. Sur toutes les photos, ce dernier avait le visage masqué par un halo blanc éblouissant.

— Nous avions deux équipes sur place, l'une dans le kiosque à journaux, rue Saint-Honoré, l'autre dans un « soum » garé rue de Richelieu. Toutes les photos d'Alecto prises ce jour-là ressemblent à ça.

— On appelle ça des « lunettes de confidentialité », intervint le capitaine de la division com, ou « *reflectacles* ». On trouve dans le commerce des modèles qui protègent des caméras traditionnelles et des systèmes de reconnaissance faciale. Ici, on a affaire à un modèle très avancé qui bloque toute forme de prise de vue. C'est la pointe dans le domaine, certainement un gadget militaire. Je ne sais même pas si on peut en acheter ! Je veux dire *nous*, à la DGSI.

— Lui peut, manifestement, commenta Bougerol. Vous comprendrez pourquoi je vous ai montré une photo déjà ancienne au début de notre réunion. D'ailleurs, nous lui avons rendu la monnaie de sa pièce : les barons de Lieselshertz n'utilisent pas les réseaux sociaux, n'ont quasiment aucune existence sur Internet. Théo a fait retirer les rares clichés qu'on pouvait trouver sur des sites d'œnologie. À part un vieux portrait d'Ulbricht, il ne reste aucun visuel des deux frères. Vous allez comprendre pourquoi.

Bougerol laissa l'assemblée apprécier la précision de son travail, puis enchaîna :

— Mais revenons à la suite de l'opération. Vous aurez noté que notre contrat n'implique la mort de personne. Il s'agit pour les Furies d'amener le supposé baron Ulbricht Mayer, que je jouerai moi-même, soit dit en passant, à vendre son domaine. Au début, nous avons envisagé de leur confier des opérations de destruction ou de sabotage, ce qui aurait facilité leur arrestation en flagrance ; non seulement aucun juge ne nous aurait suivis dans cette entourloupe, on se serait sérieusement fait taper sur les doigts, mais surtout, ce n'est pas notre objectif. Nous ne poussons pas les Furies à enfreindre la loi pour les arrêter en flagrant délit. Nous les entraînons à l'écart de tout afin de les arrêter pour leurs crimes passés, sans faire de nouvelles victimes. Cela doit être bien clair pour tout le monde. Quand je donnerai le *go* pour l'arrestation, on leur colle les menottes. À ce moment-là, ils devront être là-haut, au château, tous les trois. Tous les trois ! répéta-t-il.

— Alecto enverra certainement Megara et Tisiphone sur le terrain dès le début de la danse, renchérit Maïté. Le plus dur sera de le faire sortir *lui* du bois.

— C'est le cerveau, le chef, poursuivit Bougerol, il reste derrière et n'entre en scène qu'en cas de changement de plan ou d'extrême urgence, comme cela a été le cas quand Tisiphone a abattu le commissaire Starski. Ce n'était pas prévu, et ça compromettait la mission. Alors, Alecto est intervenu en personne[1]. C'est exactement ce que nous allons essayer de faire pour l'attirer sur place. Car outre son attrait pour les millions et son intérêt pour le vin, nous avons un appât.

Un silence accueillit sa soudaine révélation. Un visage apparut au tableau en guise de réponse.

— La lieutenante Yvonne Chen. Ou devrais-je dire, ex-lieutenante. Elle travaillait avec le commissaire Paul Starski quand il a été abattu par les Furies. Elle a elle-même été empoisonnée et piégée par les Furies, qui lui ont fait porter le chapeau de ce meurtre. Blanchie, elle a rapidement été évincée par sa hiérarchie, qu'elle s'entêtait à vouloir convaincre de l'existence de ces tueurs, puis mise d'office en arrêt maladie longue durée. Mais, bien décidée à se venger, Chen n'a rien lâché. Alors, je l'ai contactée et, grâce à son témoignage détaillé et à ses découvertes – vous me pardonnerez de jeter un voile pudique sur ses méthodes musclées et peu orthodoxes ! –, grâce à elle, donc, nous avons pu identifier le forum de chasse et retrouver les Furies en Bretagne.

— Quel est son rôle aujourd'hui ? interrogea le commandant Louven.

— Nous pensons qu'Alecto envisage sérieusement de recruter cette ancienne de la brigade criminelle qui a réussi à le débusquer. Elle l'impressionne, donc il veut la convaincre de rejoindre son groupe. Il semble en outre avoir une réelle affection pour elle, sans qu'on se l'explique : c'est une petite femme

1. Voir *Le Gibier.*

revêche et froide, sans éclat. Mais une flic consciencieuse. Si j'en crois ce qu'elle m'a rapporté, Alecto s'est persuadé qu'elle pouvait mettre un peu d'ordre dans son groupe d'assassins. Cette opération au château de Lieselshertz est un test. Alecto teste Chen pour s'assurer tant de sa loyauté que de son efficacité avant son recrutement définitif. Chen ayant clairement établi qu'elle refusait de tuer qui que ce soit, nous avons dû écrire une mission adaptée pour elle comme pour Alecto.

— Mais pour nous ? Elle a quel rôle ? Elle est juste un appât ?

— Yvonne Chen est un atout infiltré. Nous devrons miser sur elle pour obtenir des infos de l'intérieur. De notre côté, nous avons consolidé sa légende de flic cabossée, partie en vrille puis démissionnaire, un électron libre cherchant un groupe auquel se raccrocher. Nous verrons si Alecto mord à l'hameçon. Je dois la rencontrer pour la briefer, évidemment, et si possible avant qu'Alecto ne le fasse. Elle est l'élément central, la clé de voûte, à la fois de la prochaine danse des Furies et de l'opération Apollon.

— Pourquoi ce nom d'ailleurs, Apollon ? demanda le capitaine Freiberg.

— Dans la mythologie antique, en protégeant Oreste de la vengeance des Furies, Apollon obtient de ces dernières qu'elles abandonnent leur rôle vengeur et qu'elles deviennent les Bienveillantes ! Apollon débarrasse ainsi le monde des Furies. Et c'est exactement ce que nous allons faire.

26

29 novembre
Trente-sept jours plus tôt

Le décor du Yago, rue Victor-Massé, avait par certains côtés les relents apaisants d'un empire français défunt, un exotisme chatoyant de Françafrique, la sérénité confite des terrains conquis. On y trouvait pêle-mêle des fauteuils et des coussins en peau de léopard le long de murs aux motifs tigrés où couraient des imprimés de singes, des surfaces de faux marbre, des dorures excessives, des échassiers en bronze et des fauves sur tissu. Conjuguée à la lumière tamisée et aux boules à facettes, la dominante rouge framboise qui couvrait murs et plafonds, banquettes et poufs, ajoutait au lieu le confort cossu et feutré d'une maison close des années 1950 où l'on aurait pu venir s'encanailler, entre deux be-bops, autour d'une authentique barre de pole dance. Les grosses fleurs blanches et dorées du papier peint et de la moquette achevaient de donner à ce bouge une touffeur sombre qui s'insinuait dans chacune de ses alcôves, jusqu'au couloir des toilettes où menaçait un commandement en lettres de néon et en anglais, annonçant l'imminente chute de cette Babylone à cocktails : « *Please don't do coke.* »

Se frayant un chemin dans la foule, Chen se rapprocha du bar et, par-delà la musique, commanda un mojito à un barman qui pouvait faire l'affaire et lui adressait déjà des œillades lubriques. Chen avait l'habitude et n'était pas dupe. Le barman drague la cliente, c'est dans sa fiche de poste. À l'heure de la fermeture, parce que le métier est dur et qu'il faut bien des à-côtés, il lui arrive de repartir avec celle qui y a cru et qui l'a attendu. Mais parfois, il choisit la voisine, qui l'a aussi attendu. Alors Chen sirota son mojito, oublia le barman et se tourna vers la salle.

Un type plutôt grand, et propre, se présenta dans l'instant. Il avait fait un effort pour être élégant bien que le résultat ne soit pas fou. Au moins prenait-il soin de lui, de son apparence et de son hygiène. Il avait de belles mains et une jolie bouche. Chen n'entendit pas son nom ni même ce qu'il racontait. Ça n'avait aucune forme d'importance. Il voulait qu'elle lui accorde son attention, aurait pu dire n'importe quoi pour cela, de la blague débile au jeu de mots, feindre de s'intéresser d'emblée aux raisons de sa présence dans ce bar, s'étonner de sa solitude, darder sur elle des yeux de vélociraptor, un regard constant qui lui criait qu'elle était unique. En guise de validation, Chen lui sourit. En réponse, la posture du type changea, il posa une main sur le bar, gagna du terrain, colonisa la zone. Alors, Chen sut qu'il était pris.

Elle lui laissa encore une minute d'effort avant de rire franchement et observa ses pupilles se dilater, son sourire s'élargir à mesure qu'il prenait confiance. Il lui proposa un autre verre, mais Chen avait déjà donné. Dès qu'il s'était présenté, elle avait abandonné son mojito, bien décidée à ne plus y toucher, échaudée par son aventure passée avec Tisiphone. Elle avait appris… Yvonne Chen ne rechignait pas au *drunk sex*, loin de là ; le coït en état d'ivresse avait ses vertus. Mais le GHB, la drogue des violeurs, même s'il était légèrement passé de mode, avait fait des ravages. Dans certains bars, on mettait des couvercles sur les verres. Maintenant, les filles étaient directement piquées à la seringue. Évidemment, elles sortaient un peu moins. Évidemment, Chen renonça à son mojito.

Elle en eut soudain assez de ces préliminaires verbeux. Elle attrapa le gars par le col de sa veste et, l'attirant contre elle, lui demanda s'il habitait loin et proposa d'aller chez lui.

Visiblement réjoui, il lui prit la main et l'entraîna vers l'extérieur. À deux rues de là, ils entrèrent dans un immeuble et s'engouffrèrent dans l'ascenseur où Chen plaqua le beau gosse et l'embrassa sans ménagement, ce qui parut un peu le déstabiliser. Les hommes sont des petites choses fragiles. Parvenus au troisième étage, ils pénétrèrent dans un appartement. Le type se dirigea directement vers le salon où Yvonne le suivit. Devant le rideau tiré, le commissaire Bougerol était assis à une table.

— Merci, Mathias. Ce sera tout.

Mathias réajusta sa chemise et se recoiffa d'un revers de main.

— À vos ordres, commissaire. Bonne soirée, madame, acheva le goujat en quittant les lieux, laissant Yvonne Chen abasourdie.

— Non… Encore ? Vous êtes sérieux ?

Bougerol ne comprit pas immédiatement l'allusion, mais l'invita d'une main à s'asseoir en face de lui.

— Désolé pour la méthode, Yvonne. Mais il fallait qu'on se rencontre. La prochaine danse a commencé et je ne doute pas qu'Alecto va te contacter très rapidement.

Se remettant lentement de sa déception, Yvonne prit place à la table. La soirée était gâchée.

— Qui est la cible ?

— Nous travaillons dessus… Je tiens d'abord à te prévenir : tu en sauras très peu.

— Tu me diras quand même ce que vous avez prévu. Si je me retrouve au milieu des Furies, il faudra…

— Tu improviseras. C'est le cœur du métier. D'autant que nous ignorons toujours comment ils vont opérer.

Chen s'enfonça dans son siège, dépitée.

— Il y a un plan, mais je ne dois rien savoir… alors que c'est moi qui serai au feu. Toute seule.

— Tu as tout compris. Enfin… tu ne seras pas toute seule. Nous te surveillerons en permanence, évidemment.

— C'est réjouissant…

— En revanche, toi, tu nous diras tout !

Il sortit de sa poche un petit téléphone et poursuivit :

— Téléphone à carte prépayée. Un seul numéro, le mien. Tu ne pourras pas le garder sur toi ni chez toi, bien sûr.

— Je sais où je vais le cacher, t'inquiète...

— Dès que tu as un contact, la priorité, c'est de nous prévenir. Un appel d'Alecto, un rendez-vous, une info sur la danse... Tu es un agent du Renseignement, maintenant, un atout infiltré. Ta légende est claire : Yvonne Chen, flic trahie par sa hiérarchie, chassée de la police, hésite à rejoindre les Furies, mais va petit à petit se laisser convaincre. Avec tes informations, nous, on se charge de les arrêter.

Chen rangea le téléphone dans la poche de son perfecto.

— Ça se passera où ?

Bougerol lui sourit.

— Je crois que tu sais tout ce que tu dois savoir, Yvonne. Et tu seras surprise, crois-moi ! Mais tu ne pourras rien laisser paraître.

— Ça, je sais faire...

— Parfait ! Juste une dernière chose : si tu sens que tu es en danger, tu t'enfuis et tu fonces à l'abri. Ça va de soi. Maintenant, on n'a plus qu'à attendre. On a de bonnes raisons de penser que les Furies passeront à l'action dans les trois prochains mois.

— Trois mois ? Mais je fais quoi pendant ce temps ?

— Rien. Tu te remets de l'année tumultueuse que tu viens de vivre. Tu incarnes pleinement ta légende. Pour le reste...

— Je n'ai pas beaucoup le choix... J'imagine que je n'aurai pas d'arme.

— Pourquoi Yvonne Chen, débarquée de la police, dépressive, peut-être suicidaire, en aurait-elle une ?

Il se leva soudain, annonçant la fin de leur entrevue.

— Si tu n'as pas d'autres questions, nous en resterons là. J'attends de tes nouvelles. De *leurs* nouvelles ! À très bientôt, Yvonne. Et surtout, fais attention à toi.

Chen se leva à son tour et ils se serrèrent la main. Elle reprit, indiquant la porte du pouce :

— Si, une dernière chose : tu peux me filer le numéro de Mathias ? Si je dois mourir dans les trois mois, autant profiter un peu de la vie qui me reste…

27

24 novembre, 10 h 15
Quarante-deux jours plus tôt

Le directeur général Grimaldi était toujours debout au fond de la salle, droit comme un « i », les bras croisés. L'exposé de Bougerol ne lui apprenait pas grand-chose de nouveau, il connaissait l'opération par cœur. Il était cependant très attentif aux réactions des agents convoqués ce matin, et à leurs questions. Il ne craignait pas qu'ils révèlent soudain une faille dans le plan. Non. Mais il tenait à juger de l'implication et de la coordination des services réunis.

Sur un signe de Bougerol, de nouvelles images apparurent au tableau, une photo d'abord, puis un plan.

— Le château de Lieselshertz est situé au sommet d'un pic rocheux à mille trois cent trente-cinq mètres d'altitude dans le massif des Vosges, à vingt-deux kilomètres de Colmar. Il n'y a qu'un accès, cette petite route sinueuse qui monte d'une départementale et traverse la petite ville de Rammstein. Nous posterons deux de nos hommes, de *vos* hommes, commandant Louven, à l'embranchement, ce qui nous permettra de contrôler l'accès au château.

— Nous aurons un véhicule de gendarmerie et des uniformes. Il n'y aura aucun problème. Ils seront invisibles.

— Et nous aurons ainsi deux hommes à l'extérieur, au pied de la montagne, si besoin. Merci, commandant. Revenons au domaine. Le château est entouré de vignes à l'est, de forêt au sud et d'un lac à l'ouest. Autant dire que c'est une nasse : une fois passé le porche principal, on est dans un cul-de-sac. Nous devrons donc surveiller cet accès en continu pour qu'il ne serve pas d'issue aux Furies. Le cas échéant, il y a une herse en état de marche et une énorme porte d'époque. Quand les Furies seront entrées, elles n'en ressortiront que menottées, dans un fourgon blindé. Et c'est moi qui le conduirai !

Tout autour de la table, on apprécia l'heureux dénouement de l'opération. Bougerol replaça sa mèche grise et enchaîna :

— J'aimerais ajouter que si, comme nous l'espérons, tout se déroulera dans les prochaines semaines, les températures là-haut s'échelonneront entre 5 °C et –20 °C. Des conditions extrêmes, vous l'aurez compris, d'autant plus que l'opération commencera de nuit... C'est pour cette raison qu'elle ne pourra pas durer plus de vingt-quatre heures, entre l'arrivée des Furies en début de soirée et leur arrestation que je prévois à l'aube.

Théo leva la main.

— Vous disiez, commissaire, que le cerveau...

— Alecto.

— ... qu'Alecto ne se montrerait pas, qu'il resterait en arrière.

— Exactement. Nous aurons donc vingt-quatre heures pour l'attirer sur site, avec les deux autres, et le coffrer. Le faire venir ou le débusquer ! Nous pensons, Maïté et moi, qu'Alecto viendra en personne si l'un des membres de son équipe court un risque réel. Il nous faudra donc les mettre en danger, suffisamment pour qu'ils l'appellent à l'aide, mais pas trop, parce qu'ils ne doivent pas non plus abandonner leur danse. J'y reviendrai plus tard.

Il se détourna vers le tableau et tendit un doigt vers le plan du château.

— Il y a deux ailes principales : l'aile ouest qui est habitée, et sous laquelle se trouve la fameuse cave à vin, et l'aile est, ici, la partie hôtelière, aujourd'hui à l'abandon. Le site a été peu entretenu ces dernières années et certaines zones sont désormais impraticables. Nous tâcherons d'arriver assez tôt pour évaluer l'état des lieux, tout fouiller, jauger les points forts et les failles. Toute l'opération repose sur notre capacité à maîtriser ce périmètre. Idéalement, nous devrions investir le domaine dès la semaine prochaine, une fois que le major Valmy aura eu son deuxième rendez-vous. Alecto voudra très tôt se renseigner lui aussi sur le site pour préparer sa danse. Je pense qu'il enverra l'un ou les deux autres membres des Furies en reconnaissance, en infiltration. Il faudra que tout soit en place à l'arrivée de sa taupe.

Il attendit une question qui ne vint pas et enchaîna :

— Là, le domaine, les vignes, le lac, la forêt. Et ici, de l'autre côté, un hangar où dormaient les saisonniers du temps des barons. Bien sûr, nous garderons une surveillance constante sur l'ensemble de la zone. Le groupe Action sera le plus mal loti, commandant Louven.

— C'est toujours le cas, commenta ce dernier.

— Vos hommes et vous resterez dans ce hangar jusqu'au moment de l'arrestation. Nous ferons en sorte que personne ne vienne vous déranger. En revanche, vous serez aux premières loges dès qu'il s'agira d'interpeller les Furies, qui seront armés, évidemment.

— Nous avons l'habitude, commissaire.

— De toute manière, vous serez avec vos hommes parmi les derniers à vous rendre sur place. Nous n'aurons besoin de vous que quelques heures avant l'arrivée des Furies. Le plus tard possible pour que vous ne soyez pas repérés. Je vous tiendrai informé dès que j'en saurai plus. Tous les autres, à part le major Valmy, alias Herman Mayer, qui n'interviendra pas sur site pour des raisons évidentes, seront dans l'aile d'habitation. Maïté, si tu veux bien.

La femme rousse se leva et distribua à chacun un petit dossier. Des rires surpris et amusés fusèrent presque aussitôt.

— Nous avons réalisé ces photos lors de l'essayage des costumes. Je ne doute pas qu'elles vous plaisent. Qui dit château, dit châtelain. Et châtelaine ! Et puisqu'il s'agit d'interpréter le rôle d'un baron, d'une baronne et de leur entourage, nous avons décidé de jouer le jeu à fond !

C'était visiblement la photo de Bougerol avec ses larges moustaches blondes, ses cuissardes de daim beige, sa ceinture de cuir cloutée et son médaillon qui remportait la préférence de tous. Maïté dans sa robe médiévale amassait les compliments.

— Dans une opération d'intoxication de l'ennemi, il ne faut pas hésiter à grossir le trait. Plus les Furies seront persuadées que le baron et sa clique sont de riches illuminés, moins ils se douteront qu'ils sont en face d'agents de la DGSI. Alors Maïté et moi n'avons pas lésiné ! Pour information, nous évoluerons dans un château médiéval avec des meubles très anciens, des tableaux de famille, des armures, des épées. Même si de nombreux objets de valeur ont déjà été saisis par les huissiers, il reste sur place de quoi donner l'illusion d'un voyage dans le temps ou dans la folie nostalgique d'un baron en fin de lignée. Nous en profiterons donc. Je vous rassure : nous ne serons que deux à nous grimer. Vous pouvez souffler ! À part Marja, qui aura une tenue de bonne avec robe noire et tablier pour le service à table, tous les autres pourront porter ce qu'ils veulent. Le capitaine DaCosta sera en costume, comme d'habitude.

Afonso confirma de la tête.

— Quant à la division R, vous ne serez jamais visibles ; du moins, jusqu'à l'arrestation. Vous devrez en revanche être sur place au plus tôt pour préparer les lieux.

— On finit cette semaine de réunir le matériel. On sera prêts à partir dès lundi.

— Parfait. Évidemment, Yvonne Chen n'est au courant de rien non plus. Je l'ai mise en garde, elle sait qu'elle devra garder le masque et cacher ses émotions jusqu'au dénouement. J'espère qu'elle jouera son rôle avec autant d'ardeur que nous jouerons les nôtres. Et nous ferons le maximum pour maintenir l'illusion de cette baronnie et incarner nos personnages le plus longtemps possible, c'est-à-dire jusqu'à l'arrivée d'Alecto. S'il n'y a pas de question, j'aimerais passer à l'agenda et vous expliquer le déroulé de l'opération…

Il n'y eut pas de question, mais le directeur général quitta soudain son poste d'observation au fond de la salle et se dirigea vers la porte. Il fit un signe à tous pour qu'ils restent assis.

— Merci, commissaire. Je vous laisse terminer. Au terme du briefing, vous passerez me voir dans mon bureau avec vous, commandante Duval et major Valmy.

Avant d'avoir obtenu une réponse qu'il n'attendait pas, l'homme avait disparu.

28

6 janvier, Château de Lieselshertz

H – 03:08

Phase 11 – Le tour des heaumes : l'hôte salue les concurrents encore en lice.

Le feu crépitait dans l'âtre et faisait danser des ombres sur le mur du bureau du baron. Bougerol grimaça en déplaçant sa jambe blessée et engourdie.

— Voilà, Yvonne, tu sais tout.

Il chuchotait, redoutant le retour imminent de Titouan.

— Tout ? Mais merde ! Tu ne m'avais rien dit ! Tout ça, c'est du flan ? OK… Mais ça ne m'explique pas l'état de ta jambe. Qu'est-ce qu'il s'est passé, dehors ?

— On était en patrouille avec Titouan… Enfin, Tisiphone, si tu préfères, puisque tu le connais. Ça fait quelques semaines qu'il est infiltré chez nous. Depuis deux jours, il nous annonce des événements étranges sur le domaine. Des intrusions, d'abord. Au début, on n'a pas bien compris où il voulait en venir. La danse avait commencé, c'était clair, mais on n'en voyait pas le sens. Avec l'apparition du fantôme, les choses se sont mises en place. Ils essayent de jouer sur la culpabilité du baron pour le faire vendre. Un château hanté ! C'est une bonne idée.

— On cherche le cadavre de l'ouvrier.

— C'est bien ! Ça veut dire qu'ils ont gobé notre histoire. Il n'y a évidemment ni cadavre ni vin à Lieselshertz, tu l'avais compris.

— Non. Mais j'ai pu faire un tour à la cave et m'en apercevoir… Ta jambe ? Ça fait partie du plan aussi ?

— Non. C'est… un aléa, disons. On avançait sous la neige. Tisiphone a dû voir sa complice près du hangar et l'a crue en danger…

— Elle devait aller l'inspecter, oui.

— Il a tiré pour la prévenir de notre arrivée. Avec la neige, elle ne nous avait pas repérés. Il a prétexté avoir aperçu un loup et on s'est mis à courir pour l'attraper. Il m'a directement entraîné sur l'un de ses pièges. Je te dis pas la douleur…

— Tu crois qu'il l'a fait exprès ? Sa mission est de t'amener à vendre, pas de te mutiler…

— Je n'en suis pas aussi sûr que toi. C'est lui qui les a posés. Et je le savais… Quand il a bifurqué à travers la vigne, j'ai compris.

— Compris ? Compris quoi ?

— Qu'il m'emmenait tout droit vers un piège à loup.

Incrédule, Chen dévisagea le commissaire.

— Et tu l'as suivi quand même…

— Je n'avais pas le choix. S'il voyait que je ne le suivais pas, que je me méfiais, je cramais ma couverture et l'opération. C'était fini. Alors…

— Tu ne vas pas bien, Bougerol. Il faut te faire aider… Et Megara ? Pourquoi elle est dans cet état ?

Le baron fit une moue d'incompréhension.

— Qu'est-ce qu'elle a ? Elle est blessée ?

Bougerol se tut, se repassant manifestement les événements, cherchant à deviner ceux qu'il avait manqués pendant qu'il clopinait dans la neige. Chen s'en aperçut.

— Qu'est-ce que tu me caches encore, Bougerol ?

Il lui sourit, gêné.

— Rien, non, rien. Je réfléchissais. Je ne sais pas, qu'est-ce qu'elle a ?

— Je l'ai découverte inconsciente, trempée, frigorifiée contre le mur d'enceinte. Je l'ai ramenée à sa chambre juste avant de venir vous retrouver, Tisiphone et toi. Si je ne l'avais pas vue, elle serait morte de froid, Bougerol. Morte ! Alors, je te repose la question, et cette fois, tâche d'être convaincant sinon je me barre, et en fanfare : qu'est-ce que tu me caches ?

Bougerol garda le silence un instant. Il savait qu'elle ne bluffait pas et ferait voler l'opération en éclats si elle se sentait trahie.

— Megara était en train d'inspecter le hangar des saisonniers quand Tisiphone a tiré pour la prévenir. Alors les gars sont sortis et ont commencé à la poursuivre dans la forêt, à la pister… Ils sont quatre. Ce sont des types du groupe Action.

— Le groupe Action de la DGSI ? Mais pourquoi tu as amené ces bourrins ici ?

— Parce que je dois protéger les hommes de mon groupe et de mon opération, Yvonne. Les Furies sont des tueurs. Il faut que tu te rentres ça dans la caboche, bordel ! J'avais la jambe en compote, et un peu la tête à autre chose. Mais quand j'ai compris ce qui se passait dans la forêt, j'ai dit à Titouan de siffler et de les rappeler. Ils ont rappliqué aussi sec. Parce qu'on ne peut pas encore intervenir, tomber les masques et interpeller les Furies, pas tant qu'Alecto est dans la nature. C'était clairement fixé depuis le début. D'ailleurs, tu sais où il est ?

Chen hésita, réfléchit.

— Il m'a déposée à Rammstein devant un hôtel… Attends… Saint-Dié quelque chose.

— Le Petit-Saint-Dié ! triompha Bougerol, qui semblait connaître l'établissement. C'est l'hôtel principal de la ville. Parfait ! On ne doit pas le laisser s'échapper. Et c'est ce qui se passera si on arrête Megara et Tisiphone. Il disparaîtra. Mais c'est lui, le plus dangereux. S'il perd ses collègues dans une opération, il pourra toujours en recruter d'autres… Tu en es la preuve vivante ! Alors, je n'ai aucune idée de ce qui est arrivé à Megara. Est-ce qu'elle est restée trop longtemps cachée dans la forêt, tapie dans la neige ? Est-ce qu'elle a tenté de nous contourner par le lac ? Ce que je sais, en revanche, c'est que tout le monde a pour l'instant ordre de garder son rôle et ses distances.

— Mais comment tu comptes récupérer ton opération, maintenant que Tisiphone et Megara ont vu tes molosses ? Ils ont compris qu'il n'y a pas le moindre pauvre sans-papiers dans le hangar, mais quatre types surentraînés au combat et obéissant à tes ordres. Apollon a reçu un sacré coup sur la tronche…

— On doit reprendre le contrôle et gagner du temps. J'y ai réfléchi. J'ai raconté à Titouan que ces types sont des chasseurs, des gars du village que j'ai engagés pour attraper l'intrus, ou les cambrioleurs. Ce sera la seule version qu'on servira aux Furies. Toi, de ton côté, tu lui expliqueras, à Tisiphone, que je ne l'ai pas mis au courant probablement parce que je le soupçonnais d'être de mèche avec les voleurs. Il vient d'arriver, ça peut se comprendre que je ne lui dise pas tout, non ?

— Bah, bon courage !

— Yvonne, on doit s'accrocher à notre mensonge jusqu'au bout. Sinon, il y aura des morts. Alors on doit tout faire pour qu'ils y croient. Je compte sur toi.

Il grimaça soudain, frappé par une douleur fulgurante, avant de grogner :

— Bon Dieu, il fait quoi, Titouan ? Et Maïté ? Tu peux aller à l'étage la chercher, s'il te plaît ? Je m'occupe de Titouan.

— À l'étage… L'escalier en bois ? Où j'ai vu disparaître la soubrette ? Je croyais que c'était hors limite…

— Pour Neomie oui. Pas pour Yvonne. Alors, sois discrète… Maïté est là-haut. Et vu qu'elle ne rapplique pas, il doit y avoir un problème. Vite, s'il te plaît.

À regret, Chen abandonna le commissaire devant la cheminée. Elle aurait bien aimé en savoir davantage sur ce que Bougerol avait prévu pour la nuit à venir.

Lorsqu'elle quitta la pièce, il tira un smartphone de sa poche et envoya un texto court qui annonçait simplement : « Elle arrive. Tenez-vous prêts. »

29

Phase 12 – La retraite : stratégie de combat consistant à se retirer momentanément d'un assaut pour s'assurer la victoire.

Tisiphone quitta le bureau du baron et remonta le couloir jusqu'à la chambre de Melany Garason. La dernière fois qu'il avait aperçu Megara, elle était face à un énorme loup noir, puis pourchassée dans la forêt par quatre types armés jusqu'aux dents. Il n'était plus temps de rôles et de faux-semblants. Si Megara était en danger, il devait lui porter secours. Il regarda sa montre, fronça les sourcils, puis frappa et, sans attendre de réponse, pénétra dans la pièce. Avec un profond soulagement, il constata, dans la lueur du feu de cheminée, que Megara était là, dans son lit. Il en fit le tour et vint à son chevet. Elle ouvrit les yeux et lui sourit.

— Tu m'as fait peur, commença-t-il en chuchotant. Comment ça va ?

— Je suis tombée dans le lac… dit-elle faiblement.

Il la dévisagea, tentant de camoufler son effroi.

— Mais… comment ça s'est passé ? Je t'ai aperçue près du hangar. Dans ma lunette, j'ai vu le loup qui s'approchait derrière toi…

— Il était énorme, j'ai été surprise… J'ai bien cru que…

Il plaça un doigt sur sa bouche pour lui indiquer de parler moins fort.

— Moi aussi, alors j'ai tiré.

— Et ça m'a sauvée. Merci. Enfin… ça m'a sauvée du loup ! plaisanta-t-elle. C'est qui ces types, dans le hangar ? Ils ont des parkas en goretex et des fusils d'assaut. Ils m'ont traquée dans la forêt avant de faire demi-tour tout à coup… Je n'ai rien compris. Ils étaient sur moi !

— Le baron dit que ce sont des chasseurs qu'il a engagés pour protéger le domaine et capturer la « forme ». Il m'a demandé de siffler pour les rappeler, pour qu'ils arrêtent la poursuite…

— Ah, OK… J'en ai profité pour m'enfuir et rentrer au château. Comme je ne voulais pas encore être repérée, je vous ai contournés par le lac… Je pensais que la surface résisterait…

— C'est n'importe quoi ! Tu aurais pu y rester.

— J'étais congelée ! Je suis remontée comme j'ai pu, mais mon corps m'a lâchée… C'est Yvonne qui m'a trouvée. J'étais sur le point de perdre connaissance, elle m'a ramenée à ma chambre. Elle m'a sauvé la vie. Vous m'avez sauvé la vie chacun à votre tour.

Tisiphone reprit, plus grave.

— Il est temps de décrocher, Megara. C'est peut-être la décision la plus sage. Tu laisses tomber, on dégage le temps de se requinquer, et on attaque une autre danse ailleurs. Tu sais qu'Alecto préfère un abandon à une catastrophe. Et là, on n'est pas passés loin…

— C'est bon, je t'assure. On finit. J'ai déjà bien récupéré. Alors, on continue. Est-ce que tu as pu en apprendre plus concernant le cadavre du migrant ?

Tisiphone marqua un temps avant de répondre.

— Le baron m'a avoué la mort du saisonnier. Il dit avoir jeté son cadavre dans le lac, près de la rive sud. Il m'a indiqué où, précisément. Un rocher… Ulbricht ne m'a pas l'air très net. Et j'ai l'impression qu'il est terrorisé par cette histoire de fantôme.

— Il n'y aura pas à pousser beaucoup plus pour qu'il vende, alors, se réjouit Megara.

Elle semblait soudain revigorée et sa voix s'était envolée. De nouveau, Tisiphone lui indiqua de parler moins fort.

— D'accord. Je propose même que tu passes à la phase 17.

— Non, c'est trop tôt. Et je suis en état de continuer, je t'assure. Il faut encore qu'ils me trouvent à fouiner dans les bureaux ou à la cave, que je leur dise que je suis flic… C'est ça qui est prévu. Après, on passera à la phase 17.

— Je crois qu'ils t'ont assez repérée comme ça, Megara. Et je préviens Alecto des derniers événements. C'est non négociable. De toute façon, c'est lui qui aura le dernier mot.

Megara acquiesça. Elle se redressa dans son lit et le dévisagea un instant.

— Ça fait combien de temps qu'on travaille ensemble, Tisiphone ?

Il fronça les sourcils.

— Une dizaine d'années. Dix ans.

— Tu crois qu'on peut apprendre à connaître quelqu'un en dix ans ?

Il parut soudain décontenancé.

— Oui, j'imagine. Si tu parles de nous, je pense qu'on se connaît bien, oui.

— C'est ce qu'il me semblait aussi… Alors, pourquoi j'ai l'impression que tu ne me dis pas tout ? Pourquoi tu me demandes de chuchoter ? Avec l'épaisseur de la porte, tu crois vraiment qu'on peut nous entendre ?

Elle avait vissé sur lui son regard gris. Il serra les dents, mais garda le silence.

— Tu en sais plus que moi sur ce qui se trame ici, c'est ça ? poursuivit-elle.

— Je suis arrivé plus tôt…

— Ça ne répond pas à ma question.

Tisiphone se mordit la lèvre avant de reprendre.

— Écoute, tu sais comment ça marche, Megara. Chacun entre dans la danse avec les éléments qu'Alecto distribue. Chacun connaît sa partie, c'est tout ce qui compte, non ?

— Pas si ça me met en danger, pas si ça fait sortir de nulle part quatre types surarmés qui me traquent dans la forêt. Bon Dieu ! J'ai failli crever, Tisiphone !

— C'était pas prévu. Pas plus que le loup… Je suis désolé.

— OK. Je passe à la phase 17, alors, tempêta Megara, vexée. Mais dis-le bien à Alecto : si, à chaque danse, je dois être la seule à rester dans l'inconnu, ça va vite me soûler, je vous préviens ! La prochaine fois, je me casse !

Tisiphone lui sourit.

— Tu as raison. On en reparlera avec lui.

Il regarda sa montre puis se pencha à son oreille.

— Par-dessus mon épaule gauche, le tableau, l'angelot de gauche… son œil droit.

Megara plissa les yeux. Dans le détail de la toile, elle distingua un léger reflet et s'y arrêta un temps jusqu'à comprendre.

— Une caméra ? murmura-t-elle avec épouvante.

— Il y en a partout, conclut Tisiphone. Je ne suis pas censé te le dire. Maintenant que tu le sais, il est temps de passer à la suite. De toute manière, à 5 heures, nous aurons quitté le château…

30

Phase 13 – La tribune : lieu d'où l'on assiste au tournoi.

Dans la pénombre ocre du couloir où dansaient de fausses flammes, Chen dépassa le T qui menait aux chambres en lançant des regards furtifs aux portraits suspendus et aux portes closes. Elle arriva au pied de l'échelle de meunier. Un instant, elle écouta le silence qui régnait dans la demeure. Malgré les derniers événements, le château semblait totalement désert. Pourtant, il était clair que personne ne dormait.

Les marches craquèrent sous ses pas et elle atteignit bientôt la porte du « grenier », une huisserie récente en bois verni, du neuf à l'apparence du vieux. Chen y colla son oreille, mais n'entendit aucun son. Elle hésita. Elle avait perçu les bruits puis les voix de ceux qui passaient leurs journées dans cet endroit. Il était temps de les rencontrer. Et puisqu'elle avait maintenant l'aval de Bougerol…

Elle actionna la poignée et entra. Aussitôt lui parvinrent des voix d'hommes inquiets et affairés qu'elle découvrit tandis que, dans cette grande salle parquetée, ils s'agitaient autour de longues tables de camping où étaient installés des ordinateurs et des écrans. De gros câbles colorés couraient sur le sol dans un entrelacs chaotique. On aurait dit une salle de commandement ou d'état-major. Le nombre incroyable d'écrans réunis là lui rappela les centres de supervision urbains depuis lesquels des flics scrutaient toute la journée des flux vidéo en direct et surveillaient les rues des villes.

Comme si elle l'attendait, Maïté vint l'accueillir, la priant d'entrer et de refermer la porte. Elle avait abandonné son masque de baronne.

— Par ici, Yvonne. Je suis la commandante Maïté Duval. Je vais vous expliquer.

Elles se placèrent dans un coin pour ne pas déranger les techniciens qui semblaient en panique.

— Ces hommes sont des officiers de la division R de la DGSI. Ils s'occupent de toutes les communications de l'opération et du câblage. Ils ont passé trois semaines à installer un réseau de caméras couvrant tout le domaine et l'intérieur du château.

Elle l'entraîna vers l'une des tables devant un ordinateur où elle entra des mots de passe. Chen apparut soudain à l'écran, portant ses bagages et remontant le long couloir du premier étage jusqu'à sa chambre, en compagnie de Silva, puis, d'un clic, elle se retrouva dans sa chambre. Un time code détaillait l'heure et la durée.

— Vous me filmez depuis le début ?

— Nous filmons tout depuis le début. Les allées et venues, les séjours en chambre, les sorties…

À l'écran, la voiture de Chen pénétra dans la cour et se gara. Elle quitta son véhicule sur les indications de Tisiphone et rejoignit le château.

D'un clic, elle se retrouva à la table du dîner dans son ample robe de soie bleue à froufrous jaunes, tandis que Bougerol grimé en baron sermonnait sa femme Maïté.

— Et là ? C'est revenu ? lança l'un des techniciens.

— Il y a eu des pannes, expliqua Maïté. Nous avons eu plusieurs ruptures dans le flux vidéo, alors ils essayent de réparer. Ça marche puis ça s'arrête. Avec cette météo…

— Non. Rien, rétorqua un autre agent. On dirait un parasite. Ou un virus…

Chen se demanda s'ils avaient des images de la visite qu'elle avait rendue à Megara, de son sauvetage de la Furie inconsciente dans la cour, de Bougerol blessé revenant de la vigne, soutenu par Tisiphone, de sa descente à la cave...

— Ça fait près d'une heure, tonna Maïté. Il serait temps de réparer...

— Une heure ? répéta Chen. Depuis une heure, vous ne savez pas ce qui s'est passé ?

— On est aveugles... Ils ont mis des caméras quasiment partout et pas une ne marche ! assena-t-elle tant pour répondre à Chen que pour brocarder ses hommes.

— C'est bon ! triompha l'un d'eux au moment où les images revinrent.

Pêle-mêle sur les écrans divisés en quatre ou six s'affichèrent en couleurs et en haute définition des pièces et des couloirs, des sections du sous-sol, puis des vues de la cour, du parking, des façades, du porche et, plus loin, des vignes et des abords du lac. Il devait bien y avoir une quarantaine de fenêtres sur l'ensemble des écrans. Chen rechercha la chambre de Megara et la trouva. La jeune femme était toujours alitée et s'était certainement endormie, ce qui la rassura. Son attention fut attirée par une petite pièce, au coin d'un des écrans, où discutaient quatre hommes en parkas épaisses, quelque part, assis autour d'un poêle. Un cinquième debout devant eux semblait leur expliquer quelque chose. Chen reconnut Silva, le secrétaire du baron. Elle plissa les yeux et vit distinctement les fusils d'assaut posés près de chacun. Maïté dut repérer cette scène presque en même temps que Chen ; elle s'avança et éteignit l'appareil.

— D'ici, nous avons une vue d'ensemble sur tout ce qui se passe. Rien ne peut nous échapper... Enfin, quand ça marche...

Trois des hommes s'étaient réinstallés devant les écrans, replaçant les casques audio sur leurs oreilles. Un quatrième continuait de triturer des câbles et des routeurs, sans comprendre.

— Pourtant, vous n'avez pas vu que Bougerol était blessé, rétorqua Chen.

— Quoi ?

— Il va bien, rassurez-vous. Il a marché sur un piège à loup, alors ça lui a fait bizarre. On l'a porté jusqu'à son bureau avec Tisiphone qui s'occupe de sa blessure. Mais il demande à vous voir.

Maïté parut sincèrement affolée. Chen examina les écrans pour prouver ses dires, mais ne trouva pas la pièce en question.

— Où est son bureau ? s'enquit-elle.

— C'est le chef de l'opération. Par téléphone, il rend régulièrement compte à la hiérarchie de l'avancée des événements. Alors, il n'y a pas de caméra dans cette pièce. Allons-y.

— Je sais qu'il a plein de choses à vous raconter.

Duval saisit la poignée et s'arrêta.

— N'oubliez pas qu'en passant cette porte vous redevenez Neomie Sisti de Vinum Bonum. La voie est libre ? demanda la commandante à l'un des techniciens.

Il consulta l'écran avant de répondre :

— Clair !

Elles quittèrent le grenier sans un mot de plus. Chen peinait toujours à croire que les Robocop surarmés qu'elle venait de voir étaient là pour sa simple protection. Et que Maïté et Bougerol lui avaient tout dit. Certes les Furies étaient dangereuses, mais seul Tisiphone avait une arme… Puisqu'ils allaient enfin se retrouver ensemble dans la même pièce tous les trois, à l'abri des oreilles indiscrètes, elle allait pouvoir leur poser la question.

31

30 novembre, Hôtel de Crillon
Trente-six jours plus tôt

Le baron Herman Mayer remercia le chasseur en livrée qui l'avait accompagné jusqu'à la chambre 57 puis, avec prudence, poussa la porte entrouverte.

— Monsieur Thomas ?

Personne ne répondit. Herman s'aventura dans la chambre silencieuse et déserte. Alecto était en retard.

Le téléphone posé sur le bureau sonna. À la troisième sonnerie, Herman décrocha et reconnut la voix d'Alex Thomas.

— Bonjour, monsieur le baron. Je vous attends en face, chambre 55.

Alecto raccrocha avant qu'Herman ait pu dire un mot. Le baron ressortit donc de la pièce, traversa le couloir et entra dans la chambre 55.

— Par ici, appela laconiquement la Furie.

La porte se referma automatiquement sous l'action du groom, laissant planer dans l'esprit du major l'impression diffuse d'être soudain pris au piège.

Dans le grand salon de la suite, le soleil d'hiver irradiait à travers les voilages de la baie vitrée, d'une blancheur éblouissante. Assis à contrejour à un bureau en acajou Louis XVI, sur une chaise carrée au motif fleuri dont la jumelle lui faisait face, Alex Thomas attendait, deux chemises en carton devant lui. Sur le côté, un service à café en porcelaine fine patientait.

Le vieil homme en costume gris et à la balafre mauve se leva pour saluer le baron et l'inviter à s'asseoir.

— Pardonnez ces précautions, elles ont surtout vocation à vous rassurer. J'ai fait monter du café. C'est bien du café que vous buvez ?

La Furie coupait ainsi court à toute question et imposait à son visiteur une réponse positive.

— Oui… s'il vous plaît, monsieur Thomas…

Le baron marqua une pause pour laisser à son hôte le temps de remplir les tasses.

— Je voulais commencer par vous remercier, entama Herman en s'asseyant. Vous remercier d'avoir accepté ma… ma requête.

— Je vous en prie, monsieur le baron. Ce n'est pas nécessaire. D'abord parce que je ne vous rends pas un service, vous m'employez pour ce travail. Et à un tarif qui vous dispense de remerciements. Ensuite parce que, sans que vous le sachiez, la nature même de mon intervention dans ce dossier correspond à mes aspirations actuelles. J'ai longtemps accepté des contrats qui impliquaient davantage… de force, de coercition. Mais assez parlé de moi. Nous nous retrouvons aujourd'hui pour élaborer une stratégie qui nous amènera, selon vos souhaits, à la vente du domaine de Lieselshertz sans qu'aucun mal ne soit fait à votre frère aîné. Sommes-nous d'accord sur notre objectif ?

— Tout à fait.

— Parfait ! Je vais avoir besoin de quelques informations supplémentaires.

Alecto ouvrit une des chemises et déposa devant le baron deux feuilles numérotées. Sur chacune d'elles s'étalait un tableau aux multiples colonnes. Thomas proposa un stylo à Herman et expliqua ce qu'il attendait de lui :

— La page numéro 1 concerne les professionnels que vous connaissez. Je souhaiterais que vous inscriviez dans chaque colonne les noms et professions de tous les gens qui correspondent à l'intitulé. Par exemple, dans « Commerçants-fournisseurs-hommes d'affaires », vous noterez tous les noms des partenaires commerciaux et des chefs d'entreprise que vous connaissez ou avez connus, c'est important, en indiquant leur profession. Dans « Droit-justice-police-armée », les noms des avocats, juges et policiers que vous avez rencontrés, et ainsi de suite... Enfin, j'aimerais qu'à côté de chaque nom, vous indiquiez par un chiffre l'opinion que ces gens avaient de vous la dernière fois qu'ils vous ont parlé : 1 s'ils vous détestent, 10 s'ils vous adorent. Mettez 5 si vous pensez qu'ils sont indifférents.

Interdit, le baron dévisagea son interlocuteur.

— Il y en a tellement...

— C'est souvent ce que l'on croit au premier abord. Vous verrez que, finalement, il en reste peu au moment de remplir ce tableau.

— C'est surtout mon frère qui s'occupe de tous ces détails... Moi, ça ne m'intéresse absolument pas, ces...

Il s'interrompit, désignant la feuille devant lui.

— Je le sais, et ce n'est pas grave, lui assura le Menteur. Notez ce qui vous semble important.

Pendant une quinzaine de minutes, Herman inscrivit des noms dans le tableau. Puis il leur attribua des notes, sans conviction. Il levait par instants le regard vers Alecto. Chaque fois, celui-ci posait sur lui son œil bienveillant. Le bleu. Alors, le baron se remettait à la tâche.

— Voilà les principaux, je crois. Vraiment, je n'en vois pas d'autres, là...

— C'est parfait ! Ne vous inquiétez pas. L'essentiel n'est pas dans ce que vous écrivez, mais dans ce que je pourrai en faire. Et ça, c'est mon travail. Passons à la page 2, je vous prie.

Herman jeta un dernier coup d'œil satisfait à la liste qu'il venait d'inscrire et rendit sa copie.

— Sur la feuille numéro 2, je voudrais que vous inscriviez ceux qui ont été proches de vous à un moment de votre vie.

Dans la colonne « Lycée », vos copains de lycée, puis « Études supérieures », « Famille », « Amis » et ainsi de suite… Et ce même chiffre, entre 1 et 10.

Herman se pencha sur cette nouvelle feuille, commença à écrire quelques noms, cinq ou six, quelques notes, mais s'arrêta rapidement.

— C'est difficile… Mais c'est ma faute ! Je n'ai pas vraiment d'amis. Je n'en ai jamais eu. Je voyage beaucoup, aux quatre coins du monde. Je rencontre des *people*, des *jet-setters* qui aiment s'amuser. On fait la fête et ça me suffit. Je rencontre des filles, aussi. Mais ne me demandez pas leurs noms…

Il sourit, cherchant une complicité masculine qu'Alecto lui accorda d'un rictus carnassier.

— Quant à ma famille, j'ai vite fait le tour. Ils sont tous morts, à part Ulbricht…

Le vieil homme convint de l'évidence.

— Je travaillerai avec les éléments que vous pourrez me donner, monsieur le baron. Et s'il y en a peu, j'inventerai les autres.

— Ah oui ? s'étonna Herman.

— À partir de ces éléments factuels, personnages réels tirés de votre passé, à partir des relations que vous avez entretenues avec chacun d'eux, je vais écrire une fiction à l'intention de votre frère. Je vais l'inviter à la vivre, de l'intérieur, à en éprouver chaque seconde comme s'il s'agissait de sa vraie vie. Parce que la vie de votre frère, comme un train lancé à grande vitesse, va emprunter un embranchement, une bifurcation, une voie parallèle à celle qu'il connaît, pour dérouler une histoire inattendue, dont le dénouement est la vente du domaine, du château et de sa cave. Et l'effacement de vos dettes. Et, si j'ai bien compris, votre survie.

Attentif, buvant chacun des mots du Menteur, Herman s'était figé.

— Je comprends. Mais j'ai toujours été très solitaire, vous savez…

Alecto lui sourit de nouveau. Il baissa les yeux vers les deux feuilles où le baron avait noté, en tout, une petite quinzaine de noms.

— Ce n'est pas très grave. J'aimerais maintenant que vous relisiez ces deux pages minutieusement et que vous retiriez les noms de ceux que vous ne voulez pas voir impliqués dans cette affaire.

— Pourquoi d'autres gens y seraient-ils mêlés ? s'inquiéta Herman.

— Certaines personnes dont vous me donnez les noms aujourd'hui viendront à leur insu jouer un rôle dans l'histoire que je vais inventer... Vous aurez peut-être à cœur de ne pas impliquer certaines d'entre elles.

Herman parcourut la colonne de noms.

— Non. Personne.

— Parfait !

Alecto attrapa les feuillets et les rangea dans son dossier, avant d'extraire une liasse de feuilles blanches de l'autre, qu'il posa sur la table. Il sortit de la poche de sa veste un petit dictaphone numérique, qu'il alluma et plaça devant le baron.

— Je vous rassure, c'est la dernière partie de cet entretien.

— Ah... Que voulez-vous savoir ?

— J'aimerais que vous me racontiez votre vie.

— Ma vie ?

— J'ai collecté des éléments factuels de votre histoire, de votre enfance, de votre scolarité, de votre lignée même, depuis Lothar le Transi jusqu'à vos frasques avec cette jeune chanteuse argentine, Bianca Pirès.

— Nous ne sommes plus ensemble...

— Je sais. Mais ce qui m'intéresse, c'est votre vie, telle que vous la voyez. Personne n'a une vision véritablement objective de son existence. C'est pourquoi j'aimerais entendre votre version.

— Ma version de ma vie... Je ne vois pas quoi...

— Quels sont vos premiers souvenirs ?

Pendant près d'une heure, Herman raconta son enfance, les relations avec ses parents, son frère, la richesse familiale issue du vin, le poids de l'héritage, ses études ratées, puis la mort de ses parents et l'avènement d'un univers de liberté, de luxe, d'alcool et de débauche. Alecto trouva qu'il ne manquait pas de recul sur son parcours. Il prit des notes, interrompant le récit par instants pour poser une question, demander une précision.

— Voilà. Je crois que vous savez tout de moi.

— Et je vous en remercie. Cela facilitera grandement mon travail. J'ai une dernière question : y a-t-il des gens qui pourraient douter de la véracité de cette histoire ?

Herman fronça le sourcil.

— Qu'est-ce que vous voulez dire ? C'est ma vie, pas une histoire !

— Au moment où nous en raconterons une version différente, lorsque nous déploierons notre mensonge, est-ce que quelqu'un pourra me prouver qu'un détail est faux ? Nous devons veiller à supprimer tous les éléments qui pourraient nuire à l'issue positive de notre projet. Je vous le redemande donc : y a-t-il, à votre connaissance, quelqu'un qui pourrait invalider ce que vous venez de me raconter ?

— Tout est vrai, gronda le baron. Ceux qui mettraient ma parole en doute sont des menteurs.

— C'est ce que je voulais entendre, monsieur le baron. Je vous remercie de m'avoir accordé votre temps. Nous en avons terminé pour aujourd'hui.

— Pour aujourd'hui ? Il y aura d'autres rendez-vous comme celui-ci ?

— Comme celui-ci, non. Je dois vérifier vos propos, faire des recherches sur chacune des personnes que vous avez mentionnées, les lieux, les dates, puis commencer à écrire notre histoire, avant de la présenter à mon équipe. Nous nous reverrons une seule fois avant l'opération.

— Votre équipe ? Vous travaillez avec beaucoup de gens ?

Alecto sourit de nouveau.

— Permettez-moi à ce stade de ne pas m'étendre sur mes méthodes. Nous nous rencontrerons donc une dernière fois pour que vous puissiez compléter certains manques, trous ou blancs dans votre vie, que mes recherches pourraient révéler. Nous travaillerons ensuite à votre alibi.

— Un alibi ? Je ne comprends pas.

— Votre frère, notre cible, va vivre des événements qui l'amèneront à vendre. Vous ne devez en aucun cas y être lié. Ceci, pour éviter à terme tout litige entre vous. Si Ulbricht devait un jour se rendre compte que vous avez orchestré cette vente, vous en paieriez le prix fort… Vous n'avez pas caché votre souhait de voir le domaine vendu au plus vite. Les soupçons de complot, de cabale pèseront naturellement sur vous. C'est un passage nécessaire. Nous devrons donc nous assurer que vous êtes loin d'ici et très occupé avec des gens qui pourront en témoigner. Les soupçons de votre implication seront dès lors naturellement écartés.

— Je comprends.

— La prochaine fois que je vous appellerai, je vous fixerai un rendez-vous à Paris. Vous vous y présenterez avec un bagage minimum pour prendre l'avion vers une fête officielle, une cérémonie, une garden-party où vous serez invité par mes soins et où l'on vous verra. Je vous préviendrai quelques jours à l'avance pour que vous puissiez annoncer votre départ autour de vous. Je viendrai vous chercher, puis vous partirez. Loin. Lorsque vous serez à destination, sous le feu des photographes, je pourrai commencer à travailler ici. Est-ce que cela vous convient ?

— Oui… Bien sûr. Nous ferons comme vous l'entendez. Je n'ai pas le choix, de toute manière.

— Avez-vous d'autres questions ?

— Quand comptez-vous commencer… Je veux dire. Quand…

— Dès que tout sera en place, monsieur le baron. Vous me laissez peu de temps pour préparer cette opération. Je dois travailler dans l'urgence, ce que je déteste. Seul importe le résultat, vous en conviendrez. Je vous tiendrai au courant quand nous serons prêts.

Le vieil homme coupa son enregistreur et le rangea dans une petite sacoche noire où il enfourna ses dossiers. Puis il se leva. Le baron l'imita. Ils se serrèrent la main.

— À très bientôt, monsieur le baron. Oh ! Une dernière chose : j'ignore si vous avez eu le temps de prendre une chambre depuis votre arrivée en ville, mais vous pouvez profiter de cette suite. Elle est réservée à votre nom.

32

Maïté frappa à la porte du bureau et entra sans attendre de réponse, suivie de Neomie Sisti. Le baron, son mari, était toujours installé devant la cheminée, téléphone à la main. Accroupi face à lui et arrachant à son patron des grognements de sanglier, Titouan achevait de désinfecter et de bander sa jambe blessée. En tas, leurs armes, leurs parkas, leurs bonnets et leurs gants traînaient sur le tapis, trahissant la fébrilité de leur retour.

— Ne t'inquiète pas, lança sans détour à sa femme le baron agacé. C'est un accident. J'ai marché sur un piège. Avec cette neige on n'y voit rien…

Clairement alarmée, elle accourut auprès de lui pour examiner son pansement quand le baron darda sur Neomie Sisti un regard sombre.

— Et vous, qu'est-ce que vous faites encore là ?

— Voilà. Ça d'vrait faire l'affaire, monsieur le baron, en attendant le docteur demain à Rammstein, conclut Titouan en s'écartant pour laisser place à l'épouse effrayée.

— Merci, Titouan. Sans toi, cette histoire aurait viré au drame. Nous trouverons une explication concernant cette forme blanche, crois-moi sur parole. Pour l'instant, il faut empêcher la moindre intrusion. Tu vas refaire un tour et vérifier toutes les portes et fenêtres de cette aile. Je ne veux pas de mauvaises surprises. Et tu contrôleras aussi les accès à la cave.

— J'y vais tout de suite, monsieur le baron. Et… si je revois la forme ?

— Nous nous occuperons de ça demain, à la lumière du jour, avec l'aide des autres chasseurs.

— Les autres chasseurs ? s'étonna la baronne avec talent.

— Il y a une chasse organisée cette nuit ? s'étonna faussement Neomie.

Le baron soupira.

— J'ai recruté des gars de Rammstein il y a deux jours. Ils sont arrivés hier dans l'après-midi, en toute discrétion. Ces histoires d'intrusion… J'ai cru que c'étaient des animaux sauvages, au début. Un loup, un sanglier… Après, j'ai pensé à des cambrioleurs en repérage. Et maintenant, une forme blanche ! Alors j'ai engagé des renforts…

— Sans me prévenir ni en parler à personne ? Ni même à Titouan, le responsable de la sécurité du domaine ? Mais tu perds la tête, Ulbricht ! Et Afonso ? Il savait, lui ?

— Oui. C'est lui qui les a amenés là-bas, jusqu'au hangar, en contournant le château par le coteau est de la vigne…

— Et personne ne s'est aperçu de ton petit manège ! s'écria la baronne.

— Vous avez pas confiance en moi ? intervint le chasseur.

— Si, Titouan, si, bien sûr ! Mais dans ces cas-là, tout le monde est suspect, tu comprends ?

Le gardien opina à contrecœur. Il enfila sa parka, attrapa le reste de ses affaires et son fusil à lunette.

— J'vais vérifier les accès, monsieur le baron.

Il quitta la pièce, visiblement blessé.

Enfin seules avec Bougerol, Maïté et Chen tombèrent le masque.

— Comment va ta jambe ? demanda Chen.

— Ça va, j'ai eu peur que ce soit cassé, mais ça va.

— Justement ! intervint Maïté. Maintenant que Tisiphone a vu le groupe Action, tu crois qu'il marche toujours dans cette histoire de vin de glace ?

— J'espère… Le gars mérite quand même un Oscar, persifla le commissaire. Et une promotion : il m'a sciemment dirigé vers le piège pour détourner l'attention.

— Il a aperçu Megara près du hangar, expliqua Chen, et compris que vous alliez la surprendre. À ce moment-là, un loup l'a attaquée, alors il a fait d'une pierre deux coups. Il t'a neutralisé et il l'a sauvée. Enfin… jusqu'à ce que les Panzers débarquent ! Bon, il est temps de cracher les derniers morceaux, Bougerol. Toute cette opération est un piège pour capturer les Furies. OK. Tu fais venir une unité du groupe Action parce que tu penses qu'il va y avoir du grabuge, qu'Alecto et ses acolytes ne vont pas se laisser arrêter, et tu caches tes bourrins au fond du domaine jusqu'au moment où tu ordonnes l'interpellation, c'est ça ?

Bougerol lança un regard à Duval, qui opina en silence et, se dirigeant vers le bureau, en sortit un petit tas de feuilles colorées.

— À Paris, aujourd'hui à 13 h 35, enchaîna le commissaire, une autre unité du groupe Action a investi ton appartement, rue Viollet-le-Duc.

— Quoi ? Mais ça va pas, non ?

— Lorsque tu m'as appelé pour me prévenir du rendez-vous avec Alecto, j'étais ici. Je joue le rôle du baron depuis des semaines pour Tisiphone. Je ne pouvais donc pas venir en personne, mais sur place une équipe t'a prise en filature. Je voulais m'assurer que tu n'étais pas en danger.

— Sympa… Mais ça aurait été bien de prévenir.

— Ensuite, j'ai pensé qu'après trois mois d'attente, j'avais une chance d'approcher Alecto, peut-être même de l'accrocher et de le faire suivre dès le restaurant où vous deviez vous retrouver.

— Pourquoi ne pas l'arrêter au resto ?

— Toujours pour la même raison : arrêter une seule des Furies, c'est prendre le risque que les deux autres s'évanouissent dans la nature. Non. Nous les avions appâtés jusqu'à

Lieselshertz, ne restait qu'à te suivre, toi, puisqu'ils te suivent aussi ! Mais c'est là que tu as disparu...

— Alecto est venu me chercher en voiture, quasiment en bas de chez moi. Je n'ai pas vu tes gars...

— Oui, il nous a pris à contre-pied. Quand le chef du dispositif m'a appelé pour m'annoncer qu'ils t'avaient perdue, j'ai compris que tu étais en route... Enfin... J'ai croisé les doigts, espérant ne pas m'être planté. Parce que tu as disparu pendant près de six heures, jusqu'à ton arrivée au château. Tu ne m'en voudras donc pas d'avoir essayé de te retrouver.

— Et donc tu as envoyé une équipe de gros bras chez moi...

Maïté tendit les photos à Bougerol, en conserva une.

— Les gros bras comme tu dis, ne sont responsables que de l'état de ta porte. Pour info, la serrure avait été sabotée pour que personne ne puisse entrer.

Chen détailla les clichés de son appartement dévasté, ses murs graffités, ses vêtements en lambeaux. Elle n'était certes pas matérialiste et accordait aux choses autant d'importance qu'aux gens, c'était dire, mais il y avait là toutes ses affaires, tout le petit univers qu'elle s'était lentement fabriqué, son cocon, et quelqu'un avait pris plaisir à le passer à la déchiqueteuse. Elle serra les mâchoires.

— Mais pourquoi ?

— Parce que Yvonne Chen ne va pas bien du tout depuis la mort de son collègue Paul Starski. Dans un premier temps, elle est restée chez elle, ne sortant quasiment plus, en proie à une profonde dépression. Puis elle a été virée de la police, ce qui n'a rien arrangé. Mais, en secret, elle poursuit des chimères qu'elle appelle Furies...

— C'est ma légende à la DGSI que tu me racontes, là...

— Oui. Mais ce qui suit n'en fait pas partie.

Maïté lui tendit la dernière feuille. Il s'agissait encore d'une photo, certainement prise avec un téléphone. Elle représentait une lettre signée de sa main.

Je sais que les Furies sont au château de Lieselshertz.
Je pars les rejoindre pour les tuer jusqu'au dernier.
Alors je retrouverai la paix,
et Paul.

Yvonne

Chen se cabra.

— C'est quoi, cette connerie ?

— C'est ta lettre d'adieu ! Ou de suicide, comme tu veux. En tout cas, tu as laissé ça sur la table basse de ton salon, au milieu des cachetons et des M&M's. Tu as pété ton dernier câble, Yvonne. Tu as décidé d'en finir avec cette histoire et de régler leur compte aux Furies, quitte à y perdre la vie.

Chen relut la lettre, abasourdie. Bougerol enfonça le clou dans son futur cercueil.

— Tu vas mourir à Lieselshertz, Yvonne. Ici. Cette nuit. Alecto l'a écrit dans sa danse.

— Merde, souffla Chen.

— Alors, tu ne m'en voudras pas d'avoir appelé des renforts armés…

Sidérée, elle examina de nouveau les photos, puis la lettre. La mise en scène laissait croire qu'elle avait quitté son appartement en sachant qu'elle ne reviendrait jamais. Une terre brûlée. Pire, ses retrouvailles promises avec son ancien collègue étaient sans équivoque et lui glaçaient le sang.

— Bon… Je n'ai pas l'intention de me laisser trucider par qui que ce soit. Ceci étant clarifié, qu'est-ce que je peux faire pour l'empêcher ?

Le téléphone de Bougerol vibra dans sa main. Il regarda l'écran puis sa montre : il était 2 h 52.

— Tout va dépendre de ce que va m'apprendre ce coup de fil. Une équipe vient de rendre visite à Alecto dans sa chambre d'hôtel.

33

H – 02:34

Phase 14 – L'embuscade : stratégie d'un camp qui guette d'un lieu dissimulé le passage de son adversaire pour l'attaquer par surprise et le neutraliser.

Les brigadiers Marel et Lantier n'étaient pas mécontents d'avoir enfin quitté la barrière bloquant l'accès au château de Lieselshertz et retiré leur uniforme de gendarme. À 1 h 55, le coup de fil du commissaire Bougerol, chef de l'opération, les avait réassignés à une autre mission. Prudemment, ils avaient repris la route jusqu'à Rammstein, déserte et silencieuse à cette heure, endormie sous un linceul de neige. Ils avaient planté leur véhicule militaire en centre-ville et enfilé des tenues civiles. Puis, après avoir vérifié leurs armes et chambré une balle, ils s'étaient mis en marche vers l'hôtel.

Les portes vitrées restèrent fermées lorsqu'ils se présentèrent à l'entrée du Petit-Saint-Dié. Comme il n'y avait personne à la réception, Marel appuya sur l'interphone et plaça son visage devant la caméra. À la deuxième sonnerie, une jeune femme arriva en trottinant, déverrouilla les portes depuis l'accueil et les reçut dans la chaleur du hall.

— Bonsoir, messieurs. Vous désirez une chambre ?

Lantier posa sa carte de police devant elle.

— Bonsoir. Police judiciaire, madame. Nous sommes à la recherche d'un homme qui, d'après nos informations, serait descendu aujourd'hui dans votre établissement. Une soixantaine d'années, petit, râblé, les cheveux blancs, et une cicatrice en travers du visage.

Il dessina d'un doigt la balafre verticale sur son propre profil, ce qui fit grimacer la jeune femme.

— Ah... Je fais la nuit. Je ne vois pas les clients qui arrivent pendant la journée. Mais si vous avez son nom, peut-être... Comment s'appelle-t-il ?

Les deux flics se regardèrent.

— Il a certainement utilisé une fausse identité, répondit Marel. Avez-vous un monsieur Thomas dans l'hôtel ? Alex Thomas ?

— Je vais vérifier, dit la jeune femme. Attendez...

Elle attrapa le registre de l'établissement et parcourut du doigt une colonne de noms.

— Alex Thomas ! Tout à fait. Il est arrivé en fin d'après-midi. Chambre 5. Voulez-vous que je le prévienne ?

Penaude, elle comprit l'incongruité de sa question. Si l'homme était un criminel recherché, il n'était peut-être pas bienvenu de l'avertir de la présence de deux policiers.

— Nous allons nous en charger, ponctua Lantier. Est-ce que les chambres adjacentes sont occupées ? Est-ce qu'elles communiquent avec la 5 ?

La réceptionniste parut perplexe. Elle examina son registre, puis un plan de l'hôtel et leur indiqua que non.

— Très bien. Pouvez-vous nous donner un double de la clé ?

— Oui, bien sûr. Enfin... Nous utilisons des cartes magnétiques. Je vous en fais une tout de suite.

À pas feutrés, les deux flics grimpèrent l'escalier jusqu'au premier étage et débouchèrent dans un long couloir étroit. Ils sortirent leurs armes, gagnèrent la chambre 5 et se placèrent de chaque côté de la porte. D'un geste du menton, Marel indiqua à Lantier d'ouvrir. La serrure électronique grésilla et Marel poussa la porte, son automatique devant lui. La lumière du couloir éclairait suffisamment pour qu'il décide d'avancer. Derrière lui, Lantier entra à son tour et enfonça la carte dans le boîtier d'alimentation, avant de presser l'interrupteur et de rejoindre son binôme.

Les deux hommes se retrouvèrent face à un grand lit deux places défait, où quelqu'un avait visiblement dormi. À la hâte, ils fouillèrent la salle de bains et les toilettes. Il n'y avait personne. Mais des affaires attestaient l'occupation de la chambre, une trousse de toilette sur le lavabo, une serviette au sol, une valise dans la penderie, des vestes et des chemises suspendues aux cintres. Quelqu'un s'était installé et projetait de revenir.

— Putain, regarde ça ! s'écria Marel.

Lantier s'approcha. Sur la console où reposait un large écran de télévision, son collègue désignait un enchevêtrement de fils, de pinces métalliques, deux téléphones jetables et un cube plastifié. Lantier se pencha.

— C'est du C-4, avec son détonateur. Il y a là de quoi fabriquer une belle petite bombe. Thomas a son atelier du petit artificier. Il faut prévenir Bougerol.

— Et ça, c'est quoi ? reprit Marel.

Une feuille à proximité portait une liste d'informations numérotées, inscrites en colonnes.

— J'en sais rien, rétorqua Lantier. Bon, je refouille tout. Toi, tu appelles Bougerol.

Marel tira son téléphone.

— Marel, commissaire. Alecto n'est pas là, mais il y a ses affaires, il va revenir. Il y a une caméra de surveillance à l'accueil. On va regarder les vidéos pour savoir quand il est sorti. Surtout, on a trouvé un pain de C-4 dans sa chambre et deux portables jetables. Oui, d'après ce que je sais, soit en minuterie soit en détonateur à distance, les deux sont possibles. Bien, commissaire. Il y a une liste bizarre aussi. Je vous envoie une photo.

— Eh ! lança Lantier en ouvrant sur le lit une fine mallette métallique noire.

Un fond de mousse anthracite était percé de six emplacements creux dont quatre étaient vides.

— Commissaire, reprit Marel, on vient de trouver deux autres pains de C-4. Dans une mallette qui en contenait six… Je ne sais pas. Pas ici, en tout cas, il n'y en a que trois. On va refouiller, mais… Bien, commissaire. On attend son retour, jusqu'à nouvel ordre.

34

Dans le petit hangar, le capitaine Afonso DaCosta se tenait face à Louven et à ses hommes. Ils formaient un cercle autour du poêle qui chauffait à peine. Des fils de brume s'échappaient des bouches, mais personne n'y prêtait plus attention.

— On ne pouvait pas savoir, capitaine, répétait le commandant du groupe Action. On a entendu un coup de feu en provenance du château. Celui du dîner était prévu, mais pas celui-là, alors on a cru qu'il se passait quelque chose. Vous vouliez qu'on fasse quoi ? D'un côté, on doit faire profil bas et se terrer dans cette cabane de tôle en attendant le signal, de l'autre, on doit quand même intervenir en cas de coup dur. Et un coup de feu, ça y ressemble drôlement, non ?

Ses hommes approuvèrent. Leur chef de groupe avait raison.

— J'ai bien compris, commandant, rétorqua DaCosta. Les choses ne se sont pas complètement passées comme nous le pensions. C'est pour cette raison que je viens mettre les pendules à l'heure : pas de sortie. Vous recevrez vos ordres par téléphone. De toute manière, c'est imminent. Il commencera à faire jour dans environ cinq heures. Avec un peu de chance, l'opération se terminera avant. Par un succès, nous l'espérons.

Personne ne commenta cette dernière phrase. DaCosta précisa sa pensée.

— Quoi qu'il arrive, nous arrêterons deux de ces tueurs cette nuit. Le succès, c'est d'en choper trois, le moment venu.

C'est une question de timing. Attendez les ordres de Bougerol, exécutez-les et tout se passera bien.

Sans un mot de plus, il se détourna et quitta le hangar, rejoignant l'obscurité et la neige qui continuait de tomber, moins brutalement que lors de sa première sortie, quelques heures plus tôt. DaCosta était décidé à en avoir le cœur net sur cette histoire de fantôme. Il alluma sa torche et, plutôt que de contourner la vigne par la droite et de longer l'hôtellerie pour rentrer, ce qui aurait été le trajet le plus court vers le château, partit vers le lac par le chemin qui serpentait entre la vigne et la forêt. Les flocons blanchissaient sa tête et ses manches. Il s'arrêta à l'orée des arbres, une centaine de mètres plus loin, là où, d'après lui, était apparue la forme blanche. Il inspecta le sol et retrouva les traces enneigées de ses pas. C'est là qu'il s'était tenu. C'est là qu'était apparu le fantôme.

DaCosta élargit le cercle de ses recherches. Côté vigne, il ne trouva aucune empreinte dans la neige immaculée. Les filets verts qui protégeaient les grappes des oiseaux étaient intacts. Le capitaine grogna et poursuivit son inspection. Côté forêt, il ne découvrit qu'un tapis blanc parsemé de brindilles, de glands et de feuilles. Manifestement, personne n'avait posé le pied dans la poudreuse depuis bien longtemps. Le capitaine refusait pourtant d'en démordre. Il avait vu quelque chose ici, dans ce périmètre. Cette chose n'avait pas laissé de traces, mais les fantômes n'existaient pas.

Alourdi par la neige, un gland tomba devant lui. DaCosta le regarda un moment avant de lever enfin sa lampe, en se demandant s'il était possible que la forme blanche soit passée par les arbres, de branche en branche. Un singe des glaces, un Tarzan grelottant. Son imagination l'emmenait bien loin de son enquête…

Il allait abandonner lorsqu'il aperçut, à trois mètres du sol, un petit paquet blanc, fixé sous la branche d'un arbre. Il se hissa avec peine sur le tronc glissant pour détacher ce qui ressemblait à un boîtier électronique dans une coque en plastique.

En l'examinant, DaCosta identifia un vidéoprojecteur dans lequel étaient fichées une carte mémoire d'un côté, une carte Wi-Fi de l'autre. Réveillé à distance, le fantôme, créature de lumière, était projeté sur un tronc voisin par ce petit engin. L'illusion était astucieuse et les avait pris de court, les amenant à traquer dans la neige, loin des habitations, une forme immatérielle. À jouer le jeu des Furies en faisant mine de croire au revenant vengeur, ils s'étaient fait promener aux quatre coins du domaine.

DaCosta hésita un instant. Puis il estima que le fantôme avait suffisamment vécu, fourra le boîtier dans sa poche et rentra au château, emportant le petit boîtier et le spectre qui y était enfermé.

35

H – 02:09

Bougerol raccrocha, l'air grave. La commandante Duval et Yvonne Chen le dévisageaient en se demandant quelle catastrophe il allait leur annoncer.

— L'équipe que j'ai envoyée au Petit-Saint-Dié selon tes indications, Yvonne, a trouvé une chambre vide... Il y a ses affaires, mais Alecto n'est pas là.

Yvonne fronça les sourcils.

— Tu as envoyé tes gars arrêter Alecto dans son lit ? Je croyais que tu voulais les coffrer tous les trois ensemble...

— En même temps, mais pas forcément au même endroit. L'occasion était trop belle : Alecto dans son lit, Megara et Tisiphone au château ! Il fallait tenter. C'est raté. Plus inquiétant : Marel et Lantier ont trouvé des explosifs, du C-4 avec des téléphones. Il a l'intention de faire sauter quelque chose, mais quoi ?

Chen se figea soudain.

— Alecto a évoqué l'explosion d'une bombe, pendant le trajet. Mais il m'a assuré qu'il ne ferait rien sauter...

— Il a menti, visiblement, commenta Duval.

— Est-ce qu'il a pu donner ce C-4 à Megara ? demanda Chen. Elle l'aurait transporté dans sa voiture jusqu'ici et transmis à Tisiphone...

Les deux flics se regardèrent, soucieux. Le portable de Bougerol couina. Il l'ignora.

— Le geek, le technicien, l'artificier, l'informaticien, c'est plutôt Alecto, reprit-il. C'est lui qui gère les connexions Internet au site de chasse, les piratages, les lunettes hi-tech... Mais j'imagine qu'au Mossad, Tisiphone a dû apprendre à poser un pain de plastic...

— Ils auraient piégé les lieux ? suggéra tout haut la commandante. Ça n'a pas de sens, puisqu'ils doivent pousser le baron à vendre, comme le demande leur supposé commanditaire. Il ne tirera rien d'un champ de ruines !

— C'est peut-être seulement une assurance, proposa Bougerol. Il mine le terrain. Si sa danse tourne court, Alecto fait tout péter. Leur bombe est peut-être juste là, sous nos pieds.

Ils se turent un instant, envisageant le pire, imaginant la bombe, l'inexorable compte à rebours à l'écran du téléphone branché au pain de C-4. Ou l'appel soudain qui détruirait tout...

— Le meilleur endroit, c'est quand même la cuve de fioul de la cave, proposa Chen.

— Tu es descendue au sous-sol ? s'indigna Bougerol en se tournant vers la commandante. Je croyais qu'on surveillait tout le site !

— On était aveugles durant près d'une heure, je te le rappelle... pendant que tu te promenais dans les vignes avec Tisiphone.

Un silence pénible s'imposa dans la pièce. Chacun semblait prendre conscience que l'opération Apollon partait en eau de boudin, mais personne ne voulait l'avouer le premier. Il avait fallu tant de temps, tant de moyens, tant d'énergie et tant d'imagination pour construire cette nasse. Chen se proposa de suggérer leur échec avec tact et empathie :

— Ça part complètement en jazz, votre truc.

Bougerol regarda sa montre. Il était bientôt 3 heures. Il soupira et, contre toute attente, changea son fusil d'épaule.

— Tu as raison. Il n'est plus l'heure de jouer au baron et au château fort. Ça suffit. Yvonne, il faut que tu fasses le maximum pour attirer Alecto jusqu'ici, soit en l'appelant toi-même, soit en passant par les deux autres. Dis-lui que tu es blessée, que Megara a disparu, ce que tu veux ! S'il doit venir de Rammstein, il en a au moins pour une heure. Je veux qu'on l'ait attrapé avant le lever du soleil. Qu'on les ait attrapés tous les trois ! Au pire, je veux connaître sa localisation. Peut-être qu'il est déjà loin… En tout cas, aucun de mes agents ne mourra cette nuit, surtout pas toi, Yvonne. Alors, on s'y met. Et on chope ce tueur, où qu'il se trouve !

— Je vais demander à Afonso d'aller inspecter la cuve de fioul. Au moins, on saura à quoi s'attendre, annonça Duval en sortant son téléphone.

— Je vais rejoindre Megara. Je ne peux pas promettre que ça marchera, mais… je fais le maximum, agréa Chen, sa parka sous le bras.

— Nous comptons tous sur toi, Yvonne. Je ne veux ni explosion ni bain de sang. Personne ne mourra cette nuit, répéta-t-il. Attends…

Il tenta de se lever, mais la douleur le foudroya.

— Maïté, s'il te plaît. Dans le tiroir de mon bureau, tout en bas.

La baronne contourna le meuble et ouvrit le tiroir. Après un temps d'arrêt et un regard à Bougerol, elle revint et tendit un pistolet automatique à Chen.

— Prends-le, Yvonne, crissa le commissaire. Et surtout, n'hésite pas à t'en servir si tu te sens en danger. On sait à qui on a affaire. Si je dois rapporter à Paris un body-bag, je préfère qu'il y ait une Furie dedans plutôt qu'un de mes agents…

Chen approuva de la tête, rangea l'arme à sa ceinture et quitta la pièce.

Les deux officiers de la DGSI se retrouvèrent seuls. Bougerol saisit son téléphone et découvrit la photo prise à l'hôtel dans la chambre d'Alecto.

Phase 1 – Le ban
Phase 2 – L'invitation
Phase 3 – La réponse
Phase 4 – Le festin de bienvenue
Phase 5 – La lice
Phase 6 – Les couleurs
Phase 7 – Les hommages
Phase 8 – La reine du tournoi
Phase 9 – Le cri de guerre
Phase 10 – La mêlée ouverte
Phase 11 – Le tour des heaumes
Phase 12 – La retraite
Phase 13 – La tribune
Phase 14 – L'embuscade
Phase 15 – La percée
Phase 16 – Le choix du héros
Phase 17 – La sortie
Phase 18 – Le duel final
Phase 19 – La clôture du tournoi
Phase 20 – Le banquet d'adieu

— Qu'est-ce que c'est que cette liste ? On dirait des instructions à suivre, mais… Tu comprends quelque chose, Maïté ?

La commandante jeta un coup d'œil à la colonne de phases.

— Oui, les étapes d'un plan ou… d'un tournoi, non ? Bon, on n'en tirera rien ce soir, de toute façon. Et si bombe il y a, je préfère que ce soit ça notre priorité. Qu'est-ce que tu décides ? Plan B ?

— Pas encore, trancha le commissaire. On lui laisse une chance de faire venir Alecto. Je pense qu'elle a définitivement basculé maintenant. La lettre qu'on a trouvée à son appartement a produit son effet. Elle était blême.

— J'ai vu. Tu as été parfait ! « Personne ne mourra cette nuit, surtout pas toi ! » Un peu mièvre peut-être, mais efficace.

C'est une impulsive. Elle voudra se venger de cette trahison des Furies. Je dois dire que j'ai été surprise qu'elle ne mette pas en doute l'authenticité de cette lettre. Comme si elle s'attendait à un coup bas de leur part, à une déloyauté…

— Alecto est le Menteur. Tu le croirais, toi ?

— Ce n'est pas moi qu'il souhaite recruter, contra la commandante Duval. En l'envoyant ici avec les deux autres, il voulait la tester. Il va être servi ! Il n'y a plus qu'à croiser les doigts pour que Chen joue jusqu'au bout son rôle d'appât, et qu'Alecto tienne suffisamment à elle pour venir la sauver. C'est presque attendrissant.

Elle marqua une pause, hésitant à continuer, puis se lança :

— En revanche, lui donner une arme ne me paraît pas être une bonne idée. Elle est chargée ?

— Évidemment. Comme tu l'as dit, elle est impulsive et se sent trahie. Si on l'a suffisamment retournée, avec un peu de chance, ce sera elle qui collera une balle dans la tête d'Alecto, dès qu'elle le verra. Et les deux autres l'abattront ! On n'aura plus qu'à finir le travail, en quelque sorte.

Bougerol regarda sa montre. Il était 3 heures.

— C'est l'affaire de quelques heures. Quoi qu'il se passe à partir de maintenant, plan A ou plan B, on sait qu'aucun d'eux ne repartira du château.

36

24 novembre, Levallois-Perret, siège de la DGSI, 11 h 15
Quarante-deux jours plus tôt

Lorsque Bougerol, Duval et Valmy se présentèrent au bureau du directeur général Grimaldi, la secrétaire les invita à entrer en les priant d'être discrets, parce qu'il était en ligne. Debout devant la fenêtre, un poing sur la hanche, Grimaldi se tourna vers eux, l'index levé pour indiquer qu'il en avait pour une minute. Dans la lumière des hautes baies vitrées, il marmonnait une approbation à intervalles réguliers sans jamais prononcer un véritable mot. C'en était presque risible. On aurait pu croire que l'homme était muet et tentait de dire quelque chose. En réalité, en bon petit soldat, il recevait des instructions.

— Très bien, monsieur, je m'en occupe personnellement et vous tiendrai informé de toute évolution du dossier. Bonsoir, monsieur.

Il raccrocha et revint à son bureau.

— Commissaire Bougerol, qu'avez-vous pensé de ce briefing ? lança-t-il à brûle-pourpoint.

— Les différents services s'articulent bien. À entendre leurs questions, les tenants et les aboutissants de l'affaire ne les passionnent pas vraiment. Ils ont une approche très pragmatique de l'opération et s'intéressent aux détails techniques, au site, au relief, à la technologie déployée. Ils sont pressés d'être sur le terrain. Ils ont des ordres et y obéissent.

— Tant mieux. Obéir aux ordres, c'est tout ce qu'on attend d'eux... Je ne vais pas y aller par quatre chemins : comme vous me l'avez demandé, commissaire, j'ai obtenu l'habilitation « Très Secret » pour la commandante Duval. Je crois qu'il est temps de lui révéler toute l'amplitude de l'opération Apollon, ainsi qu'au major, qui disposait déjà de l'habilitation.

Duval et Valmy se tournèrent vers Bougerol avec un étonnement évident. Grimaldi, qui n'avait pas l'intention de faire traîner les choses ni de prendre des pincettes, se lança :

— Vous souvenez-vous de l'affaire Pierre Claudel ?

— L'avocat qui a été assassiné ? Il défendait cet assassin pédophile... Pontaulion, se remémora le major. Toute la presse parlait de cette affaire il y a... deux ou trois ans, je crois.

— Rodolphe n'était pas encore avec nous, monsieur le directeur général, expliqua Duval, mais on a sérieusement pensé à l'époque que les Furies étaient impliquées dans la mort de Claudel... sans pouvoir le prouver, comme dans d'autres.

Grimaldi approuva.

— Claudel était l'avocat d'Henri Pontaulion, le tueur d'enfants. Quand le procès s'ouvre à Lyon, il a déjà reçu de nombreuses menaces lui ordonnant de lâcher son client, sous peine de payer le prix de son entêtement. On imagine, à l'époque, que ces menaces émanent de l'extrême-droite et des partisans de la peine de mort. Le 5 mars 2018, en plein jour, Claudel est renversé par une camionnette qui prend la fuite. D'après les témoins, il ne s'agit pas d'un accident. Le conducteur n'est jamais retrouvé. Une marche blanche est organisée trois jours plus tard à la mémoire de ce pénaliste défenseur des droits de l'homme qui, par ailleurs, était en passe d'attaquer l'État pour des exactions militaires en Algérie pendant la guerre, dont il disait détenir des preuves susceptibles d'impliquer des cibles au plus haut niveau de l'État et du Sénat.

Se demandant où menait la démonstration, Duval et Valmy restèrent silencieux. Bougerol chassa une poussière sur la manche de son costume en soupirant.

— Peut-être connaissez-vous mieux l'affaire Birzaian ?

Devant les dénégations polies de Valmy, Grimaldi poursuivit :

— À la fin des années 1990, Marcel Birzaian, grossiste en textile à Bordeaux, prend le pari d'utiliser l'impression numérique pour produire des motifs inédits sur des lés de tissu. Il commence par des petites séries puis développe son industrie. Au début des années 2000, il est à la tête d'un empire qui fournit tout le Maghreb. En 2015, il conquiert le Moyen-Orient, l'Europe de l'Est et une partie de l'Afrique noire. Birzaian est un homme très influent et très riche. À chacun de ses voyages, on l'accueille en ami, en frère. Il a déjà délocalisé nombre de ses usines et entrepôts dans ces zones du globe et ne craint désormais que les Chinois. Dans la nuit du 5 septembre 2017, ivre, il se noie dans la Gironde. Un accident presque banal, un fait divers pour ce presque milliardaire qui, en secret, armait des milices indépendantistes hostiles à la France dans plusieurs pays d'Afrique.

— Je n'ai pas étudié ces affaires en détail, faute de temps, intervint le major Valmy, mais il s'agirait dans les deux cas de danses des Furies ?

Grimaldi acquiesça.

— Absolument. Une hypothèse établie par le commissaire Bougerol, notre spécialiste ès-Furies à la DGSI ! Il pourrait vous en parler des heures, pour avoir étudié minutieusement chacun de ses dossiers. Cela dit, nous n'avons pas de preuves tangibles.

Il marqua une pause. Bougerol sembla retenir sa respiration.

— Pourtant, je vous le confirme : les Furies ont bien orchestré ces deux assassinats.

Perplexes, Duval et Valmy se lancèrent un regard, attendant une explication.

— Comment pouvez-vous en être sûr ?

— C'est très simple : j'en étais le commanditaire.

Le silence qui suivit illustra le malaise ambiant. Grimaldi sourit.

— Ne nous faisons pas plus naïfs que nous ne le sommes. Vous êtes à la DGSI. La sécurité intérieure. Mais qu'est-ce que ça veut dire ? Je peux vous répondre, c'est dans notre brochure et sur notre site Internet. Nous avons « pour compétence de lutter, sur le territoire français, contre toutes les activités susceptibles de constituer une atteinte aux intérêts fondamentaux de la nation : subversion, extrémisme violent, espionnage et terrorisme ». Armer des milices terroristes et indépendantistes dans des pays amis nuit aux intérêts fondamentaux de la nation. Révéler des informations secrètes pouvant déstabiliser l'État, c'est de la subversion. Notre mission à la DGSI est de garantir la sécurité sur notre sol, de protéger nos citoyens et de préserver nos institutions. Malheureusement, notre activité doit rester secrète. Si nous travaillons bien, personne ne se rend compte de ce que nous faisons, et tout le monde peut dormir sur ses deux oreilles. Imaginez si, demain, on apprenait dans les journaux que la police abat des terroristes ! Pas d'arrestation, pas de procès, une exécution sommaire… Ah, ça jaserait, c'est sûr. On serait quelques-uns à pointer au chômage. Au tribunal, d'abord, puis au chômage.

Valmy parut apprécier l'idée de ces exécutions sommaires, mais se garda de donner son opinion. Grimaldi s'en aperçut.

— De toute manière, le Far West, ce n'est pas ce que nous voulons, n'est-ce pas ?

— Alors pour préserver les intérêts de la nation, vous envoyez les Furies… reprit Duval. Vous sous-traitez, pour ainsi dire…

Grimaldi gloussa.

— Le terme est assez mal choisi, mais c'est exact. Nous avons eu recours aux services d'Alecto dans des cas urgents où la sécurité intérieure était en péril, à la veille de révélations dangereuses ou d'une transaction financière qui nous aurait affaiblis et exposés à des attaques meurtrières. Face à la menace, nous n'hésitons pas, commandante Duval. Nous n'en avons pas le droit.

— Alors, pourquoi couper le lien aujourd'hui ? Les Furies peuvent encore être utiles, non ? suggéra Valmy.

Grimaldi garda le silence, attendant la réaction de Duval.

— Effectivement, Alecto travaille pour l'argent. Nous aurions pu continuer à employer ses onéreux services... Mais avec ce que sait le Menteur aujourd'hui, c'est lui qui est devenu une menace pour la sécurité intérieure et la nation, comprit-elle.

— Je ne l'aurai pas mieux dit, agréa Grimaldi.

— Vous croyez qu'il pourrait balancer ? douta Duval. Ou utiliser ce qu'il a appris pour...

— Ce que nous croyons n'a aucune importance, interrompit Bougerol. Notre mission est d'anticiper le danger, et, je le répète, de « lutter, sur le territoire français, contre toutes les activités susceptibles de constituer une atteinte aux intérêts fondamentaux de la nation ». Alecto est dangereux à cause de ce qu'il sait, à cause de ce qu'il fait, à cause de ce qu'il a été et de ce qu'il est. Plus ennuyeux, il est totalement indépendant et incontrôlable. Nous n'avons aucune emprise sur lui. Et il organise des danses qui peuvent parfois aller à l'encontre de nos intérêts. Pour parler d'une affaire récente, l'affaire Talense, nous avions plus à gagner sous la direction de Talense père et Vankleber que sous celle de la fille, Chloé de Talense. Alecto prend des libertés qui peuvent donc nous nuire. Et vous imaginez bien qu'on ne peut le présenter devant aucun tribunal, parce que ce qu'il pourrait raconter nous exposerait...

— L'opération Apollon a comme objectif l'assassinat des Furies, encaissa Duval.

— Est-ce que ça vous pose un problème, commandante ? s'enquit Grimaldi. Il est encore temps de demander votre mutation. Je vous l'obtiendrai dans l'heure !

— Non, non... Je comprends.

— Enfin... C'est le boulot du service Action... précisa Bougerol comme pour alléger son fardeau.

— De les abattre, j'ai compris. C'est juste que...

— Moi non plus, je ne suis pas entré dans la police pour ça, Maïté. Mais on a choisi une voie, celle du Renseignement. On sait ce que personne ne sait, et on agit avant la catastrophe pour que personne ne sache jamais à quel merdier on a échappé. C'est ça, notre boulot. Et en le faisant, on se salit. On se salit pour que tout le monde continue de dormir la nuit.

Valmy, impavide, hochait la tête.

Un silence s'installa dans le bureau puisque, sensiblement, tout avait été dit.

— Et Chen ? s'enquit Duval en se tournant vers Bougerol. Ton atout infiltré. Chen que tu as manipulée, à qui tu as menti, à qui tu fais croire depuis trois mois qu'elle est maintenant un agent de la DGSI. Qu'est-ce qui est prévu pour elle ?

Constatant le mutisme gêné de son subalterne, Grimaldi intervint pour répondre :

— Yvonne Chen a été témoin de toute l'opération. D'abord, en tant qu'officier de la Crim, elle a mis en évidence l'existence des Furies. Nous avons alors fait tout ce que nous pouvions pour la discréditer et protéger nos… sous-traitants. Mais elle s'est entêtée… Avec mon accord, nous l'avons donc utilisée comme appât, puisque Alecto semble l'apprécier. Elle sait que la DGSI va piéger les Furies. C'est elle qui le fera venir au château. Elle comprendra bien assez tôt qu'il n'y aura pas d'arrestations à Lieselshertz, mais une exécution en règle. On ne peut pas la laisser relater ça à qui que ce soit, évidemment.

— À force de côtoyer les Furies, elle en a accepté les codes et s'est compromise… commenta Valmy pour aller dans le sens du directeur général.

Un silence funèbre revint, annonçant à Bougerol qu'il devait conclure. Alors, la tête basse, la voix grave, il se lança :

— J'en suis bien désolé. Mais au terme de l'opération Apollon, au château de Lieselshertz, en même temps que les Furies, Yvonne Chen devra mourir.

III

LA MORT D'YVONNE CHEN

37

H – 02:03

Phase 15 – La percée : épreuve au cours de laquelle les concurrents d'un camp doivent rejoindre un point défini malgré l'opposition de l'autre camp.

En quittant le bureau de Bougerol, Yvonne Chen retrouva la pénombre ocre et le silence glacial du couloir. Si Alecto avait décidé de sa mort, elle était déterminée à tirer les vers du nez de Megara et de Tisiphone, et à faire venir leur chef en personne ici, au château. À quoi rimait tout ce jeu, après tout ? De son propre aveu, le Menteur l'avait invitée à le rencontrer à Morguélen. Il lui avait proposé de participer à cette danse, il lui offrait même une place au sein de son équipe. Tout cela n'était-il qu'un écran de fumée ? Avait-il compris que quelqu'un attirait les Furies dans un piège au sommet de cette montagne glacée et la croyait-il complice de cette embuscade ? Il pensait peut-être qu'elle l'avait trahi. Dans le long couloir sombre, Chen peinait à dompter les questions qui l'agitaient.

La présence du groupe Action attisait cette confusion. Si Bougerol avait invité l'infanterie lourde de la DGSI, c'est qu'il redoutait l'imminente fusillade qui allait avoir lieu au château. Maintenant, on parlait aussi d'explosion et de « bain de sang ». À y réfléchir, Chen se disait que Bougerol lui avait menti, tout du moins caché la vérité, certainement autant qu'Alecto. Et si le commissaire avait joué cartes sur table avec elle, il était temps de connaître la version du Menteur.

À l'embranchement, elle bifurqua à gauche vers la chambre de Megara. Elle avait vu sur l'un des écrans la jeune femme endormie dans son lit. Hors de danger, elle devait récupérer de sa chute dans l'eau glaciale, puis de son malaise dans la cour du château. Mais Chen voulait entendre de la bouche de celle qu'elle venait de sauver du froid que le plan d'Alecto était de lui coller une balle au plus tôt. Megara lui devait bien ça.

Elle s'approchait de la porte lorsque Tisiphone apparut au bout du couloir et s'avança vers elle, toujours emmitouflé dans sa parka, son fusil à lunette en bandoulière. Chen s'arrêta devant la porte de Megara.

— Attendez, madame Sisti, lança-t-il.

Il la rejoignit, se planta devant elle et regarda sa montre.

— Vous n'avez pas le droit d'être là, vous devriez être dans votre chambre.

Chen le dévisagea. Il n'était plus l'heure des faux-semblants et des masques. Pourtant Tisiphone s'y astreignait envers et contre tout. Elle comprit alors qu'il savait que l'endroit était sous surveillance vidéo, sans doute depuis le début. Il regarda de nouveau sa montre et reprit plus bas dans un chuchotement en désignant la porte d'Yvonne comme pour l'y escorter.

— Encore trente secondes.

Trente secondes avant quoi ? À quel compte à rebours pouvait-il faire allusion ? Les yeux d'Yvonne s'écarquillèrent malgré elle. Mais elle joua le jeu en protestant avec force gesticulations tout en s'avançant vers sa chambre.

— Je suis l'invitée du baron. Et vous me traitez comme une prisonnière. D'accord, je retourne dans ma chambre. Mais dès demain, je me plaindrai à votre patron. Et vous…

Titouan regarda de nouveau sa montre et l'interrompit :

— C'est bon. Viens.

Il la tira par le bras et l'entraîna vers l'escalier. Chen se dégagea.

— Holà ! Tout doux, Bijou. Il se passe quoi, là ?

— Le réseau de caméras est coupé. Nous sommes invisibles pour vingt minutes. Il faut que je te montre quelque chose.

— Ah oui ? Les pains de C-4 ? La cuve de fioul, peut-être ?

Tisiphone sourit.

— Tu veux comprendre ce qui se passe ici ? Tout ce qui se passe ici ? Viens avec moi, maintenant !

Chen hésita.

— Et Megara ? Elle reste là ?

— Elle va bien, ne t'inquiète pas.

Elle lui emboîta enfin le pas. Ils descendirent l'escalier à la hâte, couverts de leurs épaisses parkas, traversèrent la salle des banquets puis l'entrée avant de sortir dans la cour blanche. Ils avaient presque oublié l'intensité du froid qui les agressa, tous crocs dehors. La neige avait cessé et la température devait avoisiner les -10 °C. Sans un mot, tournant le dos aux vignes, Tisiphone longea la façade sur la gauche en direction du porche d'entrée. Chen le suivit, et s'étonna de franchir l'arche pour quitter le château et déboucher sur la route. Les projecteurs continuaient d'asperger la muraille d'une teinte orangée.

— Mais tu m'emmènes où, exactement ? tempêta Chen.

— On y est presque.

Ils contournèrent la muraille et, marchant à travers buissons et ronces, longèrent bientôt par l'extérieur l'aile de l'hôtellerie abandonnée. Les volets en étaient tirés, certains barrés à l'aide de planches. En contrebas s'étendait la forêt, fouillis de branchages empoudrés sur une pente douce. Plus loin, sur le coteau est et sous la nuit, s'étalait la vigne assoupie.

— À partir d'ici, tu vas mettre tes pas dans les miens, d'accord ? Tu restes bien contre le mur.

Elle acquiesça tandis que Tisiphone éclairait le sol. Il n'y avait pas de chemin, mais il savait manifestement où il posait les pieds sur cette langue de terre étroite et enneigée surplombant le vide.

— Je voulais te dire… lâcha-t-il soudain.

Ce n'est qu'à ce moment que Chen se rendit compte qu'il l'avait entraînée à l'écart, à l'extérieur du château, à l'aplomb des fortifications, et qu'elle l'avait suivi aux abords de cette forêt touffue et gelée. Elle se dit que s'il l'abattait maintenant, il n'aurait plus qu'à laisser rouler son corps jusqu'en bas et qu'on ne la découvrirait pas avant longtemps. La mort, ça vous cueille sans crier gare, c'est comme ça.

— Je voulais te dire merci pour Megara.

Chen se figea, prise à contre-pied. Il s'expliqua :

— Je me suis retrouvé bloqué avec le baron et ses chasseurs… Je n'ai pas pu la protéger. Elle serait morte sans toi. Alors… merci. Et je suis désolé pour ton partenaire. Vraiment. Viens.

Il n'attendit pas de réaction ni de réponse. C'était le premier échange sincère qu'elle avait avec Tisiphone depuis que, sous les traits du beau Thibault, par un soir d'octobre, il l'avait droguée et déposée près du corps de Paul Starski qu'il venait de tuer par erreur… Visiblement, Tisiphone était homme de peu de mots. Chen restait cependant sidérée de cette soudaine déclaration.

S'enfonçant tout à coup dans un joufflu buisson, il l'entraîna auprès d'une petite trappe métallique à même le sol, qu'une couche de terre, de mousse et de neige occultait l'instant d'avant. Il se baissa et l'ouvrit dans un grincement. Un escalier menait à un sous-sol.

— Viens. C'est le seul accès à cette partie du château. Il y a encore soixante ans, on passait le bois de chauffe par ici. Il était remonté directement de la forêt en dessous. Et puis il y a eu le charbon livré en camion par la cour, puis le fioul, alors ils ont condamné cet accès.

Il éclaira les marches.

— Mais comment tu peux être sûr que les autres ne viennent pas aussi ici, les occupants du château, leurs employés ? Par la vigne, par exemple ?

Il sourit.

— Parce que c'est sur ce côté du château que j'ai posé le plus de pièges à loup, confessa-t-il, cynique. Et tu les as plutôt bien évités. Allez, vas-y !

Sans un mot de plus, Chen descendit les marches vers ce sous-sol glacé qui avait tout d'un tombeau. Derrière elle, Tisiphone replaça la trappe et la rejoignit.

— Mets ta main sur mon épaule, lui dit-il.

Ils traversèrent la cave voûtée et humide en terre battue avant de reprendre un escalier, puis un autre. Chen avait du mal à se repérer, distinguant à peine les murs, les meubles alentour, un couloir, des tables de restaurant entassées, des chaises renversées, des sommiers métalliques. Dans ce fourbi obscur, ses pieds butaient contre des obstacles invisibles qui complotaient à sa chute. Au premier étage, Tisiphone s'immobilisa devant une porte, frappa et entra.

La lumière tamisée et ocre d'une lampe-tempête sur une table irradiait faiblement, permettant de discerner les grands traits de la pièce. Des bâches opaques bouchaient les ouvertures. Dans le fond reposait un lit de fortune, comme si quelqu'un vivait là. Un radiateur électrique s'épuisait à chauffer l'endroit. Assis à la table devant un ordinateur portable, Alecto, d'ordinaire élégant dans son costume gris clair et sa chemise blanche rayée par une cravate rouge entortillée, avait revêtu un lourd manteau de laine noire, une écharpe et un bonnet. Il sourit à Yvonne et se leva dès qu'il la vit pour l'accueillir avec une joie visible. Il nota sa mine décontenancée.

— Ravi de vous retrouver, Yvonne !

— Vous êtes là depuis longtemps ? demanda-t-elle sèchement.

— Depuis aussi longtemps que vous, à peu près. J'ai bien cru que vous alliez me repérer et me percer à jour quand vous vous êtes arrêtée sur le bas-côté.

— C'était vous, les phares ? J'ai pensé que c'étaient les gendarmes ou Megara.

— Megara les occupait le temps que je me faufile. Je voulais m'installer au château au plus vite pour participer à cette danse, moi aussi. Évidemment, j'ai dû laisser ma voiture à l'extérieur, un peu plus bas sur le bord de la route. Surtout, je redoutais de recevoir une visite inattendue dans ma chambre d'hôtel.

Chen pâlit. Alecto lui sourit.

— Je vous montre ?

D'un doigt, il fit pivoter son ordinateur. Une vidéo défilait à l'écran. Le son s'échappa d'une grosse paire d'enceintes posées près de la fenêtre. On y voyait deux hommes en civil qui fouillaient une chambre, des flingues à la main. Ils exprimaient leur déception de ne pas trouver l'occupant dans son lit. Alecto coupa avant la fin.

— Je pense qu'ils ne m'auraient laissé aucune chance, commenta-t-il. Vous les reconnaissez ?

Chen se pencha pour mieux distinguer leurs visages.

— Non ? reprit le vieil homme. Megara identifierait facilement les deux gendarmes qui lui ont porté secours quand son véhicule s'est faussement enlisé.

Chen le dévisagea, effondrée et furieuse à la fois.

— Vous saviez ? Vous saviez depuis le début ?

— Que nous foncions dans un piège tête baissée ? Non, pas depuis le début. Au départ, j'ai été intrigué. D'abord, j'ai reçu une proposition de contrat concernant un chef étoilé dont la table est installée dans un petit village de Bourgogne. Toujours soucieux de joindre l'utile à l'agréable et amateur de bonne chère, je me suis intéressé à cette danse de près. Puis quelqu'un d'autre a posté sur le site de chasse une nouvelle offre, à propos d'un vin de glace extrêmement rare produit dans un château des Vosges… Je connais peu le vin de glace, c'était encore une occasion de gourmet. C'est alors que j'ai reçu une troisième invitation, une grande chasse suivie d'un banquet. Il y avait visiblement quelque part un dieu bienveillant qui voulait me faire plaisir. Et sans tuer personne ! Pas de patron à faire disparaître au profit de son second, pas de patriarche à liquider pour arranger un héritier pressé, pas de concurrent à supprimer… Non, on me proposait de passer à table ! Alors j'ai creusé. J'ai vérifié les IP de ces commanditaires et, manifestement, on trouvait bien de vraies gens derrière ces adresses. J'ai examiné les histoires qu'ils me servaient, pesant l'intérêt de chacun, jaugeant les sommes investies, cherchant la faille. Mais tout semblait carré à chaque fois. Il y avait ce détail commun, toutefois : personne ne devait mourir. C'était curieux. Surtout parce que je commence à bien connaître le genre humain. Plus amusant, ça me rappelait quelqu'un…

Chen serra les mâchoires. La démonstration à charge d'Alecto tournait au vinaigre. Tisiphone s'était placé devant la porte derrière elle. Elle se demandait s'il avait sorti une arme de poing équipée d'un silencieux. Comme pour Starski. Elle repensa à l'arme qu'elle avait à sa ceinture, sous sa parka. C'était peut-être là sa seule issue, si elle pouvait l'atteindre.

Indifférent, Alecto continuait son exposé.

— Ces contrats avaient aussi en commun le paramètre temporel. Dans ces différentes danses, je devais agir vite. Je n'avais que quelques semaines. Le baron avait des dettes colossales et un caïd quelque part le menaçait de mort à court terme, le chef étoilé s'apprêtait à ouvrir une autre table sur la Côte d'Azur et devait être discrédité. Dans chaque cas, ce travail en urgence m'interdisait de vérifier toutes les infos, de recouper les sources, ce qui mettait en danger la danse elle-même… et les Furies. Alors, j'ai étudié les lieux et là, j'ai compris qu'il y avait un loup, si vous me passez l'expression malvenue. Tous les contrats se déroulaient sur des sites reculés, isolés, souvent difficilement accessibles. Des huis clos. Des nasses. Et s'il n'y avait aucune île, c'était sans aucune doute parce que celui qui était à l'œuvre savait que je venais d'en quitter une. Celui qui était à l'œuvre. L'idée a vite tourné à l'obsession ; quelqu'un était en train de tendre un piège aux Furies. Évidemment, je devais en avoir le cœur net, et le contrer ! Mais pour cela, il fallait que j'aille jusqu'au bout.

— Alors vous avez accepté le contrat, déduisit Chen. Pour rencontrer le commanditaire.

— Tout à fait. J'ai demandé à rencontrer les deux commanditaires, celui qui voulait faire tomber le chef étoilé et l'autre, qui souhaitait obliger son frère à vendre son château et son domaine. C'est Herman Mayer qui a répondu. Je n'ai eu aucune nouvelle du premier. Celui qui était à l'œuvre ne pouvait pas monter deux opérations parallèles, évidemment. Ne me restait qu'à rencontrer le baron. L'affaire a été rapidement négociée et conclue. Quatre millions d'euros ont été virés sur un compte secret. Les types en face avaient les moyens... Ça rendait la chasse encore plus attrayante !

— Sauf que vous avez décidé de ne pas chasser la cible qu'on vous désignait, mais celui qui vous engageait. Vous avez accepté de vous jeter dans la gueule du loup pour savoir qui était le loup. Sérieusement ?

— Pas tout à fait. J'y reviendrai. Le baron était très convaincant, surtout après son virement. J'avais beau chercher des failles, vérifier ses dires, tout était bétonné. Ça sentait la DGSE, mes anciens collègues, ou la DGSI. Peut-être un service de renseignement étranger. Et je n'arrivais pas à comprendre ce qu'ils voulaient, ni pourquoi ni comment... Ça m'a un peu agacé, je ne vous le cache pas ! Il ne me restait pas mille et une manières d'obtenir ces informations, sinon en demandant directement à l'intéressé, Herman Mayer, le commanditaire. Ça s'est passé à notre troisième rendez-vous.

38

4 janvier, 9 h 58

Dans le bureau de la division R à la DGSI, les techniciens du capitaine Freiberg avaient disposé en ligne, sur une table dédiée, une quinzaine de portables. Quatorze, précisément. Chacun était affublé d'une petite étiquette colorée où un nom avait été inscrit. Le bleu pour la famille, le vert pour les amis, le rouge pour les intimes, le jaune pour les relations d'affaires. Il y avait là autant de téléphones qu'Herman, incarné par le major Valmy, avait pu noter de noms dans les listes d'Alecto. Si ce dernier décidait tout à coup d'éprouver la véracité de l'histoire du baron en contactant un ami ou un associé, c'était l'un de ces portables qui devait sonner, et l'un des techniciens de la division R qui prendrait l'appel. Valmy bien sûr gardait sur lui le portable d'Herman en toute occasion, attendant le coup de fil promis par le Menteur. Mais, durant les cinq semaines qui avaient suivi la rencontre à l'Hôtel de Crillon entre Herman et Alecto, aucun des portables n'avait sonné. On en avait déduit que Valmy avait été convaincant.

Le 1er janvier à 10 heures, le téléphone d'Herman s'était allumé dans un tintinnabulement de clochettes. Le major étant au bureau, les techniciens n'avaient pas eu de difficultés à lancer l'enregistrement de la conversation et une tentative de localisation du Menteur. Pourtant, la communication avait tourné court. Le vieil homme affable avait présenté ses vœux, avant de donner rendez-vous au baron Herman dans la chambre 55 du Crillon, qu'il avait une nouvelle fois réservée à son nom pour la nuit du 3 au 4 janvier, l'invitant à n'emporter qu'un minimum de bagages pour son voyage à venir. Il avait ensuite promis de le retrouver le matin du 4 à 10 heures et lui avait souhaité une bonne journée. À la mine qu'avait affichée le capitaine Freiberg, on avait compris que l'appel avait été trop court et que le chef des Furies s'était évanoui.

Herman avait évidemment obéi à la lettre. Le 4 janvier, à 9 h 55, il était assis à la table de sa chambre, près de la fenêtre, escomptant que le Menteur viendrait bientôt frapper à sa porte. Peut-être n'était-il pas si loin, dans la chambre d'en face, ou au bar de l'hôtel. À 9 h 58, son téléphone sonna. Il décrocha avec empressement et reconnut aussitôt la voix grave et chaleureuse d'Alecto.

— Bonjour, monsieur le baron. Je vous prie de descendre avec votre bagage. Je vous attends devant la porte principale.

Herman s'exécuta. En sortant de l'hôtel, débouchant sur la place de la Concorde, il repéra immédiatement la Mercedes sombre du vieil homme. Le coffre s'ouvrit automatiquement à son approche. Il y rangea sa valise et s'installa sur le siège passager. La berline démarra sans délai.

— Où allons-nous, monsieur Thomas ?

— Un jet privé vous attend au Bourget. Vous partez au carnaval de Gualeguaychú en Argentine, le plus grand du continent après Rio ! Vous arriverez ce soir vers minuit. Une voiture vous emmènera dans un palace local. Tout est réservé et payé d'avance. Une fois que vous serez sur place, mon équipe pourra se mettre au travail dans les Vosges.

— Gual... L'Argentine, c'est une bonne idée... Il n'y avait pas plus près ?

Alecto le dévisagea.

— Monsieur le baron, il ne s'agit pas tant de vacances que de votre alibi. Plus vous serez loin, mieux ce sera. Et puis vous y connaissez des chanteuses, je crois... Rendre une petite visite à Bianca Pirès sera un excellent moyen de vous faire remarquer sur place, par la presse people notamment.

— Bianca ? Mais nous ne sommes… Oui, bien sûr, je comprends.

— Je dois m'arrêter à une agence de voyages pour prendre votre dossier de vol. Il me faudrait votre passeport pour le finaliser, afin que vous n'ayez pas à passer par les contrôles. Ensuite nous filons au Bourget. Jet, champagne, déjeuner, dîner. En un rien de temps, vous serez dans la fête argentine ! La nuit va être longue.

— Oui, c'est bien, répondit Herman, laconique.

Vingt minutes plus tard, Alecto se garait devant une agence de voyages et y entrait avec le passeport du baron. Celui-ci en profita pour sortir son portable.

— Bon, je pars en Argentine, commissaire. Bah, je n'ai pas trop le choix si je ne veux pas cramer l'opération. Un jet au Bourget, vers midi, je crois. Il y a bien treize, quatorze heures de vol, d'après ce qu'il dit. Je vous tiens au courant. Oui, dès que j'atterris. Là ? Une agence de voyages pour enregistrer mon numéro de passeport. Je ne sais pas, mais… Même si je reviens dans une trentaine d'heures, je pense que tout sera fini. Oui, à vous aussi, commissaire ! Bon courage à tous.

Il raccrocha et rangea promptement son téléphone.

Alex Thomas ne rejoignit pourtant l'habitacle qu'une dizaine de minutes plus tard. Il tendit au baron une enveloppe kraft et se remit au volant.

— Tenez, tout est à l'intérieur. Et plus. Regardez le billet.

Circonspect, presque inquiet, Herman inspecta l'enveloppe et en sortit des documents divers qu'il commença à parcourir. Il y avait là une quinzaine de feuillets colorés, cartonnés, brochures et publicités, et certainement le billet quelque part. Il ressentit une douleur à la cuisse et poussa un petit cri, et abaissa l'éventail de documents pour voir Alecto lui sourire, une seringue à la main. La tête lui tourna soudain, à mesure que ses forces le quittaient, alourdissant son corps, l'enfonçant inexorablement dans le siège et les ténèbres. Il entendit au loin la voix chaleureuse du Menteur :

— La nuit va être longue, mon ami, très longue…

*

Une goutte de sueur roula sur l'arête de son nez et le tira du sommeil. Valmy peina à émerger, son corps et son esprit encore engourdis. Il vit sous lui un sol de béton. Il entendit le vacarme lointain d'une machine. Surtout, la chaleur du lieu était suffocante, insoutenable. Il tenta de bouger, se rendit compte qu'il était attaché, ses mains et ses pieds entravés aux barreaux d'une chaise métallique. Ses vêtements trempés et brûlants lui collaient à la peau. Il pencha la tête et découvrit qu'il se trouvait dans l'allée d'une grande usine. Des bacs en acier verts l'entouraient. Alors, il vit Alecto. À quelques mètres de lui, assis sur une chaise similaire, en bras de chemise, il lisait le journal, se passant par instants un mouchoir sur le visage. Le vieil homme surprit le regard de son prisonnier.

— Réveillé, Herman ?

— On est où ? coassa le baron.

— Nous sommes dans un centre de recyclage du verre, près de Paris. Vous avez déjà visité un lieu pareil ?

— Qu'est-ce que vous voulez, Thomas ?

— Oh ! je vous en prie, appelez-moi Alecto ! Attendez, je lance mon chronomètre et je vous explique…

Il appuya sur le bouton de sa montre, qui émit un petit bip.

— Imaginez une usine tout en longueur. Le verre collecté est apporté tout au bout, là-bas, dans la première partie. On sépare manuellement le verre des capsules, bouchons, et autres couvercles, et on passe ce qu'on garde dans un grand broyeur pour le réduire en un gravier de verre appelé « calcin »… C'est le martèlement qu'on entend.

— Vous voulez une rançon, c'est ça ? souffla Herman qui s'accrochait à son masque.

— C'est très pro ce que vous faites, Herman, ou quel que soit votre nom, le congratula le vieil homme. Mais concentrez-vous. Ce qui nous intéresse, c'est ce qui se passe ici, dans cette partie de l'usine. Cette chaleur infernale… Le calcin est fondu à une température de 1 400 °C ! Vous vous rendez compte ? 1 400 °C il vaut mieux ne pas y plonger le doigt ! Pour vous donner une idée, la roche fond à 1 500 °C, l'acier à 1 450 °C, l'inox à 1 400 °C. Mais une question me taraude : vous, Herman, vous fondez à combien ?

Valmy ferma les yeux. Alecto pouvait le faire disparaître ici et maintenant sans qu'on ne retrouve jamais aucune trace de lui. Pire, le major avait communiqué à ses supérieurs assez d'informations sur son supposé départ vers l'Argentine pour qu'on ne s'inquiète pas de son silence ces quatorze prochaines heures. Personne avant demain ne chercherait à traquer le véhicule dans lequel il était monté en sortant de l'hôtel. Il s'était lui-même abandonné à la merci du Menteur et s'en voulait amèrement. Il ne voyait qu'une issue : jouer son rôle.

Un employé en combinaison de travail traversa soudain l'allée à une vingtaine de mètres d'eux. Valmy sentit renaître l'espoir. Il le héla avec la frénésie du condamné.

— Au secours ! Je vous en supplie, il va me tuer ! Appelez la police !

L'homme s'approcha du four, vérifia quelques cadrans, en tourna un. Puis, portant deux doigts à son casque, il salua Alecto et disparut entre les machines.

— Au secours ! À l'aide ! répéta le faux baron, incrédule et horrifié de voir l'employé ignorer sa détresse.

Alecto attendit qu'il s'épuise et abandonne toute espérance.

— Quand on paye bien les gens, ils font bien leur travail. Ça se vérifie souvent… Mais reprenons. En ce moment même, Herman, je sais exactement ce qui se passe dans votre tête. Vous vous dites que votre seule chance de ne pas aller barboter dans le verre en fusion, c'est de vous accrocher à votre légende, comme on vous l'a répété en formation, parce qu'à l'instant où le masque tombera et où vous aurez vidé votre sac, vous n'aurez plus rien à monnayer. Et vous mourrez. Voilà le scénario qui tourne en boucle dans votre caboche, Herman. Alors, vous vous entêtez, ce qui est très humain, en espérant que je vais finir par croire à votre histoire, à ce que vous prétendez être, que je vais suffisamment douter de votre identité pour renoncer à vous tuer. Est-ce que je me trompe ?

— Vous êtes fou ! Je suis le baron Herman Mayer de Lieselshertz ! Vous le savez, je vous ai raconté toute ma vie. Qui connaîtrait dans ses moindres détails la vie d'un autre ? Vous me prenez pour quelqu'un que je ne suis pas !

Alecto sourit.

— Manifestement, je ne me trompe pas ! Là où *vous*, vous faites une erreur en revanche, c'est sur le fait que je renoncerai à vous tuer si vous êtes bien le baron Herman. Je vous ai drogué, amené ici, j'ai payé ces gens, je peux faire disparaître votre corps à tout jamais. Pourquoi prendrais-je le risque de vous relâcher ? Non, vraiment, si vous êtes véritablement le baron, dans…

Alecto inspecta sa montre.

— … six minutes, vous serez dans cette cuve. Si, par ailleurs, vous comptez m'apitoyer, vous commettez une autre erreur. Je suis Alecto l'Implacable. J'ai tué à ce jour de mes mains sur les cinq continents quatre-vingt-neuf personnes. Je le fais, et je le fais bien, parce que moi aussi on me paye bien.

— C'est mon frère qui vous envoie, c'est ça ? Vous jouez sur les deux tableaux ?

— Pas mal, agréa le Menteur. Exploitation de la légende pour coller au personnage… C'est un peu tardif. Il serait temps de vous remémorer votre formation RTI, et peut-être vos coxages et vos stages commandos, et de passer à la deuxième phase de votre résistance aux techniques d'interrogatoires en cas de capture. Le contre-aveu : « Vous avez raison, je ne suis pas le baron, je suis… le mari jaloux de sa maîtresse, l'homme de main de son créancier… » Je vous laisse choisir ! Non ?

Herman garda le silence, secouant la tête en dénégation.

— Je connais ces techniques par cœur, monsieur le baron. Elles ont surtout l'avantage pour le soldat capturé de gagner du temps. Je les ai éprouvées et affinées sur des gens bien plus entraînés que vous. Et en leur faisant subir bien pire, croyez-moi ! J'en suis devenu un théoricien. Le cycle est toujours le même : le choc de la capture, la résistance à l'interrogatoire et l'épuisement qui amène le prisonnier à craquer. Effectivement, tout cela prend beaucoup de temps et...

Il essuya son visage et regarda sa montre.

— ... je n'en ai pas, pas plus que pour vous faire souffrir le martyre, vous torturer, vous couper des bouts... Vous voulez passer les quatre dernières minutes qu'il vous reste à vivre à me convaincre que vous êtes le baron ? Parfait ! De mon côté, je vous promets que, dans quatre minutes, le baron Herman sera balancé dans la pâte de verre liquide et qu'il ne quittera cette usine que sous forme de bouteilles et de bocaux.

Il marqua une nouvelle pause.

— Mais je peux vous proposer une autre option, la seule qui vous permettra de sortir d'ici vivant. Je n'ai que ma parole d'honneur pour la garantir, malheureusement, mais à mon âge, et avec toutes ces années de service, c'est tout ce qu'il me reste, l'honneur ! Figurez-vous que je me suis engagé récemment auprès de quelqu'un qui m'est cher à limiter les victimes de mes danses. Et je pense que je peux me dispenser de votre exécution. Il me semble même que je gagnerai du crédit, de la respectabilité aux yeux de cette personne si vous restez en vie.

— Je ne comprends rien à ce que vous racontez. Qu'est-ce que vous attendez de moi à la fin ?

— Vous allez me dire qui vous êtes. Vous allez me dire qui est derrière cette histoire de frères barons. Enfin, vous allez me dire ce qui m'attend au château de Lieselshertz.

Valmy transpirait à grosses gouttes. Au loin, le broyeur indifférent pulsait au rythme de son cœur. Il regarda Alecto dans les yeux, jaugeant la sincérité de ce vieil homme qui lui souriait, tout en se refusant à trahir les siens et sa mission. Il se demandait comment il pouvait gagner du temps, alors qu'Alecto lui assurait qu'il n'en avait pas. Le major avait lu le dossier du Menteur avec une certaine admiration. Il n'en éprouvait que davantage maintenant qu'il le voyait travailler. L'ancien agent de la DGSE savait que Valmy s'accrocherait à sa légende jusqu'au bout, comme un naufragé à son radeau. Alors, il avait condamné le baron. C'était imparable. Une fois déjà par le passé, lors d'une infiltration, Valmy s'était retrouvé attaché sur une chaise à la merci d'un boss de cartel complètement *psycho*. Sa mort lui avait paru imminente. Il n'avait dû son salut qu'à l'intervention...

Un petit bip résonna dans la montre d'Alecto, qui terrifia Valmy. Le chef des Furies se baissa et ramassa sa sacoche noire dont il sortit un ordinateur portable. Il en tapota le clavier un instant puis tourna l'écran vers le major, dont la bouche se tordit d'effroi : il était assis dans la Mercedes d'Alecto et appelait Bougerol pour lui apprendre qu'il partait en Argentine. Comment avait-il pu être si bête ? Téléphoner dans la voiture du Menteur... C'était fini. Alecto savait depuis le début et lui avait lentement retourné le cerveau.

Le major releva la tête et l'observa en se demandant quelle suite le Menteur allait donner à cet interrogatoire. Debout, impassible, Alecto le regardait. Pendant la vidéo, il s'était levé, avait saisi sa veste grise et l'avait enfilée. Il plia son journal et le rangea dans la poche latérale au moment où deux employés en combinaison apparurent et se dirigèrent vers Valmy, leur foulée au rythme funèbre du broyeur. Alors, Alecto boutonna sa veste.

— Adieu, Herman ! lança le vieil homme en s'éloignant.

39

H – 00:55

Phase 16 – Le choix du héros : chaque dame se choisit un héros, chaque héros se choisit une dame. Le héros dédie son combat à cette dame.

Dans la pénombre de la chambre, le radiateur électrique émit un grincement métallique très inquiétant qui fit sursauter Chen. Alecto la planta au milieu de la pièce pour se diriger vers une porte latérale.

— Attendez, ça se termine là ? Je veux dire… vous lui avez fait quoi à ce pauvre gars ? Eh, oh, je vous parle ! Vous ne l'avez quand même pas jeté dans la cuve de verre fondu ?

Alecto ouvrit la porte et, d'un signe de la tête, invita Chen à le rejoindre. Elle s'avança et découvrit un homme endormi, étendu sur un lit en bois, sous une épaisse couette. Il était bâillonné et menotté à la tête de lit. Un plateau-repas traînait à proximité d'un pot de chambre. Elle s'approcha et dévisagea l'inconnu.

— C'est lui ? C'est Herman ?

— Oui, celui qui a joué son rôle, en tout cas. Il est sédaté. Il a une petite mine parce qu'il a longtemps dormi. Il faut reconnaître qu'il a beaucoup voyagé… dans mon coffre.

Chen en resta bouche bée.

— Vous parlez bien du coffre de la Mercedes avec laquelle nous avons fait le trajet jusqu'ici ? Vous disiez qu'il était plein de matériel ! C'était lui, le matériel ?

Alecto lui sourit.

— Le commanditaire dans le coffre de ma voiture. Vous voyez, j'apprends moi-même beaucoup à votre contact !

Le vieil homme regarda sa montre.

— Il ne va plus tarder à se réveiller. Il a un rôle à jouer dans la suite du programme.

Chen n'en croyait pas ses yeux, hésitant entre ahurissement et indignation.

— Je devine ce que vous allez me dire, reprit le chef des Furies. Mais il est vivant, non ? Vous voyez que je tiens parole, Yvonne.

— Vous avez un vrai problème, vous le savez ?

Alecto referma la porte et rejoignit son ordinateur.

— Un « vrai problème » ? Oui, sûrement… En tout cas, le major Valmy – c'est son véritable nom – m'a raconté une histoire terrifiante, celle d'un piège monté par la DGSI pour arrêter les Furies, une nasse au sommet d'une montagne, deux frères qui se querellent l'un pour vendre le domaine, l'autre pour conserver le château. Vous connaissez la suite.

— Et vous m'avez resservi cette histoire de barons en me faisant croire que je participais à ma première danse, mon premier test…

— Oui, Yvonne, comme la DGSI vous a infiltrée dans les Furies pour leur opération Apollon.

Chen encaissa le coup. Alecto ne lui laissa pas le temps de se défendre et enchaîna :

— Au centre de recyclage, Valmy m'a confirmé ce que je savais déjà, en m'apportant les détails manquants. Dès le deuxième rendez-vous avec le baron Herman, j'avais compris que quelque chose clochait. Dans cette chambre du Crillon, il s'est montré très fort pour me raconter sa vie, j'en ai été admiratif. Presque du par cœur ! Mais le pauvre était quasiment incapable de me donner les noms de ses amis, de ses associés… À peine une quinzaine ! C'est un exercice redoutable, vous savez, noter sur une feuille les noms des gens qu'on a croisés dans sa vie, les classer par genres, puis évaluer notre affection pour eux. Ceux à qui je l'impose ne voient même pas qu'il s'agit d'un interrogatoire en règle ! Ceux qui mentent s'y embourbent en quelques minutes, comme le major Valmy. À ce stade, évidemment, j'avais hâte de savoir qui avait intérêt à attirer les Furies dans cet endroit isolé et pourquoi. Alors, j'ai envoyé Tisiphone sur le terrain dès le mois de décembre. Il connaît parfaitement ces missions d'infiltration. C'est… « son truc », comme vous dites !

— Il s'est fait engager au château comme garde-chasse après l'arrestation de son prédécesseur, se souvint Chen.

— Une sombre affaire de trafic de stupéfiants, confirma Alecto. Jean-Claude Bazek a été interpellé avec deux kilos d'héroïne dans son coffre de voiture, cargaison placée là par Tisiphone qui s'est empressé d'appeler la police parce que c'est un bon citoyen.

Impavide, debout devant la porte, Tisiphone agréa de la tête.

— Rassurez-vous, Yvonne. Comme tous ceux qui ont habité au château à partir de décembre, ce Jean-Claude Bazek était un agent de la DGSI. Une semaine plus tard, Tisiphone devenait le nouveau gardien du domaine à la plus grande joie, j'imagine, du commissaire Bougerol, qui venait de faire entrer la première Furie dans son piège. Ne lui restait qu'à attendre les autres !

— Vous connaissez Bougerol… souffla Chen sans qu'on sache s'il s'agissait d'une question ou de l'expression de sa consternation.

Valmy avait clairement tout balancé. L'opération Apollon était un fiasco.

Alecto éclata de rire.

— Je ne le connais pas, non. Mais vous, le connaissez-vous ?

À son tour, elle ignora la question.

— Mais si vous saviez… pourquoi ? Pourquoi m'avoir contactée ? Pourquoi revenir me chercher ? Vous pouviez disparaître et tout était terminé.

— Terminé ? Non, Yvonne. Pour deux raisons. La première, c'est que ceux qui nous traquent, en l'occurrence les agents de la DGSI, ont pour mission de nous supprimer pour de bon et qu'ils nous traqueront jusqu'au bout, ici ou ailleurs, pour protéger des gens au plus haut niveau qui ont eu besoin de nos services et doivent maintenant nous faire taire de peur qu'on ne les incrimine un jour. Nous devons les affronter afin de ne pas être obligés de les fuir le restant de notre vie. Il vaut mieux choisir d'avoir son adversaire devant soi que d'être surpris de le trouver dans son dos. Cette première raison ne vous concerne pas…

— Qu'est-ce que vous voulez dire ? C'est quoi la deuxième ?

— La deuxième, Yvonne, c'est que, cette nuit, un tournoi est en cours au château de Lieselshertz. Comme au temps jadis, à l'époque de Rigobert et Lothar, deux nobles chevaliers s'affrontent pour le cœur de leur belle : vous !

— Vous êtes un grand malade, Alecto…

Il sourit et attrapa une feuille sur sa table, qu'il lui tendit. Chen examina la colonne des vingt phases de la danse en cours.

— « Le ban », « la lice », « la reine du tournoi »… Les vingt phases d'une danse des Furies…

— Oui ! exulta le Menteur. Elle a commencé à l'instant où je vous ai appelée, hier matin. Le ban : l'annonce du tournoi, juste avant l'invitation au tournoi, quand vous êtes montée dans ma voiture.

— Vous m'avez assuré qu'il n'y avait pas de phases pour cette danse…

— Pas tout à fait. Je vous ai dit qu'il n'y en avait pas *pour vous*, et que vous alliez devoir improviser… ce que vous avez fait à merveille jusqu'ici, d'ailleurs. Malheureusement, tout a une fin. Vous ne pouvez pas continuer à jouer dans les deux camps. Vous allez devoir choisir : c'est la deuxième raison de notre présence ici, Yvonne. Cette danse des Furies n'a pas été écrite pour Bougerol et ses clowns de la DGSI. Elle a été conçue pour vous.

— Pour moi ?

— Je ne suis pas Lothar, rassurez-vous. Je n'ai pas l'intention de vous enlever !

— Je sais. Vous avez l'intention de me tuer. Bougerol m'a montré le message que vous avez laissé chez moi, ma lettre de suicide. C'est bien vous qui l'avez écrite, non ?

— La lettre ! exulta Alecto. Tout à fait ! C'est bien moi qui l'ai écrite et Megara qui l'a déposée chez vous, sur la table basse, après avoir ravagé votre appartement. Mais il y a méprise sur le sens. Je vous avais prévenue, ce n'est pas un secret : Yvonne Chen doit mourir, évidemment. Tout comme le colonel Oswald Spatz, Kim Stuart et Yoni Attia sont morts pour devenir Alecto, Megara et Tisiphone, Yvonne Chen doit mourir pour devenir Némésis.

Il marqua un silence pour la laisser digérer l'information.

— C'est une mort symbolique, Yvonne. Tout comme vous êtes symboliquement devenue, le temps d'une danse, Neomie, la « nouvelle moi », cette chrysalide attendant de se changer en papillon. Némésis. Ce que je vous propose depuis plusieurs mois, c'est une nouvelle vie. Contrairement à Bougerol…

La fin de la phrase la percuta de plein fouet.

— Qu'est-ce que vous voulez dire, Alecto ?

— Tisiphone a passé ces dernières semaines entre ces murs. Vous pensez vraiment qu'il a usé tout ce temps à surveiller les vignes, à les préserver d'intrus imaginaires et de fantômes qui n'existent pas davantage ?

Elle se tourna vers Tisiphone et l'interrogea du regard.

— Je n'ai pas réussi à hacker leur réseau de caméras, qui est très bien protégé. Alors, je l'ai vérolé et j'ai mis en place le nôtre, confirma-t-il.

— Des petites caméras-boutons de la taille d'une balle de ping-pong, s'égaya Alecto. On en a une dizaine : la cour, la salle des banquets, le bureau du baron, vos chambres... D'un côté, nous avons une visibilité sur les sites importants du château, de l'autre, la possibilité d'induire des pannes sur leur réseau.

— Ils étaient en panique, à l'étage... confirma Chen.

— J'imagine bien. Nous devenons invisibles chaque fois ! Mais ce n'est pas ce qui nous intéresse maintenant. Nous évoquions les vrais desseins de Bougerol et de son opération Apollon... Vous ne le savez peut-être pas, mais dans la mythologie, Apollon neutralise les Furies. Valmy me l'a confirmé, même s'il n'avait pas vraiment le choix : leur opération Apollon a pour objectif l'exécution sommaire des Furies, cette nuit, au château.

Chen les dévisagea l'un puis l'autre, incrédule. La police n'assassine pas les gens, pas même le Renseignement, les services secrets... Alecto mentait.

— L'exécution sommaire des quatre Furies, précisa-t-il.

— Quoi ? Moi aussi ? Jamais Bougerol ne ferait ça. Je suis un agent infiltré. Vous êtes un menteur !

— Je suis *le* Menteur, corrigea-t-il, piqué au vif, et quand je mens, je le fais professionnellement.

D'un doigt, il lança une nouvelle vidéo. À l'écran, Chen discutait avec Maïté et Bougerol dans le bureau de ce dernier. Maïté fit le tour du bureau et lui donna un flingue.

— Vous saviez que j'avais une arme ? Et vous n'avez rien fait pour me l'enlever ?

Alecto lui sourit.

— Écoutez ! C'est maintenant !

Alors Chen se tut et les enceintes dévidèrent la conversation qu'avaient eue Bougerol et son adjointe après son départ, les mensonges sur sa fonction à la DGSI, le rôle d'appât jetable que lui avait assigné un commissaire pragmatique et froid, leur espoir qu'elle abatte elle-même les Furies parce que impulsive, incontrôlable, et sa mort enfin, parce qu'elle en savait trop. Quelle trahison... Elle y avait tant cru.

La vidéo s'acheva.

— Et ce Bougerol, alors ? Vous ne trouvez pas maintenant qu'il a aussi un « vrai problème » ? lança Alecto à la face de Chen.

Les larmes lui montèrent aux yeux, elle les réprima avec force et colère. Parce qu'on ne montre pas ses émotions, c'est indécent. Alecto s'en aperçut. Désemparé, penaud, il se leva et la rejoignit. Il posa les mains sur ses bras.

— Je suis désolé, Yvonne. Rien n'est votre faute. Vous avez été manipulée par ce commissaire.

— Et vous ? Vous ne m'avez pas manipulée, vraiment ? souffla-t-elle avec rage.

— J'ai toujours dit la même chose : je souhaite que vous travailliez avec moi. Je n'ai jamais changé d'avis. Et toute cette danse, avec ses faux barons, sa fausse cave à vin, ses vieux tournois, n'avait pour but que d'exposer les mensonges qu'on vous sert depuis… que je m'intéresse à vous. Je suis peut-être le seul responsable de ce qui vous arrive, Yvonne, je le concède. En espérant vous recruter, j'ai fait de vous mon talon d'Achille, et c'est là qu'ils ont frappé. Et parce que vous en savez aujourd'hui beaucoup trop, ils n'auront de cesse de vous traquer pour vous abattre, comme nous… Alors je vais maintenant répondre à votre question. Oui, j'ai accepté de me jeter dans la gueule du loup pour découvrir qui était le loup. Mais j'ai aussi décidé d'y venir parce que, sans que vous le sachiez, vous y étiez déjà.

Il regarda sa montre de nouveau.

— Mon offre tient toujours, plus que jamais, même. Il ne s'agit pas d'une simple offre d'emploi comme vous dites, mais d'une offre de vie, d'une autre vie. Si vous y êtes prête, il vous faudra dire adieu à Yvonne Chen, et laisser votre passé à Lieselshertz, ici et maintenant. Parce que le temps presse. Alors, que décidez-vous, Yvonne ?

Elle plongea son regard noir dans l'œil unique du Menteur et hocha la tête parce que, depuis longtemps, elle avait fait le compte de ses amis, de ses amours, de sa famille, de ses collègues. Et si le Menteur lui avait demandé de remplir des colonnes, elle n'aurait pu inscrire aucun nom. À part peut-être celui du vieil homme borgne qui l'avait envoyée à Lieselshertz pour qu'elle voie la vérité en face, et qui l'avait ensuite rejointe pour l'en sortir parce qu'il était le dernier, peut-être le premier à croire en elle.

— Je crois que je suis prête… Non…

Elle tira l'arme à sa ceinture et la déposa sur la table.

— Je suis sûre et je suis prête.

— Parfait ! Alors, il est temps de partir d'ici.

40

H – 00:31

Avec l'aide de Duval, en tâchant d'ignorer la douleur qui irradiait dans sa jambe, Bougerol avait mis une bonne quinzaine de minutes à se hisser de son fauteuil jusqu'au grenier, où le capitaine Freiberg et ses techniciens avaient leurs bureaux de campagne. En ouvrant la porte, il découvrit, ahuri, un véritable chaos d'hommes et de machines ; on courait en tous sens, bipait à l'envi, clignotait, branchait, débranchait, on se lançait des ordres et des questions, des programmes. Bougerol referma la porte derrière lui.

— Mais qu'est-ce que c'est que ce merdier ? hurla-t-il.

Freiberg arriva dare-dare.

— On a une autre panne, commissaire.

Sans ces moustaches blondes ridicules et ces cuissardes de mousquetaire, le regard que lui jeta le commissaire aurait pu faire fondre le capitaine dans la seconde. Bougerol bouscula le technicien et se planta devant une rangée d'écrans noirs.

— Combien de temps ?

— Vingt minutes. La dernière fois, c'est revenu au bout d'une heure…

Bougerol jeta un œil à sa montre. Il était 4 h 30.

— On a eu beau contrôler le câblage, enchaîna Freiberg, on n'a pas la moindre…

— Toute notre opération repose sur notre capacité à maîtriser ce périmètre, à le surveiller ainsi que tous ceux qui y pénètrent… et tu m'annonces qu'on ne voit rien ? J'espère pour toi que tout va bien se terminer, Freiberg. Vraiment.

Soudainement, Silva-DaCosta entra dans le grenier. Il portait toujours sa parka et son fusil en bandoulière.

— Il n'y a rien dans la cave, sur la cuve. Pas d'explosifs ou de bombe, rien… En revanche, j'ai trouvé le fantôme dans le bois, ajouta-t-il en déposant une coque en plastique blanc sur une table.

Il en sortit un vidéoprojecteur de la taille d'un savon, retira la carte Wi-Fi et la carte mémoire, et les donna à un technicien qui comprit le message.

— On peut remonter le signal, expliqua-t-il à Bougerol et Duval.

— Oui ! On peut localiser la source et voir si d'autres périphériques sont branchés en réseau, s'emballa Freiberg pour se racheter.

— Combien de temps ? répéta Bougerol, furieux, en regardant sa montre.

— Vingt, trente minutes, hésita le technicien. Ça dépend du cryptage, ça peut être plus long.

— C'est Alecto. Alors, oui, ce sera crypté, et oui, ce sera long, fulmina le commissaire.

— Commissaire, appela l'un des techniciens, il y a une vidéo sur la carte mémoire.

Bougerol s'approcha et découvrit le film d'un danseur couvert d'un voile blanc sur fond noir, certainement sur une scène de théâtre, qui marchait au ralenti puis tournoyait, enchaînant vrilles et voltes. Autour de lui, des mains d'ébène semblaient vouloir le happer. Des corps fous virevoltaient alentour. Malgré l'absence de son, Bougerol reconnut la « Danse des Furies » de Gluck. Encore. Et au milieu, la forme blanche qui avait été projetée sur un arbre…

— On passe au plan B ? suggéra de nouveau Duval.

Bougerol réfléchit un instant, redoutant l'ordre qu'il allait devoir donner. Après tout, il avait carte blanche pour que l'opération Apollon soit un succès coûte que coûte. Or rien ne tournait rond. Pire, tout partait en vrille et en volte…

— On a des nouvelles de Valmy ? demanda-t-il brusquement. Il doit avoir atterri à l'heure qu'il est, non ?

— Oui, depuis une heure, répondit Duval, surprise par l'irrationalité soudaine de la question. Mais il n'a pas encore appelé. J'imagine qu'il peut y avoir des retards sur ces longs courriers.

Bougerol soupira. Non, rien ne tournait rond. Il haussa la voix et le silence se fit.

— Écoutez tous ! Alecto ne viendra pas. Et sans caméras, nous ne savons pas où se trouvent les autres Furies, ce qui compromet le bon déroulé de l'opération. Nous passons donc au plan B : arrestation immédiate. Considérez Yvonne Chen comme une suspecte dangereuse. DaCosta, tu préviens tout de suite le groupe Action. Qu'ils ratissent en ligne la vigne et le domaine en remontant du hangar ! Rendez-vous dans quinze minutes dans la salle des banquets pour une fouille complète du château. Freiberg, tu fermes la herse du porche. Aucun véhicule ne quitte le sommet. Et tu me remets tout ce bordel en route ; dès qu'on a des yeux, tu nous préviens. Maïté, DaCosta, avec moi. On descend à…

— Ah ! Ça marche ! s'écria soudain Freiberg.

Le commissaire se pencha.

— Tu les vois ? Dis-moi que tu les vois…

— Là, Megara est toujours au lit, dit-il en plantant son doigt devant l'écran. Elle dort. Chen, en revanche…

Il désigna sur un autre écran une chambre inoccupée.

— Elle est où ?

Le capitaine haussa les épaules, impuissant.

— Et Titouan ? Tisiphone ? Je l'ai envoyé vérifier les accès pour qu'il reste sous nos caméras. On devrait le repérer facilement…

Ils cherchèrent en vain sur les multiples écrans.

— Bon, on commence par les chambres. Dès que vous voyez quelque chose…

Le commissaire et ses sbires quittèrent l'étage. Au téléphone, DaCosta communiquait les ordres de Bougerol, lorsque celui-ci ajouta :

— Ordre à tous de tirer à vue.

La commandante Duval se figea.

— Ce n'est pas ce qui est prévu, Arnaud. Plan A : Alecto vient et on les exécute. Plan B : il ne vient pas et les autres servent d'otages jusqu'à son arrivée. On ne les abat pas à vue, qu'est-ce qui te prend ?

— Ce qui me prend ? Mais tu ne comprends pas ce qui se passe ? Vraiment ? Les caméras en panne, Chen qui disparaît, Tisiphone qui disparaît, le vidéoprojecteur commandé à distance, le C-4 ? On n'a plus le temps, Maïté, parce que Alecto est déjà là ! Dans la cave, dans l'hôtellerie, dans les écuries, dans les anciennes geôles… Et je ne veux pas qu'il quitte ce château vivant. Aucun d'eux, d'ailleurs.

DaCosta et Duval le dévisagèrent, stupéfaits, se demandant si le commissaire n'était pas en plein délire, s'horrifiant à l'idée qu'il ait raison. Le capitaine acheva de transmettre l'ordre dans les termes et raccrocha.

— On reste ensemble. On commence par Megara, tonna Bougerol.

Aidant le commissaire à progresser malgré sa blessure, ils débouchèrent tous trois dans le couloir des chambres et sortirent leurs armes. Ils se répartirent de chaque côté du chambranle, et Duval tourna la poignée. Ils poussèrent la porte d'un coup et investirent la pièce plongée dans la pénombre du feu de cheminée. DaCosta actionna l'interrupteur, illuminant les lieux et la couette blanche.

— Montre tes mains, Megara, hurla Bougerol tandis qu'ils encerclaient le lit.

Mais rien ne bougea. De Megara recroquevillée sous l'épais duvet ils ne distinguaient que les cheveux.

— Montre tes mains, je te dis ! brailla-t-il de nouveau.

Duval arracha la couette d'un geste brusque, révélant un lit vide, un traversin et une perruque châtain.

— Bordel ! grogna Bougerol.

— Elle est partie pendant la première panne, devina Maïté. C'est la seule explication. Et on n'a rien vu…

— Chen ! ordonna le commissaire.

Affolés, ils sortirent en courant pour se ruer vers une autre chambre vide.

41

H – 00:30

Phase 17 – La sortie : épreuve au cours de laquelle un chevalier ou un groupe de chevaliers doit sortir d'un endroit clos malgré l'adversité.

Valmy s'éveilla dès qu'il sentit que quelqu'un le secouait. La bouche pâteuse, les paupières croûteuses, il distingua dans un halo bleuté l'homme aux bras puissants qui l'empoigna par les épaules, le redressa et le gifla. La douleur comme une piqure de guêpe précipita son réveil. Mais ses membres restaient engourdis. Comme il peinait à en reprendre le contrôle, l'homme l'aida à se mettre debout. Valmy remarqua à cet instant que, si son bâillon avait disparu, il était toujours menotté.

— Qui êtes-vous ? Où sommes-nous ? lâcha-t-il dans un murmure.

L'homme à la parka camouflage noir et blanc ne répondit pas et l'entraîna vers l'autre pièce. Les souvenirs lui revinrent peu à peu. Des images plutôt, et des sensations de roulis, de voyage dans l'obscurité. À la vue du plateau-repas, il se rappela qu'il était prisonnier. On l'avait enchaîné dans cette chambre. On l'avait nourri. On l'avait drogué. Lorsqu'il passa la porte, il vit Alecto debout, au milieu de la pièce. Alors ses yeux s'écarquillèrent, et la mémoire comme une vague scélérate déferla sur son esprit. Dans l'instant lui revinrent la cuve de verre, la touffeur de l'interrogatoire, sa trahison, son voyage, sa captivité... Il était le prisonnier d'Alecto. Depuis combien de temps ? Où en était l'opération de Bougerol ?

L'homme qui devait être Tisiphone le poussa brusquement en avant. Il remarqua alors la jeune femme asiatique qui, dans un coin de la pièce, était attachée sur une chaise, tenue en joue par Megara. Surtout, les yeux du major se figèrent sur la bombe qui pendait au cou d'Yvonne Chen, un téléphone fixé à un pain de plastic. Et sa raison se remit d'aplomb. Yvonne Chen avait infiltré les Furies pour la DGSI, se retrouvait prisonnière comme lui, allait certainement le payer cher. Comme lui. Il n'eut pas le temps de développer. Alecto l'attrapa par le col et plongea le regard bleu de son œil fou dans le sien.

— Major Valmy... Dans votre confession, vous avez omis de mentionner le groupe Action caché dans le hangar. Cela a bien failli coûter la vie à l'une de mes Furies. Vous comprendrez que je vous en tienne un peu rigueur.

— Arrêtez, Alecto, intervint Chen. La partie est finie. Vous vous êtes piégé vous-même en venant ici avec vos tueurs. Rendez-vous ! C'est votre seule chance à tous d'en sortir vivants !

Megara leva son arme vers Chen, alors elle se tut. Mais Alecto lui répondit.

— Si nous devons y rester, nous emmènerons tout le monde avec nous, Yvonne, à commencer par vous et Valmy.

Le Menteur fit un signe de tête à l'intention de Tisiphone, qui poussa l'agent de la DGSI en dehors de la pièce malgré ses suppliques. À la lueur d'une torche, ils descendirent un escalier jusqu'à l'entrée de l'hôtel. Valmy continuait de négocier sa vie.

— Tisiphone, c'est ça ? Laissez-moi partir. Vous savez que c'est fini. Vous êtes tombé dans un piège. Il y a dehors une douzaine d'hommes armés et entraînés. Il n'y a aucune issue. Je parlerai au juge, il entendra. Avec un peu de chance...

Tisiphone l'arrêta devant la porte. Il tira de sa veste un rectangle de la taille d'une petite brique qu'il attacha au bras de Valmy à l'aide d'un lien Serflex noir. Dans un éclair d'effroi, le flic reconnut le même dispositif explosif arrimé au cou d'Yvonne Chen : un portable fixé à un pain de C-4. Comme la jeune femme, il était maintenant lui aussi une bombe humaine.

— Si tu veux appeler le juge, tu as un téléphone juste là, railla la Furie. Maintenant sois sage et prépare-toi pour ta sortie !

Il poussa violemment l'homme au sol, puis alla débarrer les trois verrous de la porte d'entrée, côté cour. Dehors résonna un bruit de chaînes suivi d'un fracas de pierres. Tisiphone coula un regard entre les lames d'un volet. La herse du porche venait de s'abattre, interdisant toute échappatoire. La souricière de la DGSI s'était refermée. Le commissaire Bougerol avait compris qu'avec ou sans Alecto, son opération se jouerait dans les prochaines minutes.

Tisiphone regarda sa montre et eut une moue admirative. Ce Bougerol avait manifestement le même sens du minutage que le Menteur, appris à la même école, celle du renseignement et de la désinformation.

Valmy essayait d'examiner la bombe qui enserrait son bras comme un alien avide, cherchant à lire sur l'écran du téléphone combien de temps il lui restait à vivre si un compte à rebours s'égrainait lentement jusqu'à l'explosion… ou si un coup de fil inopiné pouvait à tout moment le vaporiser aux quatre coins des vignes de Lieselshertz.

— Arrête de t'agiter, intervint Tisiphone.

— Vous êtes acculés, reprit Valmy qui avait reconnu le bruit de la herse. C'est la fin, Yoni.

Tisiphone fut surpris d'entendre son ancien nom. Bien sûr, la DGSI avait découvert son identité passée, peut-être même plusieurs d'entre elles. Mais c'était surtout le fait d'être appelé comme ça, après tant d'années, un nom qu'il avait porté enfant puis adolescent… jusque dans les geôles de Dubaï. Tant d'années avaient passé. Tant de passés…

Il se tourna vers l'agent de la DGSI assis sur le plancher et lui sourit pour la première fois. Puis il s'accroupit et appuya sur une touche du téléphone, qui s'illumina aussitôt en émettant un petit bip. Le visage de Valmy se tordit d'épouvante, mais aucune plainte ne sortit de sa bouche. Tisiphone lui donna une tape d'encouragement sur l'épaule avant de conclure.

— Tu as raison : c'est la fin.

42

H – 00:19

Phase 18 – Le duel final : duel opposant les deux derniers chevaliers encore en lice dans chaque camp.

Atterré, mais aussi furieux du tour que prenait l'opération, Bougerol découvrit la chambre vide d'Yvonne Chen où traînaient encore les affaires de Neomie Sisti. DaCosta fouilla la salle de bains tandis que Duval posait la main sur un lit froid. Chen n'était pas repassée là après leur entrevue dans le bureau du baron. Si elle avait contacté Alecto comme convenu, elle tardait à donner des nouvelles.

Avant que Bougerol ait pu dire quoi que ce soit, son téléphone sonna. Le nom d'Yvonne s'afficha à l'écran. Un sourire de soulagement éclaira son visage et disparut aussitôt : il ne s'agissait pas de la ligne secrète qu'elle utilisait pour l'appeler, mais de son portable de tous les jours. Avec inquiétude, il décrocha, redoutant ce qu'elle allait lui annoncer, priant pour qu'elle soit encore de son côté et le renseigne sur les Furies.

— Yvonne ? souffla-t-il.

— Non, commissaire Bougerol, répondit une voix grave et chaleureuse. Je suis Alecto.

Le commissaire fit un signe à Duval et Da Costa, qui se rapprochèrent pour entendre. Le vieil homme reprit :

— Je crois que vous souhaitez me rencontrer.

— Oui, c'est exact, Alecto.

— Je vous propose de venir dans la cour devant l'ancienne hôtellerie. Nous voudrions négocier notre départ.

Bougerol pouffa.

— Il n'y aura pas de départ, Alecto. Dans les prochaines minutes, vous allez être arrêtés, vous et vos complices, pour tous les meurtres et crimes que vous avez perpétrés sur le territoire français. Quant à négocier quoi que ce soit, je ne crois pas que vous soyez en position de le faire.

— Vous ne le saurez qu'en venant devant l'hôtellerie. À tout de suite !

Bougerol entendit une série de bips courts. Alecto avait raccroché.

— Il se fout de ma gueule, en plus ! Ils sont dans l'aile est, au niveau de l'hôtel. Vous l'avez fouillée quand la dernière fois ?

Duval observa DaCosta. Il était désemparé.

— Il y a une semaine. On avait tout verrouillé. Et j'ai revérifié moi-même tous les accès hier midi, avant l'arrivée du groupe Action... Je ne vois pas comment...

— Appelle Louven. On le retrouve là-bas avec son unité. Les hommes de Freiberg aussi.

DaCosta s'écarta pour exécuter l'ordre. Le téléphone de Bougerol retentit de nouveau. Il décrocha.

— C'est Freiberg, commissaire. Il y a quelqu'un dans la cour, une forme noire... Un homme. Il vient tout juste de sortir de l'hôtel.

— Laissez un de vos gars devant les écrans et venez avec les autres, capitaine. C'est Alecto ! On le chope maintenant !

Il raccrocha et, entraînant ses deux adjoints, ils jaillirent dans le couloir, descendirent aussi vite que possible le grand escalier, traversèrent en claudiquant la salle des banquets, et débouchèrent dans la cour glacée, hors d'haleine. Un froid sibérien s'était installé qui avait chassé la neige et le vent, et changeait leur essoufflement chaud en volutes blanches. Les projecteurs aspergeaient les murailles alentour de leur lumière ocre, brûlant les pierres et creusant les ombres. Louven et son groupe arrivèrent au même moment, après avoir ratissé la vigne en ligne depuis le sud en passant le domaine au crible de leurs torches.

En arc de cercle face à l'hôtellerie, ils regardaient un homme qui, les mains levées, s'était arrêté à une dizaine de mètres de la porte qu'il venait de franchir et s'était refermée dans un claquement de verrous. À la distance où ils se tenaient, malgré la puissance des lampes, les agents s'approchèrent prudemment pour distinguer ses traits.

— Mais attrapez-le ! aboya Bougerol.

— Non, commissaire, restez où vous êtes ! rétorqua l'homme. N'avancez pas ! C'est moi, Valmy, le major Rodolphe Valmy ! Ils m'ont… Je porte une bombe !

Les agents du groupe Action se figèrent, méfiants, puis commencèrent à refluer.

— Valmy ? Mais qu'est-ce que… Comment…

Secoué par la surprise, Bougerol en perdait ses mots.

— Alecto m'a capturé. Je n'ai jamais pris aucun avion. Je suis son prisonnier depuis le rendez-vous à l'hôtel… Yvonne Chen est prisonnière aussi, elle est retenue à l'étage. Ils sont tous là-haut. Sortez-moi de là, commissaire !

On entendit soudain un faible larsen, puis deux tapes contre un micro. Une voix grave résonna alors dans la cour. Bougerol reconnut le timbre sémillant d'Alecto.

— *Commissaire Bougerol, je vous félicite ! Vous avez piégé le Menteur et ses troupes. Ils ne sont pas nombreux, ceux qui peuvent s'en enorgueillir. Je suis cependant au regret de vous dire que nous n'avons pas l'intention de nous laisser arrêter. Vous avez dix minutes…*

On entendit soudain la voix de Chen.

— *N'ENTREZ PAS, IL Y A UNE BOMBE* !

— *Fais-la taire, Megara…* reprit le Menteur comme en aparté avant de poursuivre. *La bombe fixée au bras du major Valmy a sa petite sœur au cou d'Yvonne Chen. Elles sont reliées au même détonateur. Si vous approchez de Valmy, Tisiphone vous montrera quel tireur remarquable il est avec un fusil à lunette. Si vous donnez l'assaut, nous partirons tous en fumée en même temps. Vous avez dix minutes pour virer vos hommes de la cour, amener un véhicule devant la porte de l'hôtel et libérer le passage. Votre Audi fera parfaitement l'affaire. Dix minutes qui commencent... maintenant !*

Un léger larsen annonça la fin de la communication.

Bougerol regarda sa montre et leva les mains vers l'hôtel en signe de reddition.

— C'EST D'ACCORD, ALECTO ! JE FAIS LE NÉCESSAIRE !

— Dans notre malheur, notre seule chance est qu'il croie encore qu'on veuille récupérer Chen, commenta Duval, pragmatique. Il faut en profiter.

— C'est ce que je me disais aussi. Nous devons jouer la crainte de la perdre pour qu'ils libèrent Valmy et qu'ils sortent. Je ne veux pas d'explosion. Je veux pouvoir montrer des corps.

Freiberg arriva avec deux de ses hommes sur ces entrefaites. Bougerol le héla aussitôt.

— Capitaine, vos techniciens ont-ils un moyen de brouiller un appel téléphonique vers la bombe ?

Freiberg le regarda, dépité.

— À moins de couper l'antenne-relais du coin, dont je ne connais pas l'emplacement, non... Pas dans la prochaine heure, en tout cas. Et puis, si c'est un minuteur lancé sur le téléphone, il n'y a rien à faire...

Le commissaire dévisagea le chef de la division R. Ce type ne lui servait décidément à rien. Il le congédia et appela Louven, qui accourut.

— Un de mes gars amène le bouclier balistique. Si on a besoin d'avancer vite jusqu'à Valmy ou jusqu'à la porte...

— Non, commandant. Faites entrer vos hommes dans l'aile ouest. On ne prend pas de risques. Alecto ne doit plus vous voir.

Le commandant du groupe Action encaissa le refus et proposa autre chose :

— Je peux envoyer un binôme par le coteau est, pour les attaquer à revers par l'autre côté de l'aile est, commissaire. Les fenêtres sont condamnées, mais…

Duval approuva d'un hochement de tête. Bougerol grimaça.

— S'ils se font repérer, Valmy est mort.

— Les Furies aussi, si elles sont surprises. Et la mission sera un succès. Après tout, c'est notre objectif premier, non ? contra Duval.

— Des explosifs, un tireur embusqué, deux otages… À ce stade, interpeller les Furies en vie relèverait de la magie, commissaire, renchérit Louven, son Famas à la main.

Ils se regardèrent tous les trois. Sans qu'un mot de plus ne soit prononcé, le sacrifice de Valmy leur parut être une perte acceptable. Alors, Bougerol donna son accord pour la tentative d'intrusion par l'autre façade du bâtiment.

— Vous avez huit minutes. Et placez vos autres hommes aux fenêtres de l'aile ouest, en position de tir, parce que s'ils imaginent monter dans cette voiture en se cachant derrière Chen, je veux que ce soit un… carton plein. Vous m'entendez bien, commandant ?

— Absolument.

— Pas de tir incapacitant…

— J'ai bien compris, commissaire. Pas de prisonniers.

Le commandant partit en courant rassembler ses hommes. Bougerol rejoignit DaCosta.

— Afonso, prépare l'Audi et avance-la devant l'hôtel. Il faut jouer le jeu et gagner du temps. Ensuite seulement tu ouvriras la herse.

— Alecto ne se laissera pas berner, commissaire. Et il ne se laissera pas prendre vivant, il a été clair.

— Alors, nous perdrons Valmy et Chen. Nous donnerons l'assaut et les Furies mourront. Nous sommes là pour ça, non ?

DaCosta acquiesça, mais le commissaire lut l'amertume sur le visage de son adjoint. Il corrigea le tir.

— On va tâcher de sauver Valmy, Afonso. Évidemment.

DaCosta s'éloigna. Il ne croyait pas un mot de ce que venait de lui dire son chef. Dans cette grande bataille éternelle que se livraient les forces du bien et celles du mal, il se demanda si, entre Alecto et Bougerol, il y en avait un qui luttait du côté du bien. Alors, à distance, en allant chercher le véhicule des Furies, il encouragea son copain et collègue.

— Tiens bon, Rodolphe !

Le pauvre homme était à genoux devant l'hôtel, les mains sur ses cuisses. On ne savait pas s'il priait, s'il pleurait, s'il faisait les comptes de sa vie. Il leva la tête en direction d'Afonso, puis une main en signe de salut, ou d'adieu. Le capitaine reprit sa course vers la berline de fonction du commissaire.

Cinq minutes s'étaient déjà écoulées. Tous les hommes de Louven et de Freiberg avaient quitté la cour. Ne restaient que la commandante Duval, le commissaire Bougerol, les pieds plantés dans la neige gelée, et, à une vingtaine de mètres d'eux, le major Valmy, lorsque l'Audi conduite par DaCosta illumina le porche du château de ses phares blancs et s'immobilisa au bas des marches de l'hôtellerie, derrière l'otage. Le capitaine en sortit, laissant tourner le moteur, et fila remonter la herse.

— On est dans les temps, approuva Bougerol. On ouvre, ils sortent, on tire : fin de l'opération.

— Et on sauve Valmy, ajouta la commandante.

Dans un fracas métallique qui résonna dans toute la cour, la herse massive se leva à mesure que s'enroulaient ses chaînes sur le treuil électrique. Puis le vacarme se tut et le silence glacé de la nuit et de la montagne réinstalla sa gravité tragique ; il n'y avait plus qu'à attendre. DaCosta les rejoignit.

— Il reste deux minutes, constata le commissaire à sa montre. Il sera 5 heures pile.

— Le 5, le chiffre des Furies, ironisa Duval. À croire qu'ils ont choisi l'heure à laquelle ils allaient mourir…

Soudain, une plainte lointaine s'éleva, un hurlement de bête perça la nuit comme la supplique funeste d'un loup affamé, qui emplit la cour et dévora l'espace, ricochant de mâchicoulis en muraille pour répandre sa terreur sur les visages livides. La scène se figea, chacun interrogeant les ténèbres sous la lune inquiétante.

Le téléphone de Bougerol sonna. L'écran annonça le commandant Louven.

— Commissaire, c'est l'un de mes hommes envoyés à revers ! Il est blessé. Il s'est pris la jambe dans un piège à loup ! Son binôme le ramène. On est grillés, là. Qu'est-ce qu'on fait ?

Les mains en l'air, affolé, Bougerol redouta l'enchaînement logique des faits. Il s'avança vers l'hôtellerie. On entendit un coup de feu à l'étage, puis la chute d'un objet lourd sur le plancher. Valmy leva des yeux désespérés vers ses collègues. Le commissaire sentit son cœur s'emballer. Il se mit à courir vers la porte de l'hôtel sans que l'on sût pourquoi.

— ALECTO ! NE FAITES RIEN DE… eut-il le temps de dire.

Dans un vacarme assourdissant, un nuage de feu dévasta le premier étage de l'aile est et plaqua chacun au sol de la cour sous une grêle de débris glacés et de brandons incandescents. Bougerol, qui venait de dépasser la voiture et d'atteindre les marches du rez-de-chaussée, fut soufflé par l'explosion. Il était arrivé trop tard. C'était la première fois de sa vie.

43

H – 00:03

Phase 19 – La clôture du tournoi : après le dernier combat, la distribution des prix et la proclamation des vainqueurs, les participants se retirent.

Sur l'écran de l'ordinateur d'Alecto, on voyait distinctement la cour du château, l'hôtellerie à gauche, l'aile ouest à droite, la voiture qui venait d'arriver et Valmy, toujours agenouillé dans la neige, espérant un peu moins chaque seconde une issue heureuse. D'autant que Bougerol, DaCosta et Duval restaient loin de lui. Le son n'était pas terrible. On entendait simplement le ronflement lointain du moteur de l'Audi. Les couleurs en revanche étaient assez jolies, le piqué très convenable. Alecto s'en félicitait auprès de Chen et de Megara. Le vieil homme, malgré son âge, était un geek éclairé.

— Et ça ne coûte qu'une cinquantaine d'euros, ces caméras ! Ça fait vision nocturne, détection de mouvement, activation à la voix… en Wi-Fi ou par satellite, renvoi d'images sur le téléphone, c'est incroyable ! J'aurais eu ça plus jeune…

Il regarda l'heure. Il restait trois minutes. Alors, il sortit son téléphone.

— À vous l'honneur, Yvonne !

Chen saisit l'appareil sans comprendre. Megara lui sourit. Le Menteur s'expliqua :

— La bombe de Valmy est inoffensive, vous le savez. C'est un leurre. Si je lui avais fait du mal, vous ne me l'auriez jamais pardonné.

— Carrément pas, non.

— Mais celle que vous aviez autour du cou il y a encore quelques minutes est maintenant activée et tout à fait authentique. Lorsqu'elle explosera, elle pulvérisera tout le premier étage de l'hôtellerie…

— Et les Furies, compléta-t-elle, et moi.

Alecto agréa.

— Il est temps de tuer Yvonne Chen. Vous n'avez qu'à presser le bouton vert de mon téléphone, qui appellera alors celui de la bombe…

— Le voilà ! coupa Megara en ajustant le rétroviseur.

La portière arrière de la Mercedes s'ouvrit soudain et Tisiphone s'engouffra dans l'habitacle à côté de Chen.

— Tout s'est déroulé comme prévu, annonça-t-il, haletant. Le temps de balancer Valmy dans la cour, de remonter à l'étage et d'envoyer le fichier audio sur les enceintes, j'ai dû galoper ! Mais tout a fonctionné. J'ai même entendu Bougerol répondre à tes consignes !

— Parfait ! s'exclama le vieil homme.

— Starski et moi aussi, commenta Chen avec amertume, on est tombés dans le panneau lors de la fausse prise d'otage, rue des Moines[1]… La conversation bidon entre le forcené et sa victime… sur clé USB ! Et le cor de chasse en bruit de fond… Imparable.

Un ange passa.

— Prépare-toi à démarrer, Megara, reprit Alecto. C'est à vous, Yvonne. Vous avez l'embarras du choix. Dans une minute, Bougerol et ses hommes entendront la fin du message :

1. Voir *Le Gibier.*

un coup de feu et un corps qui s'effondre. Encore une prise d'otage qui tourne mal ! En appelant juste après, vous faites exploser tout l'étage et débarrassez ce triste monde des Furies et d'Yvonne Chen.

— C'est tentant ! confessa Chen.

— Autre choix : après la détonation et le bruit sourd, vous attendez que la DGSI donne l'assaut. Une fois qu'à l'écran vous voyez Bougerol à l'intérieur avec ses sbires... Boum ! Après tout, ils vous ont envoyée ici pour vous exécuter, non ? Ce serait de bonne guerre.

— Vous êtes un incurable psychopathe, Alecto. Il n'est pas quest...

Le hurlement d'un homme blessé déchira la nuit. À l'écran, les agents de la DGSI semblaient désemparés. Le commissaire Bougerol reçut un appel et s'avança vers l'hôtel, les mains levées.

— Ils ont dû faire une tentative pour contourner le bâtiment, comprit Tisiphone, un sourire carnassier aux lèvres.

Dans l'habitacle, l'ordinateur diffusa le fracas attendu du coup de feu puis un deuxième bruit plus sourd.

— Il faut vous décider, Yvonne, pressa Alecto. Il est 5 heures pile.

Chen s'assura à l'écran que personne ne s'était approché.

— Alecto, vous m'aviez dit que vous ne vouliez pas détruire le château, je me trompe ?

— C'est vrai ! J'ai menti. Mais qu'est-ce que ça change maintenant ? Vous avez décidé de l'acheter ?

Chen pressa le bouton d'appel du portable. Un roulement de tonnerre éclaira la nuit derrière eux, et un champignon de feu vint caresser le ciel.

Sur la route, en contrebas, Megara démarra et la Mercedes quitta le bas-côté, puis le domaine de Lieselshertz.

Tandis qu'ils descendaient la route de montagne sinueuse, ils regardaient par instants le brasier qui badigeonnait le ciel de jaune et d'ocre. À l'écran, des hommes couraient en tous sens dans la cour. Chen en voyait certains porter secours à Valmy, le débarrasser de son explosif inerte, d'autres essayer d'éteindre les flammes pour sauver le château. Et Bougerol qui arpentait le lieu du désastre, la démarche tortueuse, son téléphone à l'oreille. Que pouvait-il bien dire ? On entendait le ronflement du brasier et les clameurs des flics, mais lui, que disait-il ? Certainement qu'il n'avait perdu aucun de ses hommes et qu'il avait éliminé Alecto, ses deux Furies, et le seul témoin, Yvonne Chen. En regardant de plus près, elle fut presque sûre à son sourire qu'il évoquait un succès, une mission réussie.

— Le salaud…

Alecto rabaissa lentement l'écran, fermant l'ordinateur, et elle le laissa faire.

— Yvonne Chen a fait un choix, expliqua-t-il. Ce devait être le bon ! Peut-être pas. On ne le saura jamais. Elle repose à tout jamais à Lieselshertz. Bienvenue à toi, Némésis, « la juste colère » !

— Bienvenue, Némésis, répétèrent Tisiphone et Megara avec une joie réelle.

44

H + 03:46

Phase 20 – Le banquet d'adieu : les participants partagent un repas avant de repartir.

— Alors ? Qu'en pensez-vous, Némésis ?

Elle découvrit le nom inscrit sur son nouveau passeport et bondit.

— Neige ! Vous êtes sérieux ? Neige ! Mais jamais !

Installés en face d'Alecto à la table du restaurant, Megara et Tisiphone éclatèrent de rire. Alecto s'expliqua.

— Neige Messini ! C'est très joli. Nei-Mes-Si !

— Oui bah non ! Après la cystite, c'est pas mieux… Le prochain nom, c'est moi qui le choisis, je vous préviens !

Sur la nappe à carreaux, le téléphone du Menteur vibra. Il l'ignora et leva un doigt à l'attention du serveur.

— *Könnten wir ein bisschen Brot haben bitte* ?

L'allemand d'Alecto sonnait très juste.

— Bon, qu'est-ce qu'on fait en Allemagne, Alecto ? intervint Tisiphone. On aimerait bien que tu nous en dises un peu plus…

— À ce propos, coupa Megara, l'air grave, puisqu'on en est à évoquer ce qu'on sait et ce qu'on ignore, tu t'étais engagé en quittant Morguélen à nous informer en détail de la prochaine danse. Et encore une fois, je me retrouve à découvrir le plan au fur et à mesure. Je ne veux plus travailler comme ça.

Il y eut un blanc.

— J'entends bien… Pour cette danse, j'avais besoin que tu en saches autant que Chen : deux commerciales qui débarquent au château. Tu es une comédienne remarquable, Megara, tu sais que je le pense. Et tu l'as prouvé une fois de plus en interprétant pleinement Melany Garason, en jouant la partie qui t'incombe au sein des Furies…

— J'ai failli crever, Alecto !

Elle avait crié et tapé du poing sur la table. Un silence glacé s'invita au petit déjeuner.

— Tu as raison, Megara. Et je te prie de m'excuser. Si j'avais été devant mon ordinateur à ce moment-là, comme j'aurais dû l'être, j'aurais pu te voir tituber dans la cour, tremblant de froid après ta chute dans le lac. J'aurais pu te voir t'effondrer contre la façade de l'aile ouest. J'aurais pu te porter secours ou t'envoyer quelqu'un… Mais j'étais dans l'autre pièce, je m'occupais de Valmy… Cette danse était un piège, je le savais. Elle a aussi permis de mettre à l'épreuve mes méthodes de travail. Si Chen ne t'avait pas trouvée, personne n'aurait rien pu faire pour toi, et j'aurais porté cette faute… très longtemps. Je te demande pardon, Megara. Je ne pouvais pas savoir que ce loup serait là, que Bougerol avait caché des renforts, que tu serais contrainte de fuir par le lac… mais j'aurais dû le prévoir, parce que c'est ça, la partie qui m'incombe à moi au sein des Furies. Cela n'arrivera plus…

Il se tut un instant. Le serveur déposa une panière pleine.

— J'ajouterais juste un mot pour ma défense. D'abord, vous l'avez compris, je n'aurais jamais pris ce contrat s'il n'avait pas été question du recrutement de Némésis. Alors oui, j'ai accepté d'aller au fond du piège ; non pas de vous y envoyer, mais d'y venir avec vous. De me mettre en danger avec vous. Je tenais à ce que ce soit dit.

Tisiphone approuva de la tête.

— Par ailleurs, si j'ai effectivement choisi de ne rien vous dire, ni à Némésis ni à toi, j'ai tenu Tisiphone informé de tout, chaque jour. Surtout, après les aveux de Valmy, je l'ai longuement eu au téléphone. Tisiphone savait. Et il avait ses ordres.

Le vieil homme attendit la confirmation.

— En cas de grabuge, si la danse tournait mal, j'avais ordre de vous exfiltrer toutes les deux par tous les moyens…

— Tous les moyens, ça veut dire en tirant dans le tas ? interpréta Némésis.

— Tous les moyens, répéta Alecto.

Elle observa Tisiphone. Malgré son sourire, son regard noir était sans équivoque.

Alecto enchaîna :

— Nous sommes une famille, Némésis. Chacune des personnes à cette table donnerait sa vie pour sauver celle des autres. Vous l'avez vérifié par vous-même. Mieux, vous avez déjà adopté cette règle en sauvant Megara.

— J'espère surtout que personne ne risquera sa vie lors des prochaines danses, Alecto. Quel que soit le camp. Nous avons un accord à ce propos, vous vous en souvenez ?

Le Menteur sourit de toutes ses dents.

— Tout à fait ! Et je l'ai respecté, vous avez pu le constater : même Valmy se porte comme un charme.

Némésis admit l'évidence d'un signe de tête. Alecto poursuivit :

— Ce qui m'amène à ma conclusion, Megara : je ne peux m'engager maintenant à te raconter la prochaine danse de A à Z. Je te l'ai dit, ce serait entraver le talent que tu y apportes, et donc son succès. En revanche, je m'engage aujourd'hui à faire en sorte que tu ne sois plus exposée comme tu l'as été à Lieselshertz, ni toi ni aucun de vous. C'est dans le choix des contrats et dans la préparation des danses que je pourrai garantir la sécurité de chacun d'entre vous.

Megara hocha la tête. C'était une petite victoire. Mais elle savait que ces danses étaient immanquablement empreintes d'aléas, de risques et de dangers. Et qu'être une Furie imposait de s'y résigner.

Le téléphone du Menteur vibra de nouveau.

— Nous devons reconnaître malgré tout que cette danse est un succès, poursuivit-il. Pour la DGSI, qui ne l'ébruitera pas, les Furies sont mortes à Lieselshertz. Nous venons de renaître !

— Ça nous ramène à ma question, Alecto : qu'est-ce qu'on fait en Allemagne ? On est morts ; on n'avait pas besoin de passer la frontière...

— Oui, nous sommes morts, et incinérés ! Et nous allons tâcher de le rester quelque temps. Après ce petit déjeuner, nous reprenons la route et descendons le long du Rhin jusqu'en Suisse. Nous y serons dans deux heures et pourrons rattraper nos heures de sommeil au grand hôtel Les Trois Rois. Un palace magnifique, vous verrez. Je vous ai choisi des chambres splendides avec vue sur le fleuve. Nous dînerons au Cheval Blanc parce que le chef y cuisine, à ce que l'on dit, une incroyable selle de chevreuil de Styrie servie avec sa mousseline de betterave rouge et sa salade de... littorines !

Némésis éclata de rire.

— C'est une obsession !

— Nous allons enfin savoir ! s'égaya le vieil homme. Puis demain midi, vous filez à l'aéroport et vous vous envolez pour Bali. J'ai déjà tout réservé. Vous y serez comme des papes.

— Et des papesses, ajouta la nouvelle Furie.

— C'est moi qui vous invite pour fêter le succès de cette mission. Alors profitez de ces cinq mois !

Ils se dévisagèrent, incrédules.

— Cinq mois ? Mais pourquoi si longtemps ? s'inquiéta Tisiphone.

— Nous sommes morts, tâchons de le rester et d'en profiter !

— Vous avez dit « vous » ? s'enquit Némésis.

— Yvonne... Pardon, Némésis...

— Vous devriez peut-être vous tutoyer maintenant... interrompit Megara.

— Oui, bien sûr, approuva Némésis. Je vais essayer… Vous, vous avez l'habitude de travailler ensemble, de dîner en Suisse après avoir fait exploser des châteaux… Pour moi, c'est très nouveau tout ça… Alors oui, tutoyons-nous, mais je vais avoir besoin d'un peu de temps pour prendre mes marques…

— Avec plaisir, approuva Alecto. Tu vas d'ailleurs avoir tout le temps qu'il faut…

Il se rembrunit tout à coup.

— Effectivement, je ne pars pas avec vous. Nous avons beaucoup de propositions, d'offres et de contrats en ce moment. Je dois revenir aux affaires et faire le tri. Surtout, je dois reconstruire une voie de communication, le forum de chasse étant clairement compromis… Bref, beaucoup de travail, de rendez-vous, de préparation… ma part au sein des Furies, en somme. Et puis les plages de sable blanc, les mers d'azur, les chaleurs tropicales ne sont plus de mon âge !

Son téléphone vibra de nouveau. Il le saisit et examina l'écran.

— Vous voyez, je n'ai pas une minute ! Là, je dois répondre, dit-il en se levant. Je m'occupe de l'addition. On se retrouve dans la voiture. Dix minutes ?

Némésis l'observa tandis qu'il quittait lentement la table, puis contempla sa nouvelle « famille », comme l'appelait le Menteur, Tisiphone, le tueur taiseux au regard noir qui peinait manifestement à verbaliser ses émotions, Megara, la comédienne vénale qui l'avait accueillie avec chaleur dès son arrivée, et Alecto enfin, le cerveau et la figure paternelle de cette bande d'asociaux. Elle n'en revenait pas d'être assise avec eux, se demandant si elle avait fait le bon choix. En avait-elle un autre ? Certainement pas. Elle avait choisi le camp de ceux qui lui avaient sauvé la vie, qui l'avaient protégée quand la seule issue à son parcours des derniers mois était une exécution sommaire au sommet d'une montagne enneigée. À bien y réfléchir, il n'y avait plus rien derrière elle. L'explosion avait tout balayé, son boulot, sa routine, sa solitude.

Ne restait que la vie, droit devant, avec les Furies.

La vie de Némésis.

Elle recommanda un mojito.

*

Alecto s'éloigna pour payer la note, puis s'isola dans un coin tranquille du restaurant, trouva une banquette déserte et s'y attabla. Il était 8 h 55. À l'écran de son téléphone, il examina les visages des quatre agents de la DGSI. Bougerol était assis à la place du mort, Silva, ou quel que soit son nom, était au volant. À l'arrière étaient installés Valmy et la baronne. L'image était légèrement bombée, un effet de la lentille grand angle de la caméra bouton que Tisiphone avait logée dans le tableau de bord de l'Audi quelques jours plus tôt. Le petit espion avait fait vibrer son téléphone dès qu'il avait détecté un mouvement dans l'habitacle, et commencé à retransmettre.

Alecto sortit un casque micro et le brancha. Le son était plutôt bon. L'ambiance aussi.

— ... de la PTS[1]. S'il retrouve des corps ! Avec l'explosion, ça peut être n'importe où dans la forêt... Et sur quel périmètre ?

— Sans compter les prédateurs... ajouta le chauffeur, ce qui fit grimacer Duval de dégoût.

— Ça va, Rodolphe ? s'enquit-elle auprès de son collègue taciturne.

Valmy approuva de la tête, gardant le silence, les yeux rivés sur le paysage enneigé. Alecto se demanda ce que Valmy avait préféré, de la chaleur du centre de recyclage à la froidure de la cour du château. Certainement, il donnerait bientôt sa réponse en larmes au psy de la police.

— Tu as eu de la chance que ce fil se débranche, Rodolphe... Réjouis-toi ! En tout cas, au téléphone, le directeur général, lui,

1. PTS : Police technique et scientifique.

était ravi ! triompha le commissaire, extatique. Il nous attend dans son bureau pour les détails, et je sens que ça va être la distribution de prix, un deuxième Noël !

— On y sera dans cinq heures environ, commenta Silva. Dès qu'on aura quitté cette piste de bobsleigh, plaisanta-t-il.

— Oui, fais attention à la route, rétorqua Bougerol. Je n'ai pas l'intention de…

Son téléphone sonna. Le commissaire examina l'écran, fronça un sourcil circonspect et décrocha.

— Allô ?

— Bonjour, commissaire Bougerol. C'est Alecto. Je vous appelle pour vous dire que vous vous trompez.

Il y eut un silence funèbre.

Alecto poursuivit.

— Noël est passé, commissaire. On est le 6 janvier : c'est l'épiphanie. Le jour de la « manifestation de Dieu ». Des déesses, en l'occurrence, celles de la vengeance.

— Bordel !

En panique, Bougerol mima à l'attention des occupants de la voiture quelque chose que le vieil homme ne comprit pas. Mais il mit le haut-parleur pour tous.

— Je ne serai pas long, commissaire.

— Vous êtes où, Alecto ? Comment… Comment vous êtes sorti ?

Livides, les autres passagers s'approchèrent pour mieux entendre. Le Menteur ignora sa question.

— Est-ce que vos hommes m'attendent toujours à mon hôtel de Rammstein, commissaire ?

— À votre… ? Non, bien sûr que non… Écoutez…

— C'est dommage. Ils auraient pu recompter les pains de plastic que j'ai laissés sur place. Je dois vous quitter, commissaire Bougerol. Le temps file, le mien comme le vôtre. Il est bientôt 9 heures. Adieu, commissaire.

À l'écran, Bougerol examina son téléphone muet, puis sa montre : il était 8 h 59.

— Il y en avait trois dans la chambre, dit Duval. C'est ce qu'a dit Marel. Et une mallette de six.

— Un sur Valmy dans la cour, un sur Chen qui a explosé dans l'hôtel…

Les yeux de Bougerol s'écarquillèrent d'épouvante lorsqu'il se mit à hurler.

— BORDEL ! ARRÊTE LA BAGNOLE !

Il eut à peine le temps d'entendre une sonnerie de téléphone retentir au fond du tableau de bord qu'une lame de feu déchira l'habitacle dans un grondement de fin du monde et propulsa la carcasse enflammée de l'Audi vers une série de tonneaux en contrebas de la chaussée verglacée.

*

— Vous venez ? s'enquit Némésis.

Rêveur, Alecto s'était figé devant son écran noir, un sourire aux lèvres. Il sembla revenir à lui et leva la tête.

— Oh, vous… tu es venue me chercher, c'est gentil.

— Il faudrait reprendre la route. Je préfère mettre un peu plus de distance entre nous et le château.

— Oui, assez traîné, tu as raison.

— Souvent.

Ils traversèrent le restaurant vers la sortie. En passant devant la caisse, Chen s'arrêta.

— L'addition est réglée ?

Alecto lui sourit avec affection.

— Oui. Nous pouvons repartir, assura-t-il. Tout est réglé, Némésis.

Remerciements

Merci à toute l'équipe Lattès-Le Masque qui continue de soutenir Yvonne Chen malgré son caractère de taureau aviné. Merci à Véronique, Violaine, Lucie, Lily, Agathe et Vincent, pour leur enthousiasme constant et leur détermination à faire connaître mes histoires *urbi et orbi* ; *La Capture* en japonais, j'ai quand même hâte de voir ça !

Merci à Lilas Seewald qui tient bon la vague et tient bon le vent, hissez haut ! Mon gilet pare-balles, quoi.

Merci à mon Isabelle, ma muse, première lectrice toujours, et aujourd'hui mon épouse, après vingt-cinq ans passés ensemble. C'est dire si elle a bon goût. C'est dire si je suis patient.

Merci à ma fille à qui j'ai refilé mon humour débile.

Merci à ma mère, à ma tante, et à toute la famille qui me soutient.

Merci à mes copains d'écriture parce qu'en ces temps de guerre, pour continuer d'écrire, c'est important de vous avoir, de vous voir, de vous entendre et de se marrer : le gang du Writers' Cthulhu, celui des Mother Fumblers (Un paladin-loup-garou ? Sérieux ?) Claire Favan, Jacques Saussey et mon lapin Olivier Norek, prisonnier des glaces.

Merci aux libraires et bibliothécaires, passionnés de bouquins, organisateurs de salons, à tous les lecteurs et blogueurs, fidèles ou pas de mes écrits, aux élèves aussi et à leurs profs, qui viennent me rencontrer ici et là, en France, en Suisse, en Belgique, ou me laissent un mot sur les réseaux. Merci pour vos retours, vos photos, et vos incroyables montages ! Je vais continuer de faire des patchworks de vos créations en 2023 !

Prenez soin de vous, des vôtres, et des autres. Toujours.

Cet ouvrage a été composé par Nord Compo

Imprimé en France par
CPI BRODARD & TAUPIN (72200 La Flèche)
en février 2023

pour le compte des Éditions J.-C. LATTÈS
17, rue Jacob – 75006 Paris

PAPIER À BASE DE FIBRES CERTIFIÉES

LE MASQUE s'engage pour l'environnement en réduisant l'empreinte carbone de ses livres.
Celle de cet exemplaire est de 450 g éq. CO_2
Rendez-vous sur www.lemasque-durable.fr

N° d'édition : 01 – N° d'impression : 3051608
Dépôt légal : mars 2023
Imprimé en France